·中短篇小说集·

喊魂

黄 镌 ◎ 著

湖南师范大学出版社

·长沙·

图书在版编目（CIP）数据

喊魂 / 黄镌著. —长沙：湖南师范大学出版社，2022.6
ISBN 978 - 7 - 5648 - 4521 - 6

Ⅰ.①喊… Ⅱ.①黄… Ⅲ.①中篇小说—小说集—中国—当代
②短篇小说—小说集—中国—当代 Ⅳ.①I247.7

中国版本图书馆 CIP 数据核字（2022）第 056816 号

喊 魂
Han Hun

黄 镌 著

◇出 版 人：吴真文
◇组稿编辑：李　阳
◇责任编辑：李　阳
◇责任校对：张晓芳
◇出版发行：湖南师范大学出版社
　　　　　　地址/长沙市岳麓区　邮编/410081
　　　　　　电话/0731 - 88873071　0731 - 88873070
　　　　　　网址/https：//press. hunnu. edu. cn
◇经销：新华书店
◇印刷：三河市华晨印务有限公司
◇开本：710 mm×1000 mm　1/16
◇印张：18. 25
◇字数：320 千字
◇版次：2022 年 6 月第 1 版
◇印次：2022 年 6 月第 1 次印刷　2025年3月第2次印刷
◇书号：ISBN 978 - 7 - 5648 - 4521 - 6
◇定价：68.00元

凡购本书，如有缺页、倒页、脱页，由本社发行部调换。
投稿热线：0731 - 88872256　微信：ly13975805626　QQ：1349748847

序　言

读镌子的小说集《喊魂》时，我想到了冯骥才先生在谈到他的名作《俗世奇人》时说过的一段话：

"这些人物是从我的脑袋里长出来的，我知道他们的脾气裹性，挤眉弄眼是什么样子，再有，我在天津生活了一辈子，深谙天津人骨子里的那股子劲，那种逞强好胜，热心肠子，要面子，还有嘎劲。"

镌子的《喊魂》将故事放在一个叫"瑶池"的地方，但我知道，"瑶池"就是湖湘大地上的某处，那儿的芸芸众生、修罗大众，就是我自小熟悉的乡亲邻里。而"喊魂"更是乡间流传的一种古老民俗，古人认为，人有疾病将死，或受吓失常，魂魄离散，须"招魂"以复其精神，延其年寿。显然，镌子用"喊魂"为小说集名，有其深意。浮生若梦，世事无常，人生一世岂止患病受吓，可能随时都会遭遇失败，遭遇背叛，遭遇冷遇，遭遇诱惑，遭遇欺骗，遭遇嘲弄……倘若一个人不能坚毅豁达，不能守住真心，就很容易"失魂落魄"，失其本心。而在滚滚红尘、莽莽俗世中丢掉的魂魄，是否真能喊得回呢？镌子通过小说集中形形色色的人物和他们的命运遭际，提出了这个问题，却没有给我们明确的答案。这其实正是小说或者说文学艺术的功用所在，它不是解决问题，而是呈现生活现象，通过万千人间故事，无数悲欢离合，让人们更加珍惜生命，热爱生活。

小说是通过塑造人物来讲述故事的，镌子在人物形象的塑造上可谓下足了功夫。她讲小人物的故事，又通过小人物讲述历史，诠释生活。她把沉静而克制的笔锋，落在善与恶的交集处与混沌处，写出了人性的复杂性与多面化。没有对与错的绝对界限，这是对人性最大的还原和尊重，因此这些人物个性立体，丰满真实，有着极大的弹性和张力，让读者觉得这些人好像就是你、就是我、就是某位乡邻，这些事，好像就发生在我们身边，如临其境，如闻其声，如见其人，读来亲切、自然，因而能够深深打动人心。

《喊魂》的语言十分考究，遣词造句个性鲜明，颇具功力，体现了短篇小说的语言魅力。如《女孩栀子》，行文一气呵成，韵味十足。写不好意思：栀子觉得整个夏天都烧到她脸上了；写难过：心里就跟吞了一座火山似的；写高兴：沙沙坐在她右边，她的心就跑到右边去了。想象大胆奇特，又恰如其分。《出走》写女性之美，绘形：站着是个压腰葫芦，动起来像小蛇爬坡；《恍如昨日》写女性之美，描态：是裙子在人身上飘，也是人在裙子里飘，轻盈得像天上云。没有一字提到美，但无一字不美，引人遐想，余韵悠长。她这样写瑶池：这里是一个沸腾的大火锅，炖着各路人马的五味人生，也是一个藏污纳垢的大容器，毒瘤细菌都在此潜滋暗长。比喻相当精准，令人印象殊深。其《静云小姐》，走的民国小说鸳鸯蝴蝶派的路子，缠绵悱恻，曲尽其妙。而"闲人半壶"系列则采用素描式叙述，高度凝练的短句，自成腔调，体现了作者深厚的文字修养，也赋予作品清冷疏离的格调。

除了语言，作品在谋篇布局方面也独具匠心。"文似看山不喜平。"镌子的小说写人、状物，时而细雨微风，时而霜刀寒刃，该缓则缓，当曲则曲，曲径通幽，而又浑然天成。她尤其注意小说的叙事视角。在"谁的瑶池"系列中，"我"或是旁观者，或是讲述者，或是当事人，"我"一时离故事近，一时离故事远，"我"的情感时而充沛激烈，时而冷静疏离。而且，因为"我"是一个未成年的女孩，带着儿童理解世界的限知，"瑶池"中复杂的成人关系，通过"我"的儿童视角，透出世界的荒诞性，将作品的主题引入深层，更能触摸到生活的本质。

镌子非常善于讲故事，她的小说，能让人感受到讲述的魅力。"谁的瑶池"系列展现了大量民俗，尤其对木匠、雕匠、漆匠、铁匠、玻璃匠、阉猪匠等手艺人描写细腻。显然，作者为写好此系列，做足了民俗功课，如《嫁妆》中她用三个匠人的精湛手艺，浓化地域特点，衬托人物的美好；又比如《雪雕》写谭彩凤的两段感情所遇非人，遭父母百般阻挠，结局可悲，看似平常的身边事，作者结合倒叙和插叙，虚实并进，使故事一波三折，时空错落参差；《尖哨》写梨园的爱恨情仇、追名逐利，采用了复式叙述，让多个人物在不同角度同时发声，使各种叙事元素碰撞出一种复杂而迥异的美。这种种设计，既是作者的灵气所在，也是作品的气质所在。

作品情节丰满曲折，真实感人。如"闲人半壶"系列，落笔虽小，但笔下风起云涌，给人的思想、情感带来的审美冲撞却是巨大的。《陈明泰》写文艺青年啼笑皆非的人生历程，最终理想败于现实；《孙小雅》写单亲家庭的特殊问题，女儿报复母亲之举可谓惨烈；《邓婉玲》写乡村女孩为了生活，不得不下嫁残疾人，性格转变犀利而真实；《秦丽云》写父亲的两个嘴巴扇掉了她的美好人生，她依然倔强地缝补命运漏洞……这些故事都往平凡人物真实的日常里走，往生活的深处走，往人性的幽暗和高光处走，呈现出一个丰富多彩而又不无残酷的广大世界，捧出一碗百味交杂的人间烟火。

《喊魂》全书，小说面貌各异，妙趣横生，落笔审慎，情感悲悯，尤其在意象撷取和镜头转换上颇显艺术匠心和独特视野，有个人气味，收到了很好的艺术效果。《喊魂》写人物，写人生，更写人性，不仅是镌子在文学上的探索与开拓，也是她内心情感的观照与再现，是她对生活对社会的解剖与思考。正如书中的一声叹息：故事不应该是这样的啊，然而生活正是这样的。

汤素兰

于湖南师范大学

（汤素兰，湖南师范大学文学院教授，博士生导师。中国作家协会全委会委员，湖南省文联副主席，湖南省作家协会副主席，长沙市文联主席。中宣部"四个一批"人才，国家"万人计划"哲学社会科学领军人才，享受国务院特殊津贴专家。出版《笨狼的故事》《阿莲》《犇向绿心》等儿童文学作品60余部。获得过全国优秀儿童文学奖、宋庆龄儿童文学奖、陈伯吹国际儿童文学奖等奖项）

目 录

第一辑　谁的瑶池

喊魂　　3

嫁妆　　53

出走　　67

玻璃泪　89

半生　　102

相杀　　118

雪雕　　133

第二辑　恍如昨日

恍如昨日　153

静云小姐　167

女孩栀子　179

姜太的花　193

尖哨　　199

第三辑　闲人半壶

陈明泰　　241

孙小雅　　247

邓婉玲　　252

任春华　　259

秦丽云　　270

佳人她　　276

后记　　282

第一辑

谁的瑶池

喊　魂

一

其实你望过去，都是山，再望过去，也还是山，并无湖泊池沼。这个地方为什么叫瑶池，瑶池人自己也很糊涂，扒了一些史料，扯了一些传说，造出了很多神秘而美丽的由来。后来，外面人把瑶池人说的都信了。后来的后来，瑶池人把自己说的也信了。

镇子四周都是高山，那山头很是可观，一个个酷肖佛头，像一群菩萨围着瑶池打坐。高山陡落千把米，宕出一片很大的平原，平原就像个桶底似的。阴雨天里山雾缭绕，雾气都在原上跑，晴天好日里白云翻滚，云朵也往原上跑，确乎像一个热气弥漫的澡池子。

原上有一条宽宽的河流，这条河流很没脑子，一点也不晓得拐弯抹角，是根一通到底的直肠子，没头没脑地直奔远方去，似乎打定主意不回头。

河上有一条长长的联拱古石桥，五弯半月桥孔，六座巨石桥墩，栏杆有云纹雕刻，桥头各踞两尊石狮。桥是镇子的中心点，桥头桥尾（其实哪一头是桥头哪一头是桥尾，瑶池人自己也不知道，都觉得靠近自己家的是桥头）各有一个方方正正的十字街道，这就是瑶池集镇。从古桥辐射开去，瑶池镇的十八个村子近处的临水，远处的靠山，还有的，绵延散落到深山里去了。但是到了过年过节、赶集、看大戏的时候，这十八村的人就像一股股水从四面八方流出来，汇集到镇上去。镇子就变得澎湃起来，好像一只沸腾的铜鼎似的。

瑶池镇的河就叫瑶池河，瑶池河上的桥就叫瑶池桥。

瑶池桥的东头是蔡记肉铺，东家叫蔡万福。

蔡万福做了十几年骟猪匠，又做了十几年杀猪匠。他年轻时，一年四季背个布褡裢走村串乡，给人骟猪劁牛。经常跟他搭伴同路的是屠夫老杨，两人走一路，说一路，说出感情来了，老杨就收了蔡万福做徒弟，教他杀猪。蔡万福有了两门手艺，手头活泛了，就在桥东头开了一间肉铺，兼做阉割行。谁家要骟猪劁牛的，就自己赶着送过去，蔡万福不再上门了。

每年过年的时候，蔡万福都要磨一次刀。

蔡万福平时磨刀，就着肉案上一根铁棍随时来两下，或在大缸沿上抽拉几响，有时也用磨刀石。但都不像过年这一次，将大磨刀石摆至门前，郑重其事地将所有刀子在长桌上一字列开，登场亮相似的。他将每一把刀细细磨过，再用手指慢慢捻过，刀口子发出风一样的鸣响。

蔡照林的手还没碰到刀，父亲就喝止他，走开，写字去。

蔡万福不准儿子摸杀猪刀。

蔡照林小时候，孔算命摸过他骨相，说，这孩子，财神爷摸脑壳啊。

蔡万福笑呵呵递上一支烟，财神爷戴乌纱帽没？

孔算命笑道，没乌纱帽打么子紧！玉皇大帝也拜财神，有钱大三辈。

蔡万福收回烟，也收回笑脸，你算得么子准，瞎扯淡，走走走。

蔡家世代混手艺饭，但都是猴子掰玉米，拣一行，丢一行，行行做尽，行行是个半边熟，没给后代一点传承，所以蔡家世代穷苦。其实，瑶池人大多是手艺人，这世上有多少行当，瑶池就有多少行当：木匠、雕匠、漆匠、砌匠、篾匠、补锅匠、铁匠、皮匠……扎纸的、磨刀的、骟牲口的、剃头的、钉碗的、箍桶的、弹棉花的、修伞的、补鞋的……裁缝、轿夫、厨子、郎中、屠夫、绣娘、吹鼓手……倘若别处有九佬十八匠、三百六十行，那瑶池一定还多一行。这多出来的一行不拘是什么，总是理所当然的。有一双手，就能过日子。

但这种日子是瑶池人的日子，不能是蔡家后代的日子。

蔡万福对儿子几近苛虐，他看不得儿子跟其他孩子一样，在瑶池河里凫水打刨，在十字街头耍枪弄棒，在燕子岭上扯竹笋打毛栗。他家柜顶上有一根粗大的黄荆棍，那是专门为儿子准备的，只要他没好好念书，这根棍子就会毫不留情抽下去。

蔡万福一边抽，一边骂，你不读书，不做官，就只能一辈子做猪。

蔡照林不晓得什么是"官"。官是年纪越大才越懂的东西，还是孩子的蔡照林对这个字是模糊而抗拒的，他不晓得，他的父亲从小就背着阉刀闯荡生活，走过十里八村，历过炎凉冷暖，却从没上过高台阶，进过大前门。他懂得人的命运是千差万别的，而他的命，是最卑贱最下等的那一条。他不服。

他不服不行，这辈子他是没奔头了，但他的儿子还来得及，他的子孙后代还能大有作为，他们应该有一种新的活法，为他的祖宗所未曾经历过的。

他不必押注，因为没有选择。他只有一个儿子。

儿子十二岁那年，蔡万福的老婆杨香云死了。后来肉铺来过一个寡妇，住了大半年。有一天女人在店铺案板上切了块肉，偷偷做了碗红烧肉，一个人吃掉了。蔡万福摔桌砸椅，赶她走。女人痛诉蔡万福抠搜，来了半年连餐饱肉都没吃过，是捂不热的铁砣心，她坐在店铺门口又哭又喊，你卖肉还收钱呢，老娘活该给你白睡白用吗！

很多的宿怨旧账，最后变成了一碗肉的事。

其实也不是一碗肉的事，是一块肉的事。

蔡万福脾气臭，但他对死去的老婆杨香云是很好的，可是那时他穷得叮当响，一年下来难得吃顿肉。一次吃饭时，杨香云突然停下咀嚼，将口中的一块肉夹出，用水涮涮，又夹到他碗里。蔡万福一想起那个情景，心里就像有一把刀扎着他。杨香云是跟他吃过苦的，小小年纪跟了他，任劳任怨，没过上好日子就走了，走的时候还很年轻，还是才嫁过来的那个模样。他不晓得倘若她还在世，现在会是什么样子，但他晓得自己会是什么样子，他愿意把什么都捧到她面前，愿意把好处都留给她。

蔡照林初中毕业后没有考上中专，他对父亲说他不想读书了。

蔡万福说，莫想！你给我读高中，考大学去。

蔡照林说，我不是那块料。

蔡万福手一捞，捞住儿子的头，顺手就按到水缸里去了。

蔡照林沉入了一个黑暗的世界，七窍苦痛，满心恐慌。他以为自己要死了。

好不容易父亲松了手，蔡照林从水缸里猛挣出来，呛得脑袋昏沉，胸口锐痛，他张大嘴吸气，发出长长的尖哨般的悲鸣。他晃啊晃的，就软在了地上。

蔡万福问他，你还读不读书？

蔡照林不说话。

蔡万福再问，说话！你还读不读书？

蔡照林含着泪，高声道，读！

又读了两年。第三年，老师托口信要家长去学校。

蔡万福赶了几十里路到学校，在校园站住，看操场两棵参天大榕树扯起一副对联，上书：破釜沉舟搏他个日出日落，背水一战拼他个无怨无悔。蔡万福受到巨大鼓舞，感觉胸口有一团火焰，腾腾燃烧。然而，一种深切的担忧也随之而来。果然，老师说蔡照林无心学习，退步很大，望家长找到其思想根源，帮助其端正学习态度。云云。

蔡万福在大榕树下等到儿子，见蔡照林远远站着，不肯过来。

过来！

蔡照林没有动，拿眼睛瞪着父亲。

过来！他握紧了拳头。

蔡照林后退一步，他故作的镇静崩溃了，惊慌从眼里跑出来。

蔡万福见阳光底下，儿子又黑又瘦，轻飘飘悬在空中一般，眼圈发乌，唇上一抹青髭，一对眼珠像受惊的蝌蚪乱窜。蔡万福心中一酸，他松开拳头，像感冒一般，鼻音浓重地道，窝囊，不像个男人。

万般皆下品，唯有读书高。读书不如意，就去握刀枪。蔡万福又想到当官的另一条门径，让蔡照林去当兵。然而这希望很快就破灭了，蔡照林是扁平足，体检不合格。他找了村主任，村主任要他找乡政府，乡政府要他找征兵工作组。工作组的人小声说，你上头有人吗？

一戳戳到蔡万福的伤疤上，他彻底绝望了。

这一回，蔡万福不打儿子了，蔡万福自己挨了打，拳脚没打在他身上，把他的心打烂了，踹碎了。

蔡万福一脸的皱纹垮下来，垂至下巴，能将自己吊死，他扛着这一脸皱纹在路上走，像走了一辈子那么久。镇子似乎在一夜之间老了，桥头巷尾都是白发苍苍的老人，所有人都衰老，都哀伤，世界末日一般。一群脏毛狗在客运站打架，两辆破中巴车跟着狗一起老，一起脏，烂车灯像被撞飞的眼珠子，垂头丧气挂在车脸上。

他也垂头丧气。他是那个烂柯人，一梦千年，天翻地覆，他却还是个杀猪的。

二

瑶池桥的西头是邓家酒铺，酒铺老板叫邓千秋。

邓千秋的外貌有点古怪，他是天生的白皮肤，越晒越白，白里透红。棕黄的发质，大眼窝，高鼻梁。瑶池人都说他家祖上娶过洋婆子。他父亲是从老远的南京过来的，带着穿旗袍的老婆，但那旗袍比抹布还破。不知他们什么身份，只怕挨了很多的凄伤磨难，一路风尘苦旅，走到这里就停脚了，在村里买了几间土房，开了个私学堂，教几个细娃子读书写字，还说普通话，还说古德耐、古德拜。快散学时，邓千秋的父亲就从怀里摸出一块带链子的金表，弹开来，发出颤悠悠一声"叮"，像一声邈远的叹息。

邓千秋出生在瑶池，跟着父亲读过好些书。后来，父亲对他说，做个瑶池人吧。

当垆卖酒的邓千秋其实是个茶壶才子。

什么叫茶壶才子呢？满腹经纶，拙于言辞，就像茶壶里煮饺子。

邓千秋会酿酒，从浸泡、发酵，到拌醅过勺、封缸蒸馏，他都不愠不急，气定神闲。他没有怀表，但心里装了个秒表，这个秒表还能根据气温湿度自动调节。邓千秋记得《三国演义》中，人讥讽刘备和张飞是

"织席贩履之徒、屠猪卖酒之辈"，所以他对桥东头开肉铺的蔡万福有一种惺惺相惜之心。

邓千秋跟蔡万福是不同性格的人。蔡万福脾气急躁、又冷又硬，邓千秋恰好相反，沉默寡言、温和内向。蔡万福脾气一来就拎拳头，邓千秋讲话从不高声。但你简直想不到，这两个人比亲兄弟还亲。世间能建立深厚友谊的两个人，要么是极其相似，棋逢对手，要么完全不同，互相补充。他们显然属于后者。

酒是邓千秋的，肉是蔡万福的，他们吃肉喝酒，一扯就能扯到心里。蔡万福讲的，邓千秋都懂，邓千秋很少讲话，但讲的都是蔡万福心里的话。

有人说，老邓，蔡师傅那脾气，能跟你说得上？

邓千秋笑笑，半人半我半自在。

人又说，蔡师傅钻山打洞，你是个万事不图，真是古了怪。

邓千秋又笑笑，半醉半醒半神仙。

人听不懂他的话，摇摇头去了。邓千秋隔日给自己酒铺取了个名字：半仙酒铺。用墨汁写在白墙上。

半仙酒铺的老板娘是个病西施，患有哮喘病，一到变天时节，她的喉咙里就拉起了小风箱，讲话前先要深深吸进去一口气，这一口气养活不了几个字，话尾总是卡死在一阵剧烈的咳嗽中，把一张雪脸憋成了红脸。但你又想不到，这个说话都费力的女人，年轻时是镇上花鼓戏班的台柱子，她扮相亮，唱腔响，人人称道。但她生了孩子后，病情加重，慢慢地就唱不了了。一场冰冻带走了这个美丽的女人，如果人死后可以不必再与病痛相见，她一定在那边唱成了红角。

她留下两个女儿，美禾和秀禾。

当很多国家还犹豫着选不出一种国花时，瑶池人已经选出了他们的镇花。

女人的烦恼是从知道自己长得美开始的。美禾有很多烦恼，她长得美，更擅长表现自己的美，裙子不能比别人长，头发不能比别人短，别人有的她得有，别人没有的她也应该有。长得好看的人都骄傲，但美禾的骄傲都表现在面上，说话做事总显出一点演戏的腔调来。这个特点随着她年龄越大，就越发明显，因为有大把的人爱她。女人在爱自己的人面前，总有演戏的成分，只有在自己爱的人面前，才会诚恳真实。

美禾时下正念高中，是一个有理想有追求的女孩子——理想、追求，这是那个年代最时髦的词语。她不但富于想象，还有着罗曼蒂克的情结。对世界，对人生，对爱情，都有着热烈绚丽的憧憬与幻想。

不过，瑶池镇还没有值得镇花美禾爱的人。

秀禾呢，秀禾是这样的秀禾，当你在人群里望过去，望过去，那角落里呆呆站着，面目平淡得几乎要被背景模糊和淹没的，也不说话，也不拿眼睛看人的那个，就是她了。她担不起人们的赞美，也受不到人们的指责，她是一斗芝麻添一粒，多她不多，少她不少。她对穿着打扮毫无热度，心甘情愿做姐姐的陪衬。她的衣服都是姐姐穿过的。当衣服颜色暗五六成，款式老七八成的时候——这个时间的长短要看"流行"什么时候偃旗息鼓，连个尾巴也不剩的时候，她就能体会到夹带着灰暗、破败和落伍，像是光阴残骸一样的"流行"。

这样的秀禾几乎是不存在的，但是哪里也有这样的秀禾。她们往往毫无个性、随波逐流，但在某些方面的执拗，令人震惊。

瑶池镇谁都知道，邓千秋诸事不图，只宝贝自己的两个女儿。他疼女儿出了名，从不打骂，任着她们像山坡上的杜鹃花，自由自在地生长。老婆去世后，有人给他介绍对象，因为怕两个女儿受委屈，邓千秋回复往后再说。往后又往后，女儿们都长大了，邓千秋才有了再娶的打算。

秀禾初中毕业后，体恤父亲艰难，在酒铺做帮手。这天晚上，秀禾在翻一本旧书，看着看着就流下眼泪来。

邓千秋问，看书咋还看哭了呢？

秀禾说，爹，我看了一个故事伤心。

么子故事？

有一个男的死了老婆，老婆怕他孤单，便放弃投胎，夜夜从坟里爬出来陪他。后来男人想再娶，就叫人施法封住了老婆的坟，使她永世都出不来了。我看了这个伤心。

邓千秋呆了呆，从此再不提续弦的事。

邓千秋和蔡万福都成了鳏夫，惺惺相惜，交情愈发深厚起来。

这天，蔡万福来了，连叹三声，完了，完了，完了，蔡照林验兵没验上。

邓千秋道，爷一代，崽一世，各有各的命。

老邓啊，我穷的不是口袋，我穷的是屋里阶基矮，台面小，叫人看不起。

哪天世人不吃肉了，再来看不起屠夫不迟。

哎，哎，我给自己算了个八字，我们蔡家是翻不了身了。

你言之过早了。

蔡万福掏了心窝子，老邓啊，我这双手上都是血债命债嘞，到那边，是猪杀我呢，你说蔡家还能有什么想头！

邓千秋道，怕么子，我陪你！我等下就杀只大公鸡，陪你喝一杯。

邓千秋果然就杀了一只鸡。酒过三巡，蔡万福又开始叹息，老邓啊，你说我家咋就出不了个人呢！

邓千秋笑笑说，瑶池这块地里，拢共也没长出几个官来。

蔡万福一拍大腿，地！对，是地的问题。老邓啊，我要动祖坟了，动到龙脉上去！

三

春天的第一个响雷劈在了美禾身上，父亲做主把她许给蔡记肉铺的蔡照林了。

可惜这人间情事由自己也由不得，又怎能由父母。

美禾拒绝婚事时是高傲的，坚决的，不可反驳的，她不知道这是一个悲剧的诞生。当然，二十岁的美禾是看不到十五年后的自己的。

她一点也没掩饰对蔡照林的不屑，那个瘦小、胆怯，总是带着一种紧张和惊慌神气的男孩，完全不能点燃她爱情的火花。何况，他只是一个屠夫。

美禾想做人上人，她要往远处走，往城里走。

瑶池正汩汩涌起一股进城热，最初从瑶池走出去的人，是一批胸怀大志的男青年，接着走出去的，就是胸怀大器的女孩。他们全都功成名就，去而不返——因为谁都没承认自己功败垂成，谁也不肯抱残而退，他们寄回来的照片里都是瑶池人没见过的高楼大厦，斥资翻新的老家都是带茶玻璃和白瓷砖的大楼房。所有瑶池人通过走出瑶池的人触摸外面的世界，知道外面的世界那么好，遍地是黄金，去了的人都不愿意回来了。

美禾跟镇上的姐妹进城了，什么也没带，只带了脸蛋。脸蛋比钱好，钱越用越少，脸蛋用不完。

然而美禾很快发现，城里的美女跟乡下的蘑菇似的，连角落旮旯里都骨碌碌地往外冒，脸蛋在这里能赚得到一些小实惠，赚不到大富贵。她过于急切了一些，对这座城市的欲望都摆在脸上，渴望早日给城市当家做主。但这座城市媚眼如丝，心肠却冷，它不关心任何人的心事与梦想，你以为你和城市是比邻密友了，其实还是海角天涯。很长一段时间，美禾并未混出名堂，心高气傲的她就不再回瑶池了。

但她的消息总有人带回来。

有人说，美禾穿着红旗袍，高跟鞋，在酒店大厅站着，说普通话。

有人说，美禾在蓝天歌舞厅跟人拼酒，烫了黄毛，穿皮裙子——嘿，哪个能喝得赢她，她家卖酒的！她不说普通话了，她说城里话。

又过了几年，有人说，美禾谈了对象了，她在河边跟人手拉手。对象挺高的，跟美禾蛮般配。后来有人说，美禾对象挺胖的，比美禾还矮一点。又有人说，美禾对象不高也不矮，不胖也不瘦。

美禾二十六岁那年回瑶池了，她要结婚了。邓千秋问，你想好了？

美禾道，我还要想什么？任建伟有正式工作，又是城市户口，别人想嫁都嫁不了。

邓千秋拿烟斗磕磕桌子，慢慢道，我是不放心你，你心太大了。

美禾笑道，爹，心大不是好事吗？

邓千秋道，你有心大的胆子，没有心大的智慧。

美禾的脸挂下来了，你说我眼高手低？

邓千秋不说话，往烟壶嘴里塞烟丝。然后点燃烟火，深深吸了一口才说话，我怕你在外面丢了魂，认不得自己了。

美禾呆了呆，不高兴地道，我是谁我自己还不知道？我嫁得好，你还不放心了。咱瑶池镇，谁不眼红嫁个城里人呢。你想要我像秀禾那样，一辈子围着瑶池转？

邓千秋道，秀禾不像你，她适合瑶池养，人各有命。

美禾道，你又不听我的，那么急要她嫁。我在外面帮她介绍个人，怎样也比现在强。

邓千秋拿烟杆戳戳女儿脑门，你管好你自己，把心定下来，踏实过日子。

婚后四年，任建伟所在的单位分流，任建伟下岗，带着小小一叠安置费，带着美禾和三岁的儿子小抗从单位房搬回铜锣巷父母家，不到九十平的小房住六个人，锅碗瓢盆热闹非凡。弟弟任国伟在商场与人合租柜台卖手机，回到家里睡沙发，牢骚满腹。美禾管住丈夫钱袋，不出生活费，让公婆大为不满。任建伟去客运公司开的士，早出晚归，躲避家庭矛盾，留下美禾与公婆互相嫌弃。

美禾在姐妹的撺掇下加入媚娜凯，做化妆品销售。她在外混了这些年，身手敏捷，言辞玲珑。她有一个本领，头次见面的人，就能亲热成老相识。别人只做女顾客，她能男女通吃，不但有办法让男人买下产品，还能通过男人打开窗口，认识他们的老婆太太们。她左手播种右手开花，很快做到红外套，站到台上接受表彰，披上荣誉红缎带。

晚上回来，美禾见小抗一嘴血，因为心疼，声音拔高了，小抗怎么了？

任建伟道，跟人抢蛋糕，被人抓破了。

美禾道，小抗怎么会跟人去抢吃的，他没吃饱吗？

婆婆插话了，哪能没吃饱。你们不管不问，只晓得张着一张嘴，我什么时候饿着你们了吗？

任建伟懊恼，冲妻子道，邓美禾，你说话注意点。

美禾心里冷冷的，拉起唱戏一样的长腔，笑道，妈，您多担待点，谁叫我们穷——呢。

任建伟腾地站起来，走进房去，将门重重一甩，屋顶簌簌落下石灰来。

磕磕碰碰过了两年，任建伟的弟弟任国伟结婚，由公婆出面，向任建伟借钱买房。任建伟跟美禾商量，借出一万，结果婆婆接了钱，把它算作结婚礼金，再要另借一万买房。美禾痛失两万，自己攒钱买房的计划泡汤。她恨婆婆手段卑劣，行骗似的，又恨丈夫窝囊，像个泥人，跟他们大吵一架。晚上跑完客户回来，一层一层楼地踩脚震亮楼梯灯，看那昏黄灯光下，陈旧斑驳的墙上结着密密蛛丝，一网一网粘满虫尸，突然悲从中来，站在楼梯里哭起来。

美禾穿高跟鞋，着洋装，描着两瓣艳唇，站在台上给团队作经验推广，滔滔讲授如何创业绩，如何拉下线。她的身后有一行字：为女性梦想而诞生，为丰富人生而存在。

上司吴督导对她殷勤备至，时常接送她上下班，美禾就像电影明星一般，等着吴督导帮她开门，再骄傲地将一双长腿送出去。任建伟多次看到，心中不满，对美禾说，别做了，你在家带好小抗就行了。

美禾一边往脸上贴面膜，一边道，靠你开的士，什么时候买得起房子，在这烂楼里窝一辈子吗。

任建伟哑然。过一会儿继续争取，你做这几年，钱没见到，家里倒成了化妆品仓库了。

我这是冲业绩，你不懂。

我看，不如辞掉这个，去上一个正规的班吧。

我的班不正规吗？

别人都说是传销。

传你的狗屁！

又过一年，公公中风住院，弟媳妇说，嫂子，我们结婚买房欠了一屁股债，拿不出钱来，但我不是没良心的人，你放心，医院里我来守着，端屎端尿让我来。

美禾哼了一声，冷笑道，你倒是打得一手好算盘，你们出力我们出钱，那也得等你把钱还给我了，我才出得起这份钱，否则也只好来端端屎盆子了。

公公瘫在床上，一只手挣扎摇晃，歪着嘴巴喊，让我，让我死吧，让我死。

一场医疗，将美禾洗劫一空，她不得不灭了骄傲，向妹妹秀禾借钱。

夜里，任建伟被美禾踹醒，美禾道，别打鼾。

当他再次陷入混沌睡意时，被一声尖细的怒吼吓醒。他睁开眼，见美禾坐着，用一种近乎怨恨的眼神瞪着他，朝他喊，别打鼾了，你是猪啊！

他睡意全无，看着翻身睡去的美禾，灯光将她的脸一半沉入黑暗，一半浮在亮处，他突然一惊，这半张脸那样陌生。这一刻有点空洞与迷茫，他有些哀伤了，这点哀伤压在肺腑里，不能用一声叹息就呼出去。

其实美禾并未睡着，她今天特别难过，当她拿着从秀禾那里借来的钱时，一直以来硬挺着的自尊，碎了。此刻，她心里翻江倒海，正老牛反刍般回顾人生，舔舐委屈。

美禾曾为爱情奋不顾身。她为初恋情人怀过孩子，最后却在哄劝里喝下了堕胎药，孩子在马桶里回到大地，恋人却在大地上蒸发掉了。时隔一年遇到第二个男人，本已计划结婚，却窜出来一个前妻，前妻勾勾手指头，男人就跟着走了，屁都没留下一个……有过几段感情经历，熬过几段撕心裂肺后，那些罗曼蒂克都死了，寸草不生。她慢慢明白过来，父亲当日说她只有心大的胆子，没有心大的智慧，竟然是将她说得透透的，她张扬恣意，敢冲敢撞，凭的是胆子，却不是聪明。她也终于明白，世上最不缺的就是爱情，这个她曾经虔诚憧憬的东西，原来只是路边草，又轻又贱，哪哪都不缺。年轻时一身是胆，满心生风，别人的话，说烂了舌头，也听不进去。只有自己一步一步踩过来，磕了牙，落了泪，流了血，才懂了生活的套路。原来套路也可贵，套路也是人一步一步踩出来的。

女人在浮滑男人那里吃一堑，便在老实男人身上找一点补。她找到任建伟，才算在颠簸动荡里着了陆。然而，命运！谁晓得呢？它是这样叫人不能称心如意。

这个夜里，美禾满心酸楚，她觉得自己不幸。漂亮的女人千千万，比她还漂亮的也是一抓一大把，可是没有一个像她这样不幸的，唯有她最不幸。她是世间唯一的一个不幸的绝色美人，天妒红颜讲的就是她，红颜命薄也是她，历史上的命薄红颜都是给她打底作铺垫的，历朝历代对美人的叹喟都落在了她身上。

光是痛也就算了，痛了就痛了，自己揉着握着，不定也有结痂的一天。奈何不甘！不甘也是痛，可比痛强烈，比痛磨人，比痛难愈。

黑暗里，美禾一字一句蹦出来，任建伟，离婚吧。

四

蔡照林迷上了三十六岁的自己。他迷上那个一句话就能把别人放倒的自己。

阉匠崽。杀猪的。以前别人这样叫他。蔡照林后来知道，不是每个人都配叫尊姓大名的，人贱起来，连名字都没有。

父亲说，不好好读书，不去做官，你就只能做猪。

蔡照林不想做官，他也不想做猪。

母亲去世时，他十二岁。十二岁是一个点，一座碑，一个关卡，命运之手在这一年开始拨弄是非。他成了一个不响的孩子，眼神流离失所，看上去又胆怯又紧张，然而当他望向天空时，整个天空都是横秋老气。

蔡照林对自己的失望，比父亲来得迟一点。

当他的同学张天齐和大锅盔跟着征兵队离开瑶池的那一刻，他的心被剧烈地撼动了，这样得意洋洋地挥别父母，真让人羡慕得胆寒。他感觉到了痛，比痛更痛的是遗弃。他觉得他被遗弃了。

张天齐说，蔡照林，你没当上兵说不定是你的幸运。

大锅盔说，瑶池有广阔的天地，你一定能大有作为。

蔡照林觉得每个人的每一个表情都是在炫耀，每一句话都是在嘲笑，连空中的风也若有所指。尤其是父亲那一副万念俱灰的凄苦样子，让他觉得屈辱。

屈辱是一种力量，它鞭挞着人改变。

蔡照林没有娘了，也没当上官，他甚至连一个朋友都没有。只有一样东西垂青了他，那就是运气。

蔡照林在肉铺卖了半年肉，却没办法将那把青条子刺进猪喉。他去给人开拖拉机，到山下拉沙石，后来他买了一台拖拉机，再后来他很顺利就包下了一个小山头。到了三十岁那年，他已经有一个石矿，几辆大卡车，十几个矿工了。他的车闲时被人租去拉木材，于是他又成了个木材商。有一次他给城里一个园林老板送一车原石，看到满屋子都是奇形怪状的石头和木兜，都像宝贝似的用精巧的底座供着。

老板说，这些东西可不容易找，都是艺术品，值钱呢。

蔡照林说，这有什么难找的，我老家满山都是。

他脑子里再次闪起了火花。

这一澡池子似的山镇距离县城近两百里，是个三县交界的边陲之地，原上生长着水稻、棉花、玉米和红薯，这片土地没什么野心，长不出其他的东西，可它长出来的东西都是贴心贴肺的。它像这个国家的无数个农村一样，老实本分、不思进取。然而这里有连绵不尽的高山，山上有取之不尽的石头，有伐之不竭的树木。这些伟大时光留下的东西给蔡照林带了源源财运。运气比他的愿望还快、还好。

都说女大十八变，男人也是会变的，但男人的变不外乎两种，变得没钱，变得有钱。只用了几年时间，蔡照林就成了瑶池镇的有钱人。钱是会孵崽的，十块钱孵十块钱的崽，一百块钱孵一百块钱的崽，蔡照林用很多钱又孵了很多钱。

他走在路上，很多人跟他打招呼。

蔡老板，今天亲自押车啊。

照林，有什么发财路，带一把啊。

兄弟，有空多联系！

他的名字，变成了蔡老板，变成了照林，变成了兄弟。

各路人物都来登门拜访，信用社领导请他喝茶，政府来了客人请他作陪，邻里大小事都向他咨诹善道……他感到了一种被人尊敬讨好的愉悦。不仅感到愉悦，还感到振奋、得意。慢慢地，他习惯了被人讨好，也有了一点装腔作势，这些东西不用人来教，它在人的骨子里，只要腰板一直，这些东西呼啦啦见风就长，谁都可以无师自通。

蔡照林以前不爱说话，那是胆小内向。他如今不爱说话，可就是另一个意思了，那叫稳重内敛。他说的话，每一个字都重要，都被重视，都蕴含了商机、命理与运道。他不是一个私营老板，他是一个企业家，是一个运筹帷幄的政治家，一个满腹经纶的思想家，甚至是一个纵横天下的军事家。他说半个字，都有人急着点头，他的一个叹气一个皱眉，在别人眼里都若有所指。

只有他知道自己人生里的似是而非。

世间太多事与真相还是花开两朵、各表一枝的。倘若他是过去一穷二白的蔡照林，他不会有今天的造化，但妙就妙在，他已经不是过去的蔡照林了。

钱是那样古怪，你亲他他不亲你，你不亲他他也亲你。

人呢，人给谁也不让路，给钱让路。

蔡照林在外头风生水起，难免有点骄矜自傲，但一到岳父家，那些毛病就全没了。

蔡照林的岳父是邓千秋。

这一年的秀禾三十三岁，她在十三年前避开了谈恋爱这件古怪的事，由父亲做主直接走入婚姻，并有了一个女儿。

秀禾嫁给了蔡照林。

女孩子总是活得兴兴头头的，因为她们的前面还有一万条路，你不知道一个女孩子对未来的构想有多奇妙，这跟她是城市里的大小姐，还是山村的小村姑，都没关系的。少女的心都是一样的。秀禾不一样，她脚下的路只有一条。这条路不是她自己选择的，但她相信命运带给她的都是理所当然的，即使蔡照林最初的选择是美禾，但他注定是秀禾的丈夫，这是命运。

命运是世间最大的力量，坚不可摧。

洞房花烛夜，蔡照林慌里慌张地探索着，突然停下来，望向窗外。

秀禾跟着望过去，窗外是梧桐的黑色枝丫在月色里摇曳，静寂无声。

怎么了？秀禾问。

我爹在外面。

外面没人，秀禾笑了，你怕你爹？

蔡照林不说话了，泄了一半的劲，呼啸在身体里的潮涌，一点点退下去。他的新婚之夜仓促而潦草，使秀禾也疑心窗外的高空里，悬挂着一双眼睛。

秀禾两年后生了童童。蔡照林看着睡在摇篮里的女儿，伸出手想抱她，但那个小生命那样嫩，那样软，一碰就会化掉似的，他缩回了手。过了半天，他说，幸亏是个女孩子。

秀禾吃了一惊，随即又笑了，她以为丈夫是在表达对她的安慰，便道，你不想要男孩吗？

蔡照林没有回答她的话。

秀禾又说，过两年，再给童童生个弟弟。

蔡照林淡淡地道，有女儿就够了。

邓千秋私下里对女儿说，照林这孩子，让他爹压狠了，心里憋着气呢。你要开解他些。

这天是端午，按这些年过节的习惯，依然是两家一起在邓千秋的酒铺过节。蔡照林帮岳父给酒醅封了缸，又给铺檐下装了一个灯。邓千秋很赞赏，你倒没养成那些老板们的毛病。

蔡照林笑笑，我不是什么老板。

邓千秋对秀禾说，你看看，你还是嫁对人了。

秀禾抿嘴笑，满身轻盈地去烫酒。

蔡万福开口了，还不是我迁对祖坟了，我不迁坟，就凭他本事，哼！

邓千秋懂蔡万福的脾性，笑起来，是……是，有你的功劳。

蔡万福哼哼鼻子，你别看他一副老实相，弯弯肠子不晓得多少。一天到晚阴着个脸，啧啧，大老板啦。

蔡照林的脸就有点垮下来了。不管他如何人前显贵，甚至在父亲面前着意表现，像一个孩子捧着成绩单，但他永远没法让父亲的态度柔和一点。

秀禾把酒端过来，乐呵呵地开解道，爹，你又不是不晓得他的性子。他若是个花言巧语的，我还不喜欢呢。

气氛就活泼了，蔡万福笑一笑，不再说话了，他历来比较照顾媳妇的面子。

晚上蔡万福留下来跟邓千秋慢慢喝酒，童童很黏外公，赖着不走，小两口先回家。路上，秀禾道，爹脾气是要强了些，但他到底是咱爹，你别计较。

又道，其实你在外头做得好，他还是蛮得意的，我就看过他在别人面前吹牛。

又道，我知道你心里屈着呢，有什么话你就同我说。

蔡照林不说话，只是过马路时拉了拉妻子的手。

秀禾换了话题道，跟你讲个事。

蔡照林说，嗯。

秀禾说，美禾公公住院……要跟我借点钱。

蔡照林喉结翻滚了两下，道，你借就是了，不必跟我说。

秀禾说，钱是你的，当然要跟你商量。

蔡照林说，我的就是你的。

秀禾笑了，心里升起一种踏实的温暖。她走在丈夫身边，闻到夏天甜熟的味道，点点灯光散落在瑶池黑色的原野上，显得那样的和平安宁，它们不像外面大世界的灯火，浮云一般的，一堆一堆慷慨大方，对着每个人眨眼。瑶池镇的灯光是忠心耿耿的，一亮一熄都为着一个人，清楚而明朗，是真心相对的，有点托付终身的意思。

五

俏佳人美容会所的中午，是夫人太太们的一天之晨。她们往往睡到日上三竿，然后悠悠来到美容院，蒸澡洗脸做按摩，打扮得光鲜亮丽，去迎接下午及晚上的精彩。

美禾躺在贵宾房的美容榻上，让美容师小丽给她做脸部护理。

小丽边按摩边说，邓姐皮肤真好，我见过的客户少说也有几百，没见过这样白的肤质。

美禾不无骄傲道，这是遗传，我家祖上是混血。

小丽发出惊呼，啊，原来邓姐是混血儿啊，难怪气质这样好。

美禾敷了一脸泥，她闭着眼，享受别人的赞美。一会儿，放低声音问，你说，经常跟我一起来的那个，我们俩哪个显年轻？

小丽道，你是说苏姐吗？她比你大好几岁吧？

美禾抿嘴笑，口里是责备，却是喜滋滋的语气，就你这眼光还做生意，别说错话了讨人骂，人家比我还小两岁呢。

小丽撇撇嘴，这样的客户她见多了。她装出惊讶的样子，呀，真看不出来，我以为你还不到三十呢。

美禾走出美容院，明晃晃的太阳兜了一身，真是响晴的天！她戴上墨镜，撑开阳伞，走台步般扭到超市，买了水果和菜，再慢慢扭回位于市中心御锦源小区的家。她看看时间，将排骨拿出来，开着慢火煲汤，然后躺在沙发上看电视。听到敲门声，光着脚就飞过去，却是隔壁的苏蓉。

苏蓉笑眯眯地道，好香，在煲汤啊，今天你老公回来吗？

美禾一边笑，一边给苏蓉拿拖鞋，他不回来我就不能煲汤啦。

苏蓉道，吓，还不知道你，总闹着减肥减肥，你老公不回来，你才懒得费事呢。

她递过来一条鱼，野生鱼，今天去度假山庄钓的。

美禾接过来，朝厨房走去，说，难怪今天没跟我一起去俏佳人，钓鱼去了。

苏蓉嘟起嘴唇埋怨，是啊，都是张强生拉硬拽，到哪里都要带上我，真拿他没办法。你看，一天就晒黑了，美容都白做了。

美禾笑道，你家男人把你当宝贝挂身上，是你的福气。

苏蓉道，什么福气，他工作忙，好像单位缺了他转不了似的，一天光电话都有百把个。我都跟他说，你官做得再大我可不稀罕，得多抽出时间陪我。这不，好容易才逮着个空闲出去转转。

美禾走到卧室，打开柜门，露出一堆化妆品，都是从前做销售时为冲业绩囤下的货，她选出一瓶眼霜递给苏蓉，这个送给你。

苏蓉接过来，道，媚娜凯，你做这个？

美禾道，我哪里做过这个，不过是一个朋友在做，我照顾着买了一大堆，用不完罢了。

苏蓉道，还是嫁个有钱的老公好，化妆品随你买。

美禾道，钱有什么好，忙生意忙得陀螺似的，什么时候能回家都不一定。

两个人暗里较劲，各说了一堆言不由衷的话。美禾道，哎呀，汤！

苏蓉告辞回家去。进了门，看看化妆品保质期，冷冷一笑，用不完的来送人，就差两个月过期，倒难为你拿得出手。遂恨恨丢到垃圾桶里。

苏蓉走后，美禾将汤煲端下火，又把鱼剖了，择了一把蔬菜，一切准备好，只等下锅了。她拿起手机，想了想又放下。走到阳台上探头张望，天已经黑了，小区的路灯亮起来，打在地上一团一团的光影，跟摆了一路咸鸭蛋似的。

她望了半天，收回目光看到玻璃窗里印着自己的影，垂着的几根散发在张扬。她拢了拢头发，退后一步，看着玻璃里自己的身影——她是三十五岁的女人了，三十五岁！再怎么不死心地往年轻里打扮，也已经缩水打折、徐娘半老了。人生过半的女人还禁得起等吗？还能选吗？人家八十岁的老头都盯着十八的女孩子了，她三十五！方圆长短都容不得她选了。

与任建伟离婚后，她一个人搬了出来，先是租房住，后来有了这套房子。房子不是很大，却是市区的中心地段，豪华小区，价位不低。美禾爱高楼大厦，爱人山人海，她爱城市的热闹与繁华。小时候，她听爷爷念"旧时王谢堂前燕，飞入寻常百姓家"，听他敲着杯盘唱白局，听他讲夫子庙的花灯鼓吹，秦淮河的桨声灯影，大悲巷的庄严静穆……她脑海里就蒸蒸腾腾浮出一座五光十色的城市来，而她就是这繁华城中深宅大院里的小姐。她总是问爷爷，我们怎么不回那座叫南京的大城市？爷爷摇摇头，回不去咯，回不去咯。

邓千秋悄悄对她说，以后不许再提南京。

为什么？

爷爷伤心。

爷爷为什么伤心？

说了你也不懂。

美禾没有回到南京，但到底回到城市了。她生活在一座城市的心脏，站在万家灯火的上空了，她用胸腔贴近这座城市，感受着它的亲切抚摸，她是这座城市的主人，她是自己的主人。她想做什么就做什么，再没有谁可以委屈她。她是吃过亏的人，那点不甘心却又无可奈何的苦，只有她自己最清楚。经过这些年的辗转，她已经知道，眼光不可太高，高的都是假象，一脚踩空，伤筋动骨。她不要那高的，不要那远的，她要近处看得见的，伸手够得着的。她也不要久的，过去和将来都没有意义，一百年是虚妄，她只要眼下及以后三十年就够。

眼下，她等着她的男人回来，也不知道要等到什么时候，也不知道等不等得到。她拿起手机，想了想，给妹妹秀禾打电话，在干吗呢？

秀禾道，你下次别给我买衣服了，这前胸露后背露的，我穿不出去，真是糟蹋钱了。

美禾笑道，这露什么啊，你才三十三哪，外头四十多的女人还穿得像个姑娘呢。蔡照林那么大个老板，你也不穿好看点给他长长脸。

秀禾沉默了一会道，他，可能外头有人了。

美禾吃了一惊。屋子也跟着吃了一惊，所有东西安静了下来。突然厨房里啪啪两声，那剖了的鱼竟垂死弹了两弹。

美禾道，怎么可能，蔡照林那么老实的人。

老实人做扎实事。

……你怎么晓得的？

十几年一个碗里吃，一张床上睡，他动动脚指头我都知道他在想啥。

美禾慢慢坐下来，道，你问过他了吗？

……还没问。

你打算怎么办？

那边沉默了一会，转了话题，你别担心我，你照顾好自己就好了。爹天天念你，今天还说要搭蔡照林的车来城里看你。

美禾站起来，爹来城里了？

秀禾道，没有，蔡照林说要去桐县跟人谈木材生意，不顺路。

美禾又坐下去，道，蔡照林那么忙，哪有时间乱来。没影的事，你别胡思乱想啊。

美禾挂了电话，心思离题万里。但是这点心思，是不可以与人瓜分的。

六

任何人在爱的问题上都有问题。

蔡照林第一次去医院给美禾送钱，是秀禾交代的。蔡照林并不想和美禾有交往，他想送完钱就走，静静听美禾说了些客气的话，等她说完了道，你别急，会好起来的。

美禾道，我不是急这个。

蔡照林说，那更不用急，钱的事不算事。他将钱给美禾，对她说，你先用着，不够再说。

美禾看着蔡照林头也没回地走了，心里有点伤感。她知道他喜欢她，她曾经用一点点漂亮女孩子的惯用伎俩，就撩动了他心中的涟漪。但那只是她的淘气，还有一点虚荣，算不得什么的，她事后就忘得干干净净了，她没想到他会来提亲，毫不犹豫就拒绝了婚事。可是谁知道有今日呢！钱的事不算事，钱不够再说，谁知道有今日呢。

要讲一个人的心，那真不容易，人若不犯点恶，总觉得自己是好人。可要是犯起恶来，自己都不敢认自己。

美禾的心里有恶意了，这恶意做空了还只是念头，算不得真的恶。

坏就坏在，恶意总是不落空的，它是一颗种子，你朝浇晚溉的，它就会发芽，会生根，会挺拔拔地长起来。这就像人的个子，世上只有矮个子长高的，哪里长出来的个子，又矮回去的？

蔡照林第二次给美禾送钱去，美禾刚刚离了婚。

美禾说，走走吧。蔡照林犹豫了一下，跟在她后面。

那天的美禾特别漂亮，化了淡妆，脖子上一根细链垂到深沟里，这条细链产生了妙不可言的延伸效果，使人的眼睛具有了同样妙不可言的延伸功能。她那双黑盈盈的眼睛里，像跳出了火星子来。

那天的美禾泫然欲泣，喃喃倾诉着命运的不公平，最后她说，照林，我悔死了，我真悔死了。

蔡照林掐着手，掰得一个个关节嘎达响。十五年前，他原本就是奔着美禾去，不料阴差阳错落在秀禾手里。他当然怨美禾的冷淡，十多年来两人尽量避免见面。但这次见面，竟似中间十几年凭空消失了一般。时间真的很奇怪，它似乎把一些东西带走了，又把另一些东西带来了。

天上大大的一轮黄月亮，沉到了荷花池子里头，照得一池水金光烁烁。她在前面走，他默默跟着，突然就想起十六岁那一夜，她在前面走，他也这样跟在后面，身边是满坡满陇的野菊花，都融成金黄的蜂蜜似的，团团包裹着他。

鹅卵石路面硌着了美禾的高跟鞋，蔡照林伸手扶住她，她冲他一笑，又柔媚又娇俏，蔡照林心里咚咚跳，他赶紧松开手。

美禾说，你还记得那一年，你陪我去江村接我爹吗？

记得。

你那时胆子真小。

蔡照林笑了。

想不到你现在这样厉害。

我没什么厉害的。

大家都说你厉害。

我真没什么厉害的。

在我眼里，你就是厉害！

美禾偏着头觑他，粲然一笑，头发都垂到一边去，像洗发水的广告女郎。

这是夏夜，花开着，鸟闹着，月光媚着，一切甜得发了腻，浓浓郁郁地蒸上来，蔡照林手掌汗湿了。美禾眼神迷离地看着夜空喃喃说，时间真快，太快了……

她收回目光看着他，像恋恋不舍似的说，不早了，你得回去了。

蔡照林差点就说，没关系，我可以不回去。但他忍住了，他到底不是十六岁了。

美禾轻轻说，要是能回到从前就好了。

蔡照林的心像被美禾的指甲掐了一下。他想，从前，从前是什么时候，是他想抱她的那一年，还是他向她求婚那一年？他不敢问，他觉得他一问，就掉到陷阱里去了，他曾经掉过。

他猛地转过身来说，走吧，我送你回家。

美禾看他那紧张的样子，捂着嘴笑起来，一双眼睛弯弯的，像两瓣甜橘子，又像霸道狂野的蟹爪花，把他团团包了进去，他的心成了一条鱼，游进那笑的漩涡里去。

她笑着说，你看，又得麻烦你送我。

蔡照林告别美禾，开车回瑶池，当真心思难言。当初放弃他的人如今软着热着对他说话，娇着媚着对他笑，他心里的起伏是很汹涌的，甚至有点悄悄的得意，像是夙愿得偿，又像是报了一个什么仇，解了一个什么恨，是一种证明，一种征服。

他知道美禾的意思，这些年他什么没见过？他不傻。他固然喜欢美禾，但他没办法不觉得美禾是爱他钱的，十五年前他没钱，儿女情长，英雄气短。十五年后他有钱了，儿女情短，英雄气长。这中间隔的不是光阴，是一张钞票。想到这里他不免惆怅。

可是，她那样野生生地朝他笑，她为什么要那样野生生地朝他笑！他一手拍在方向盘上，妈的，三笑！他挡了前面那两次笑，却被第三笑击溃。他把美禾的音容笑貌吞进来，咽下去，在肚子里化了水，浸到骨髓里去。夏天的半夜，他载着一个身体疲累内心轻盈的自己，载着一个在他肚子里化成水的女人，穿过寂静而幽深的夜晚，回到瑶池。夜里躺在床上，那三笑长了羽毛似的，轻轻地，软软地扫过他的心，扫上他的身体，身体瞬间绷紧成鼓面。

秀禾睡得迷迷糊糊，她睡裙翻卷，露出白白的一双腿，像刚挤出来的两截新鲜牙膏。

他翻身上去，进入一个意念中的女人。根深蒂固。

蔡照林被一种陌生的热度烧成了一只高温铜壶，这热度烧得他晕头转向，失魂落魄，最后，他自己跟自己打了一个败仗。他想，罢了，古人也敌不过的三笑，凭什么我蔡照林要去焦头烂额打个胜仗。他活了这几十年，知道人间事不过就是互相图点什么，各取所需。图钱也好吧，跟图脸、图身子，甚至跟图感情，有什么区别。

没过两天，像着了魔一样，他进城去了，糊里糊涂地就站到了美禾面前。

万事开头难。只要头过去了，身子也就过得去。

钱，女人，这两样东西有一个共同点，都能带给人愉悦的快感。这是一种介乎罪恶与美妙之间的奇特快感。金钱哗啦啦流来流去的声音是动听的，女人在耳边荡上荡下的声音也是动听的，这两者都能让人胆子变大，让人变威风。美禾正是风月无边的好年纪，又是久经沙场的好手，男人想要她有的她全有，想要她没有的她都没有，想要她是火，她就腾腾地热着，想要她是水，她就乖乖地静着，她生来就是来满足男人的幻想的。这点感情虽不能作生活的主，但能给生活一点滋补，这滋补又是那样有声有色的，简直能给命运打底。

他给美禾在御锦源买了一套房子，将她养了起来。

蔡照林即便不愿意承认，他心里还是知道的，他之所以能被一击即溃，是因为心里的火种并未曾真正熄灭过。原来，"爱情"这个东西永远不会"过去"，万事万物真是因果相连，他二十年前给的，她二十年后来还。合情合理，合榫合卯，幸甚至哉。

但蔡照林跟天下男人一样，再怎样春风放胆，也贪个夜雨瞒人，多个女人不算个事，但得屋里墙外两头平安。倘若东窗事发，这就算个事

26

了。倘若这个女人还是自己的姨姐，那就更算个事了。

他最怕的不是秀禾，他怕他爹蔡万福。

七

蔡照林又做梦了。

他梦见自己溺在水里，沉在黑暗里，整个人从头到脚都麻了，眼珠子都快掉出来，脑壳里轰隆轰隆，似有一斗车的水泥浆倾泻进去，并在快速凝结，他不能听，不能看，不能想，也不能呼吸。那一刻，巨大的恐慌攫住了他，他觉得他就要死了。他爹的手狠狠压住他的头，他无论如何挣脱不开。等他爹松了手，他猛地从水缸里挣出来，张大嘴喘息，发出长长的尖哨般的呼吸声，他全身虚脱，晃啊晃的，就软在了地上。

父亲问他，你还读不读书？

他不说话。

父亲再问，说话！你还读不读书？

他含着泪，高声道，读！

蔡照林猛地惊醒过来，翻身坐起，黑暗里听见自己急促的喘息。

他对着黑暗说，读你个麻皮。

蔡照林对父亲的恐惧，就像一条缠附在身的巨蟒，口吐白信，随时可将他吞噬。倘若一口吞了不算可怕，可怕的是它虎视眈眈，永远不会消失，这样的恐惧才算可怕，让人精疲力竭。每回他若想做点什么坏事了，他爹的脸就跳了出来，在他眼前横刀立马，他的七魂便吓走三魂去。

蔡照林小时候捡到一封信，信上说万能的神教即将掌管新世界，收到信的人必须成为坚定信徒，并将此信誊抄五份给不同的人才可逢凶化吉，否则会随时暴毙。蔡照林被这封信折磨得魂不守舍，夜里趴在桌上抄信。蔡万福发现了，一把撕了信纸，骂他瞎胡闹。

信没了，蔡照林陷入极度恐慌，他怕雨天，雷会击中他；怕晴天，太阳会晒死他；怕上山，石头会压死他；怕下河，河水会淹死他。最怕的是黑夜，一双鬼眼在盯着他，一双鬼手在揉搓他。

蔡照林怕鬼。鬼是什么？鬼在哪里？人有一张脸，鬼有千万样的脸。人在这里，鬼无处不在。人怎能躲得过鬼呢？蔡照林怕鬼怕得要死。他不敢睡觉，夜里瑟瑟发抖，眼里两泡泪水。他恨极了父亲，恨他撕了信，把他推向生死边缘。

　　他怀着巨大的恐慌与痛苦，跑到了母亲的坟前，哭得肠子都断了。他有满肚子话想跟他娘说，可是说不出来，他希望他娘能先说，可是娘在坟里不说话。

　　他哭了半天，抽噎半晌，迷迷糊糊就睡过去了。他梦见他娘在叫他，照林哎，我的崽呀，回来哟，回来哟……

　　他朝声音追过去，却不见他娘，只有黑漆漆的瑶池水在咕噜咕噜地响着，像打着饱嗝。

　　娘的声音又在远处响起来，照林崽哎，回来哟，回来！

　　他想回应，娘，娘，我回来了，我回来了！可是他的喉咙被掐住了，发不出一点声音。

　　照林哎，我的爱崽啊，回来哟……

　　娘的声音突然停顿，突然没了！瑶池河水在哗啦啦，哗啦啦。瑶池河水张开嘴巴，在哗啦啦，哗啦啦。

　　蔡照林惊醒过来，满背心冷汗。娘呢？娘掉到河里去了，河水吃掉了他娘，娘落到土里去了，黄土吃掉了他娘！

　　天空响起一声炸雷，囔朗朗撕开一道白口子，雨发疯似的冲了下来，干地上扬起一层尘土，转眼尘土消散，干地变成了泥地，泥水流成沟，就像坟裂了缝。世人只知道这坟里埋了一个女人，不知道还埋了一个儿子的心。蔡照林看着那缝就疯了，像是那条缝吸走了他娘，他对那条缝拳打脚踢起来。直打得脑袋里也轰轰打起雷来，眼睛里也晃晃扯起闪来，他瘫倒在地，像一只气球，被针一扎，哧溜跑了气。

　　抽抽搭搭的哭声被一个银铃般的声音打断了，蔡照林，你在这里干什么？

　　那是如花似玉的美禾。她站在他面前，像一轮明月。

　　他不哭了，在女孩面前哭是丢脸的事。他赶紧站起来，将满身泥水徒劳地揩拭。

我去江村接我爹，给他送伞，但天快黑了，你陪我去好不？

他想说不，但她走过来，用一种撒娇的口气对他说，好吗？你就陪我去嘛，好不好？

他像着了魔，迷迷糊糊就跟她走了。

美禾一边走，一边跟他说话，我听你爹说，你不想读书了？

嗯。

你不读书，打算干什么。

我还没想好。

你会跟着你爹杀猪吗？

……我还没想好。

美禾噗嗤笑了，回过头来道，那你脑袋里都想些啥，光想你娘了吗？

蔡照林不说话。

美禾说，我也想娘，但我不哭，因为越哭越想。忍住不哭，就没那么想了。

蔡照林才想起美禾也没了娘，她是女孩子都没哭，自己一个男孩子倒哭得这样稀里哗啦，不禁暗暗红了脸。

美禾又问，蔡伯伯经常打你吧，你怕不怕他？

蔡照林不好意思承认，他不想要美禾觉得他是个胆小鬼。

美禾转过身来，说，我告诉你一个好办法，下次你爸再打你，你就瞪他，拿眼睛一直瞪着他。

为，为什么？

戏里就是这样演的。不说话，光瞪人，别人不知道你心里怎么想的，你不让别人看到你的害怕，别人就会怕你。

蔡照林高兴起来，你瞪过你爹吗？

我爹从不打我们，他连吼都不吼我们。美禾转过身去继续走，但我瞪过大锅盔，瞪过刘癫子，他们都不敢看我了。

蔡照林笑了。

美禾道，你还怕什么，告诉我，我教你治他们。

蔡照林想了想说，你说，世上有鬼吗？

美禾说，你都这么大了，还怕鬼吗？

世上真的没有鬼吗？

美禾突然停住，朝黑暗里喊道，谁？

蔡照林吓了一跳，惊叫起来。

美禾回转身，她柔软的胸脯贴上了他的身体。蔡照林闻到一种致命的香气，一股触电般的热流传遍他的身体，他像被点了穴。美禾咯咯地笑弯了腰，弯弯的眼睛像两瓣甜橘子，她拉了拉他的手，凑近他的耳朵，安抚他似的，别怕，别怕，逗你呢。

她热热的气息软软地吹在了他脸上，她的眼睛像一朵蟹爪花，将他团团包了进去，蔡照林的魂魄都飞了起来，他迷迷糊糊伸出手，想要抱住她。

美禾一扭身，走到前面去了，一边走一边说，别怕，世上没有鬼，都是自己吓自己。

那天，是他第一次跟人说这么多话，整颗心轻盈起来，说不出的快乐。原来他并非不爱说话，并非无话可说，只是没有说话的人。十六岁的脑袋里蹦出"知心"两个字，这两个字有着巨大的神力，令他心旌摇荡，且心满意足。这种从未有过的感受，他永远无法忘记。

那天晚上蔡照林做梦了。梦见美禾在他前面跑，咯咯的笑声像从天上来的，野菊花开糊涂了，一大片一大片像泼出来的。美禾在花丛东面笑，美禾在花丛西面笑，美禾在他的四面八方笑，四面八方都是笑着的美禾。她的花裙子一荡一漾，露出纤细而结实的小腿。花裙子一荡一漾，浓浓的花香大把大把扑过来。花裙子荡啊漾啊，裙裾越飞越高，越张越大，遮住天空，遮住田野，把野菊花，把他，都拢进裙摆里去了。天地黑了。

蔡照林大叫一声醒过来，背心湿了，身下也湿了。

一发不可收拾，他把自己折腾得眼圈铁青，双颊深陷，无心学习。一天，他正在被窝里将身子绷成一把弯弓，突然背上被人狠狠踹了一脚，他惊慌回头，赫然看见父亲青筋暴突，眉毛高吊，厉声吼他，不好好念书，整天胡思乱想，看我不阉了你。

蔡照林像挨了一颗子弹。又羞惭，又害怕，差点哭起来。

后来再做梦，每到动情处，就有一把小刀哐当扎在他面前，那是父亲的阉猪刀。父亲长着兽角，龇着獠牙，变成了一个面目狰狞的恶鬼，恶鬼对他道，不好好念书，胡思乱想，我要阉了你。

蔡照林觉得，他身体的某一部分，在那一刻就死掉了。

他结了婚，竟难得体会到梦境里的狂烈兴奋，秀禾又是拘谨呆板的，他亦无心缱绻，像有人时时在盯着，时日一长，慢慢便淡了这方面的兴味。人人都知他不好女色。有人道，这叫大智慧，没有贪嗜，就没有软肋。

而事实往往在十万八千里以外。

现在美禾回来了，他沉睡了二十年的青春热血怦然复苏了，身体里亿万个细胞都张开嘴在摇旗呐喊，美禾的铺垫渲染、起承转合，使他如天地鸿蒙，宇宙初开。当蔡照林的身子在美禾的柔情蜜意里像一只风筝浮上云端，他脑袋里绽开一支支绚烂烟花，烟花照亮了十六岁的那一夜，美禾牵住他的手，在他耳边说，别怕，别怕。

别怕，别怕，世上没有比这更好听的话了。

别怕，别怕。他不怕了。

别怕，别怕，他已经蓄势待发了。

十六岁的香气回来了，十六岁的声音回来了，十六岁的身体回来了。美禾的声音无所不入，无所不能，包裹着他，撞击着他，像一头野兽拱得他心脏猛跳，全身打颤。蔡照林听见了自己的叫喊，他吓了一跳，他也发出这种陌生的声音来了，这声音有弹性，时高时低，时长时短，就像长了脚在跑跳，在驰骋，就像长了翅膀在腾空，在飞扬，急速上升，急速攀登。气势恢宏，排山倒海，春风已过玉门关。

他为自己的声音感到羞赧，可是这种痛快前所未有，幸福得近乎悲伤。

他不怕了，他不怕那双眼睛了！

美禾将他飘忽了二十多年的魂喊回来了。

八

大雨后，泥石流就来了。泥石流一来，石矿就垮了。

矿工金虎的脸先从泥土里被挖出来，比往常白，比往常胖。周围的碎石围着这张脸，像提前给他行祭奠。虫子，青蛙、蛇，在金虎脸上大张旗鼓地横行，软虫从他嘴里爬出来。

蔡照林站在这张变形的白脸前面，全身抖动。泥巴从他的脚趾缝里有力地挤出来，翻出一个个泥卷子，蔡照林吓得猛退几步，以为是金虎的手从地里伸出来拉扯他。

金虎的手从地里伸出来拉他，噩梦又来了，他夜不能寐。一切的牛鬼蛇神，一切的山妖水魅，像一缕缕青烟，在金虎的手里冒出来了。

秀禾请了一尊金身菩萨回来，安在堂屋正面，电子香烛日夜亮着，把祖宗们的画像辉映得红光满面。

蔡照林看到神龛上的电子香烛，供桌上的塑料水果，这让他受到巨大的震悚，也受到巨大的伤害。从前他知道人死了是怎样一回事，是不吃不喝，是不闻不问，是永远不再出现。现在他知道人供奉菩萨是怎么一回事，人比鬼神还精，人敢于欺诈鬼神，人拿假心对鬼神，却企求鬼神的庇佑。

蔡照林鼻子里哼一声，道，敬菩萨不如敬娘，有娘的人不用求菩萨。

秀禾拍打他一下，制止他往下说。她马上转过身对着菩萨闭目合掌，口中念念，神灵莫怪，神灵莫怪……

金虎的丧葬和赔偿、被淹没的矿房、损坏的机械拉近了蔡照林同瑶池人的贫富差距。矿上违规操作出了人命，蔡照林的石矿被勒令关闭了。

这对蔡照林来说是一个巨大的打击。这么多年来，他开石矿，贩木材，靠山吃山，才挣得了响亮身家，在父亲面前站直了腰。这矿山一塌，人命一条，他的威风倒了半边。

秀禾去镇上帮父亲出了酒，拾掇了铺面，走回院子，听到蔡照林在打电话。

蔡照林说，我也想来啊，我一想到金虎那张脸就害怕，只想快点到你那里来。但眼下来不了，好多事得归置。

又说，这你不用担心，该出的钱我都出了，折是折得不浅，但不至于养不起你。

又说，那不行，到城里我能干啥，到城里我啥也不是。瑶池的木材生意我还把着呢。

又说，这几天我不下来了，你接小抗过去住几天，别母子生疏了。

秀禾站在那里听着，头顶像有冰雹砸下来。慢慢地，那声音就像有张力似的，把她的心撑得鼓起来，胀起来，像要爆炸了一般，她眼睛蒙蒙地望在墙壁上，一切便模糊起来。然后，这声音似乎又有浮力似的，将她拖起来，浮起来，全身只有一张皮囊，飘飘地在空中荡。

也不知过了多久，那声音没了，天却又下起小雨来。这凉凉的雨来得好，她吃了几口冷风，才知道脚麻了，脸湿了，手指不知抠到哪里，指甲也翻过来了。

蔡照林抬起头，看到秀禾站在那里看着他，目光不偏不倚，似冤魂不息。他心头一惊，正想说句什么，却发现秀禾没有看他，她的眼神穿过他，直直望到后面的神龛上。

她僵僵地走过去，直直跪倒，半天，突然进出一声尖利哭喊，娘！娘啊！娘啊！

蔡万福还在门外，就听到秀禾在喊娘，他慌得一路小跑，跌进门来，看着秀禾披头散发，哭倒在神龛下。

蔡万福道，秀禾啊，妹仔啊，你这是咋了？

秀禾只一径地喊娘，喊得嗓子也哑了。

蔡照林的心一跳一跳，他等着他爹来问，他有一肚子谎，他有一万句上好的密不透风的谎在等着，这些谎言严谨细致得足够追溯到一百年以前，他怕他爹，所以他时刻准备着谎。谎是害怕的衍生物，人越怕，谎越大。

然而他爹不问，不问就是不容他的辩解，不问就是坐实了他的罪证。

蔡照林讷讷开口，爹……

话音未落，蔡万福手中的水烟壶就照头扑来，正中他前额，他爹举着嗓子怒斥道，畜生！你这吃屎不知香臭的畜生！

他那一肚子的谎被这一烟杆子砸回去了。

这夜是个月黑风高夜，镇子在晃荡，也不是镇子在晃荡，是风在晃荡，也不是风在晃荡，是人心在晃荡。

秀禾的心在激烈地晃荡。

蔡照林是她的丈夫，她以为这固若金汤，是铁桶江山，她无法预料到今天，原来恩情竟那么薄，朝不保夕的。想想往日，每天下午四点的时候，先是童童回来，五六点，丈夫就快回来了。女人做得最多的事，不就是等吗？等丈夫，等孩子，如果活得久一点，再等孙子。还有女人有另一种活法吗？她想了想，没有想出答案。她不需要答案。对于心中的隐忧，她一直抱有侥幸，甚至责备自己多心。不要去问。啥也没有。永远不会发生。不可能。绝不会。他是那样老实的人哪。

美禾说，蔡照林是那样老实的人。

万箭穿心！秀禾从胸腔里爆发出一声悲鸣，她禁得起一百零八个野女人的把戏，禁不起亲姐姐的一把横刀。

雪花落下来了。漫天的雪花，纷纷扬扬在空中升腾、翻飞，它们像从地上飞到天上去。秀禾醒过来，不是雪，没有雪啊，只有冤屈。不是雪，没有雪啊，是那碎片的影子在急速地摇动，外面起了大风了。风像是长着无数的脚，急急地在跌宕幽深的山岭跑过，在宽阔舒缓的河滩跑过，在露着稻茬的灰黄原野里跑过，从参差不齐的黑瓦屋顶上跑过，深一脚，浅一脚。

一个秀禾蜷倒在床上，因为过度的伤心与疲累，一动不动。一个秀禾出了门，跟着风朝外跑去，她往生活的裂缝里跑，往时间的过去跑，她跑啊跑啊，深一脚，浅一脚。

照林，美禾公公住院了，你帮我送点钱去。

照林，你今天下城，帮我带点野蘑菇给美禾吧，城里人稀罕这些东西。

照林，你帮我留意留意，你认识的人里有没有适合美禾的，她总不能一个人到老啊。

照林照林，美禾美禾。

是美禾啊！原来是美禾！是一个娘肚子里出来的美禾，是一起长大的美禾，是那个亲亲热热唤着秀禾秀禾的美禾啊。

秀禾，你别听爸的，蔡照林有哪点好？到时我给你在城里介绍个好的。

秀禾，你还只三十三哪，穿漂亮点，给蔡照林长长脸。

秀禾，不可能，蔡照林是那么老实的人。没影的事你别胡思乱想啊。

秀禾，你打算怎么办？

美禾抢了秀禾的丈夫，美禾问秀禾怎么办。

秀禾，你打算怎么办？

姐姐抢了妹妹的丈夫，姐姐问妹妹怎么办。

怎么办，怎么办？

你不用担心我，你照顾好你自己。她说。

风越来越大了，风把房子驮起来了，风驮着房子在跑，房子在颠簸，房子变成花轿了，一颠一颠，秀禾坐在花轿里，花轿一颠一颠，正在跋山涉水。这顶花轿没有停下来的时候，她永远地走在出嫁的路上，一切都还能憧憬，一切都还来得及。

照林，你看，我坐着花轿来了啊。照林，命中注定，我是你的妻啊。

不，秀禾，不是这样。美禾拦住了花轿，美禾在笑，她的笑高深莫测，暗藏玄机。

美禾说，不是这样，秀禾，蔡照林本来想娶的是我啊。

秀禾闭上眼睛，闻到了命运的味道。

人，认的是命，不认的是错。

九

凤翔嫂提着一篮新摘的鲜枣，走进蔡家的院子。

这栋瑶池镇上最气派的院落，如今笼着一种幽深的寂静。院里杂草抽发得齐了腰，苗圃里散立着几株凤仙，却结着蜘蛛网，黏满虫尸。墙下瓜蔓干枯了，枯黄的枝条垂在墙上，在风里一下一下抽搐，枯叶萧萧瑟瑟地抖响。院里大门紧闭，凤翔嫂喊了几声秀禾，没人回答，声音倒像有回音似的，显得空旷辽远。

凤翔嫂想起一年前，蔡万福做六十寿酒，半个瑶池的人都来了，席面从院子里延出去，搭起了半里路的红顶帐篷，请来了有名的花鼓戏班子，扎起了花红柳绿的大戏台，来来往往的人喊答笑闹，震得耳膜嗡嗡响。院里院外积了厚厚一层爆竹屑，像昨晚下了一夜梅花似的。

蔡万福像国家干部视察工作，背着两只手，抬头挺胸地踱着步，似乎那是他人生中最辉煌的时刻，万众仰目。大家纷纷给他祝寿，老蔡有福啊，晚辈这样孝顺，给你铺这么大场面。

他皱着眉头挥挥手，好像无限烦恼似的，我都说了不要惊动大家，嗨，不听！非说要搞。你看看，搞成这个乱样子，不像话，真是怠慢各位了。

那时，秀禾就站在这院里，吩咐大家筛酒摆席，走到哪里笑到哪里，脸上像挂着一个太阳。人人都说秀禾好福气，拔了瑶池的头筹。

这人间事，好像所有好事都是为坏事做铺垫的，曲高弦易断，一路的好叠上去，瞬间全部倾塌下来，原来从前的好也是这坏的一部分，让人不免生出更多的苍凉悲伤来。

凤翔嫂迷惘地环视一圈，转到后院，敲敲秀禾房间的窗户，秀禾，秀禾。

窗户打开了，露出一张蜡黄的瘦脸，顶着一头鸡窝乱发，乱发下的两只眼珠子凹陷在乌黑的眼眶里。凤翔嫂退了一步，发出一声尖细的惊呼，她定定神，放低声音道，是我，秀禾。我给你送枣子来——

秀禾没看她手中的枣子，她张了张惨白的嘴唇，发出沙哑粗嘎的声音，你看到蔡照林了吗？

凤翔嫂难过地放下举起的篮子，摇摇头。

秀禾沉默了，她眼神空洞涣散，脸上毫无表情，一径望向凤翔嫂身后。

大家都说秀禾掉了魂了。

童童已经十岁了，放学后在门外的梧桐树下粘蝉娘子。树上的蝉娘子叫得跟疯了一样，它们一叫，娘就心神不宁。童童想把树上的蝉都粘掉。

池塘的井台边上一群堂客们洗菜洗衣。有人问，童童，吃饭了吗。

还没有。

童童你这衣服都黄了，妈妈不做饭，不洗衣吗？

嗯。

那饭谁做，衣服谁洗呢？

爷爷。

另一个插话，衣服都是爷爷洗吗？妈妈的也是吗？

有几个就抿嘴笑了。

又问，童童，那哪个帮妈妈洗澡呢？

井台上的人都笑起来。童童听出来这种笑声不是好的笑声，她头一扭，扛着竹竿走了。凤翔嫂正好过来，听见她们的话，道，少说两句吧，秀禾只是病了，又没疯，你们刮什么妖风。

秀禾到底什么病啊，老蔡背着她去医院都四五次了，怎么老也不见好呢。

男人真没良心，绝情起来六亲不认。

那也不是，你看老蔡，对儿子凶神恶煞，对媳妇倒是有情有义的。

听说蔡照林回来过，是被老蔡打跑的。不要儿子回家，伴着媳妇住着，你说这老蔡是不是真糊涂。

凤翔嫂叹气，你们这话能杀人呢，快莫乱讲了。

却引来眼眨眉动的一顿好笑。日子太过平淡，太过灰暗，偷窥与探索一个平时比自己幸运的人的伤痛与悲剧，含着多大的安慰与畅快啊。

傍晚，蔡万福从肉铺回来，他去敲敲秀禾的门，秀禾，想吃点么子菜？

屋里没有回答，蔡万福就去喊孙女，要她进去看看，对她说，你可要张起眼睛来，多进去看看妈妈。

童童说，晓得。

蔡万福做了晚饭，要童童给娘端去，一会儿童童慌忙来喊，爷爷，妈妈不开门，也没答话。

蔡万福慌忙丢下碗筷，跑过去喊了几声，用力踹开了门。秀禾半倚在床头，一双鸡爪手揪紧衣襟领口，眼神却松弛成散沙。她身后的窗外，太阳已经沉了半个，还有半个露在岭上，显出回光返照般的彤红色彩。

蔡万福松了口气，道，妹仔，你倒是应一声啊，莫吓着你闺女。

秀禾望着公公，一脸的茫然，好像此刻才看见他。她说，爹，你放心呢，我没事。

蔡万福说，以后你这门莫锁住了，你一锁门，童童害怕呢。

秀禾虚弱地笑笑，爹，我不想死呢……我等他回来。

"死"字像一把尖刀，刺得蔡万福心头痛。秀禾不是没寻过死，跳起来就往窗上爬，吓得老蔡当天就给她换到楼下住。他心中酸楚，对秀禾说，那你起来走动走动，把身体养好。

秀禾艰难坐起来，慢慢下了床，只觉眼冒金星，双腿像两条软蛇似的。蔡万福赶忙搀住她，只觉得她愈发轻了，像一片落叶，蔡万福似捏着一柄伞骨。

蔡万福有些后悔。他常常想，如果那天蔡照林回来，他没有动刀子，结果是不是会不一样。

那天蔡照林被父亲一烟杆子打出门，其实他哪里也没去，也没跟美禾联系，在林场躺了几天，想了几天。傍晚，他迎着夕阳坐在山坡上，看着整个瑶池蒙上了紫红色的薄纱，呈现出一种深沉的温柔与稳定，他觉得特别难过。他做了几乎所有男人都会做的选择，回家。

他一进屋，就看见父亲坐在堂屋阴郁着脸抽水烟，烟火一明一暗，像蛇吐信子。

蔡照林不说话，朝楼上走。蔡万福斥住他，你眼睛瞎了，没看见你老子吗？

蔡照林只得转过身，爹。

我不是你爹，我没你这样烧糊了脑壳的崽，把祖宗脸面都丢尽了！

蔡照林闭闭眼，道，我现在回来了，你还想要我怎样！

儿子的口气竟像有怨气似的，蔡万福只觉太阳穴暴突，他吼道，你被阎王挖了眼，猪油蒙了心！你说得轻松，回来了，哈，你糊人一脸屎，现在摇着尾巴回来了，你有脸进这张门，我没脸给你开门！随着话落，那支老烟杆砸过来，没砸到蔡照林，砸在了楼梯扶手，断成两截。

蔡照林转过身子来，双手断了骨似的垂着，身子也塌下来，他决定保持沉默，他知道自己说一句话，父亲有一百句等着。他从来没赢过。

蔡万福指着他，你这吃饱了的牛肚子，大草包！那是你姨姐啊，你要秀禾怎么做人，你要你岳父怎么做人啊，我这张脸！我这张脸……

蔡万福重重拍着自己的脸，越说越激动，声嘶力竭起来，你这祸害！你生来就是个祸害！

生来就是个祸害。祸害，祸害，祸害。蔡照林晃了一晃，哀哀笑了。他看着父亲，眼里既是期望，又是绝望，爹，我有一件事让你满意过吗？

蔡万福感觉儿子在用眼神与他无声交锋，他怒道，你还有脸问！你做过一件清白事吗？

蔡照林从来没有这样难受过，他看到自己三十六年的人生，哗啦啦全垮了。他的心理也垮了，声音轻飘飘的，我走，以后不祸害你了。我走。

蔡万福意识到，他的儿子脱离他的控制了，不但如此，他的反扑来得又狠又毒，能一刀致命。蔡万福猛地站起来，拿起桌上杀猪的青条子，朝蔡照林走过来，你敢走！你试试！

蔡万福高举尖刀扑向儿子的脸，正中靶心，蔡照林的脸马上碎裂了，裂纹瞬间延伸，爆破，天地一片寒光——蔡万福回转身，长刀扎在了墙壁的镜子上，扎进了镜子上"蔡家大宅落成志庆"一排红字，扎向了镜子里的蔡照林。

蔡照林觉得自己死过一次了，镜中的自己被父亲杀了。

蔡万福倒在地上，倒在一堆碎镜子当中，他全身颤抖，抬着一张惨白的脸，一边喘，一边道，你想抛妻弃子，休想！除非，你不姓蔡！

蔡照林看着父亲，他第一次发现父亲已经老得这样厉害，脸上的皱纹一圈一圈，像荡开层层水波。因为激动，口水喷出来，泡沫挂在胡茬儿上，长了霉斑似的。项背佝偻着，暴突出嶙峋脊椎，似乎一棍子打下去就会碎成灰。唯有那双眼睛，像古墓上的长明灯，焚着永远不可消灭的火焰。

蔡照林心里涌起一股极深沉而又极空洞的悲哀，他慢慢笑了，他说，我以后，不姓蔡了。

蔡万福捏着绵软的拳头，全身抖着，看着儿子拍拍手，摇摇晃晃地走了出去，那空荡荡的衣摆，像一只无骨风筝曳向远方，萧萧飒飒，载沉载浮，融进了黑夜。

十

这一天又是端午节。瑶池煮沸了。

这一天，瑶池镇的人都看见桥东头关张了很久的"蔡记肉铺"，挂上了"荣记红白喜事"的招牌，新来的东家站在店门前给过往行人发烟。

这一天，好久不出门的蔡万福出现在了万海花的理发店，他来理发，还嘱咐万海花给掏耳洞、修鼻毛，收拾得齐齐整整。万海花还记得，给老蔡掏耳洞时，老蔡连打了三个响亮的喷嚏，这三个喷嚏将老蔡一颗牙齿打落了。老蔡捏着那颗黑黄色的牙齿，翻来覆去看了半天，然后嘿嘿笑了。老蔡为什么笑，万海花就不知道了。

接着，旭日照相馆的秦老板看见蔡万福了，他穿着一套崭新的灰布衣裤，要秦老板给他拍张照。

秦老板说，蔡师傅，照半身的还是全身的？

蔡万福说，摆在神龛上的。

秦老板吃了一惊，蔡师傅身子硬板得很，咋想起拍这个了？

蔡万福一句话也没有，坐得端端正正，让秦师傅给他拍了照。

秦老板发现老蔡是真的老了，比上次见到老了很多。"老"把老蔡一生的精明强悍冲淡了，有了一种陌生的、近乎柔软的神态。可是在瑶池，一夜之间突然老去的大有人在，秦老板也就没有多想了。

理了发，拍了照的蔡万福，背着手，慢慢走上了十字街头。

节日的瑶池在燃着，跳着，沸着，蔡万福闻到了阔别已久的瑶池的气味。

瑶池的气味对于外地人来说是难以相处的，是敌对的，似乎知道你不爱它，干脆与你为敌，两相嫌恶更痛快些。饭馆里的泔潲味、肉店里的膻腥味，铁匠铺里淬火的烟味、理发店里烫发的煳味、小旅店里被褥的霉味、药铺里草药的涩味、修理店橡胶和焊铁的呛味……还有女人的体味，男人的汗味，老人的酸腐，孩子的乳臭，这些气味和瑶池人共生共长，和瑶池人相亲，它像一只暖手伸过来，抚在人的肌肤上，暖在人的心窝上，让人觉得天长地久、固若金汤。

一缕游丝般的气味，坚定地穿透了铜墙铁壁，直达蔡万福的鼻腔。

那是秀禾的气味。

秀禾似乎一直处于高烧中，她呓语不断，一会儿伤心地哭诉，一会儿哀哀地乞求，一会儿激烈地咒骂，把自己弄得疲惫不堪，骨瘦如柴。但她也有清醒和安静的时候，这个时候，她能择菜，能打扫，当她把菜篮里的瓜果全做成菜端上桌时，眼角突然滑下两颗泪，吧嗒砸在桌上，震得蔡万福胸腔里一阵回响。

蔡万福道，秀禾，蔡家对不住你……你想去哪里，就去吧，不能让你在这里受委屈呀。

秀禾茫然地抬起眼皮，爹，你要我去哪里呀？

蔡万福道，你听你爹的话，回去住一阵子吧，你这身子要人照顾啊。

秀禾身子一软，伏在蔡万福膝盖上，哭得一搭一搭，恳求道，爹啊，我不走，我哪里也不去……爹，你去找他回来吧，你帮我去找他回来吧。

秀禾身上散发出一种浓烈的气味，这是一种孤单而哀苦的气味，有药草的冷郁，眼泪的咸涩，汗水的酸腐，混成一体，还在日益盘桓与积累。一会儿，秀禾的眼泪就把蔡万福的裤管打湿了，一摊湿热粘在腿上，像一帖密不透风的膏药。

蔡万福捶了捶膝盖，老啦，怎么这两条腿就像多余出来的，不听使唤呢。他走走停停，慢慢到了河边，听见瑶池河水在咕嘟咕嘟打着饱嗝。

那可恶的瑶池河水，那可怜的杨香云。秀禾多像那时的杨香云，一样的年纪，一样的不幸。一样在夜里哭着喊，照林啊，快回来，回来……

蔡万福摇了摇头，想甩掉这些声音。多么奇怪啊，今天的耳朵特别好使，瑶池的声音像潮水一样淹上来。大矿车经过的声音是咣嘟咣嘟的，油锅里下菜的声音是刺啦刺啦的，铁匠铺打铁的声音是叮当叮当的。嚓嚓嚓，那是裁缝铺里缝纫机的；当当当，那是学堂里打钟的；砰砰砰，那是手摇爆花机的；刷刷刷，那是木匠刨花的……一种声音便是一种营生，这声音里有询问、有惊叹、有疑惑、有欢喜，也有悲恨怨仇。

瑶池的声音是活的，是猛的，是辣的。

瑶池的声音啊，是死的，是悲的，是寒的。

秀禾夜夜在哭，那声音就像一把小锯，在蔡万福心上拉过来拉过去。

蔡万福说，秀禾啊，你别哭了，你再哭下去命就不保了啊。

秀禾还是哭。

蔡万福嘴角抽动，像要哭起来，秀禾啊，我没脸见你爹了……老邓啊，老邓啊，我没脸见你了啊！

秀禾还是哭，她的声音枯朽干涩，像一只啼血的杜鹃。

蔡万福又说，你听爹的，离了婚，再找个比那化生子好一万倍的。

秀禾的哭声突然停了，眼睛里的雾霾不见了，她似乎刚从梦魇里清醒过来，一字一句道，我生是蔡家的人，死是蔡家的鬼。她突然一扬头，望向窗台，没等蔡万福醒过来，秀禾半边身子挂在了窗户上。

蔡万福慌忙跑过去，一把拖住。蔡万福老泪纵横，长叹一声，妹仔呀，好死不如赖活，只要你活着，你想怎样就怎样。

秀禾还在哭，那哭声又悲切，又顽强，一路跟着蔡万福，走上了瑶池桥。

瑶池桥是瑶池的魂。毛伢子学步了，放到瑶池桥上走走，以后就能自己爬山过桥了。老人去世了，祭土地庙时绕着石桥转一圈，魂灵就归了原体了。在每个人心中，瑶池桥就是个脐带眼儿，那些大起大落、悲欢离合、可歌可泣，都得在这儿走一遭，才算真的起步、登台、挥别、落幕。

走过桥去，就是老伙计邓千秋的半仙酒铺了。蔡万福呆呆看着酒铺的招牌，因为风吹雨打的缘故，那招牌上的"仙"字被侵蚀了一半，变成了"半山酒铺"。

半山酒铺大门紧闭。

蔡万福问隔壁卤腊店的袁师傅，看到老邓了吗？

袁师傅说，你们是亲家，又是老伙计，你竟不知道吗，邓师傅走了好些天了。

蔡万福哑了哑，走？去哪里？

袁师傅道，谁知道呢，他一个人背了个褡裢，带了把伞就出门了。问他，他不说话，喊他，他也不答应，一个人摇摇晃晃，掉了魂一样。

掉了魂一样？

嗯，掉了魂一样。

蔡万福眼角流下一颗泪来。他望着"半山酒铺"四个字，自语道，人走了，山塌了，可不就是半山嘛。

半个月前，邓千秋来找过蔡万福。

邓千秋原本棕黄的头发白了一大半，那张惨白的脸也灰暗了，这个散淡沉稳的茶壶才子，跟大部分瑶池人一样，也在一夜之间突然老去了。他说，我来带我妹仔回去。

秀禾从房里出来了，用一种游魂似的语气说，爹，要我走也行，我竖着进来，横着出去。

蔡万福马上对秀禾道，妹仔，你自己要是想走，我把这家当都打发给你。你要是不想走，哪个也不能赶你走。

听了这话，秀禾像放了心，悄无声息地退回房去。

邓千秋沉默了半天，道，老蔡，不是我狠心，是外头的话实在听不得。

蔡万福脸色瞬间灰了，声音颤抖地道，别人不信我，你老邓还不信我？

邓千秋道，人言可畏，嘴巴长在人身上。

蔡万福道，那是瞎扯淡！

邓千秋道，老蔡啊，你是几十岁了呢，又不是几十斤！么事做得做不得，你就没个是非轻重？

蔡万福像吃了个耳光，一张老脸烧起来，又臊又气，他一屁股蹲下来，抱住脑袋。

邓千秋脚步沉重地慢慢走出去，门口悲痛长叹，我两个妹仔，都毁在蔡家了！

蔡万福回过神来，望着酒铺招牌喃喃道，我错了吗？

但他马上听到一种隆隆的回声，像从黑的地下发出来，你错了，你错了。

蔡万福双肩耸动，身子像突发了急症似的，抖得站立不稳。

拍了照、转了街的蔡万福，从瑶池镇上消失了。

这一天既是端午，又逢鞭炮厂文老板老来得子，大举庆祝，席面摆开几百米来，晚上请了歌舞戏班子唱大戏，礼花照亮了瑶池半边天。这一晚的瑶池是多么热闹、多么忘形的瑶池啊。大家都快活，都逍遥，都在吃大肉、喝老酒、看人戏，都把自己是谁也忘了。

可是这一晚也很快过去了，天一亮，大家从鸡叫里睁开眼，又成了打铁的、镶牙的、开眼的、磨豆腐的、弹棉花的、杀猪的。

讲起杀猪的，人们倒把杀猪的老蔡忘了。这一晚，谁都在快活，都在逍遥，唯独没有看见杀猪的老蔡。

老蔡给自己拍了一张遗照，但老蔡没有去死，他做了一件骇人听闻的事。

老蔡觉得，他其实是在这一晚死的。

蔡万福磨了半夜的刀。

蔡万福磨了半夜的阉猪刀。

蔡万福给自己磨了半夜的阉猪刀。

他把这把阉刀细细磨过，用手指慢慢捻过，刀口子发出风一样的鸣响。

这一夜，世上所有的刀集体行祭——手里的刀，眼里的刀，心里的刀，都给一把悲壮的阉刀让路。

蔡万福用这把阉刀，终结了瑶池人对不幸者的探索与疑猜，终结了命运对一个人夜以继日的审讯和诘问。

十一

美禾穿一件翡翠色杭绸吊肩小礼服，配一个银灰钉珠手包，顾盼半天，自语道，这料子昨天在店里看着还油汪汪的，怎么今天看着有点显老？算了，不拆牌子了，回来再去换一件。

终于光鲜明丽地出来，说，今天李梅在凤凰台请客，我不回来吃晚饭了。

蔡照林道，哪个李梅？

美禾边换鞋边说，上个月在美容院认识的，她老公是个基建老板，说是今晚有几个大老板会来，看能不能帮我们搭搭发财桥。

蔡照林离开瑶池后，靠着部分老客户，做做提篮子的买卖，虽然生意小有保留，境况已大不如前。美禾勤勉地帮他牵线搭桥，以图另辟蹊径，无奈城里鏖战激烈，加之他心思溃散，东山再起还有待时日。

时下美禾出了门，天渐渐暗下来。蔡照林见到处丢着衣服丝巾，他随手捡拾了几样，心思散淡，遂作罢。他走到厨房，电饭煲像一台精密仪器，瞪着红眼与他严阵以待。他想起瑶池的铁锅饭，锅底有一层金黄锅巴，用锅巴裹着腌白菜，揉成饭团子，走到哪里吃都是喷香的，他就好那一口。蔡照林进城一年多了，胃口还留在乡下，有时美禾笑他，你就像个乡下土包子。

蔡照林说，我本来就是个土包子。

美禾嬉笑道，蔡老板，人要往前看，你现在是城里人了。

蔡照林苦笑，我不是城里人，我也不是什么老板。

美禾就有点生气，你有点追求好不好，山不转水转，你要拿出本事来。

锅巴的味道是怎样的？他已经不敢去想了。他有时会告诉自己，蔡照林啊，你是瑶池的逃兵了，你是永远也回不去了。

他一直无法融入这座城市。他觉得他与城市之间有一种对立的距离，城市并不接纳他。他在这里吃，在这里睡，在这里装模作样地冒充一个城里人，可他不是！连候补、预备都算不上，因为永远不会有转正、晋升的一天。这座城以大开言路的姿势慷慨地伸长臂膀，可你即便挖空肺腑去倾诉，不过是在万顷海浪里打了个嗝，一切都被无视，被淹没。他终于明白什么叫大隐隐于市——无视与淹没就是城市的魅力。

外头细雨飞扬，蔡照林下楼，开车去凤凰台。美禾电话没人接，他坐在酒店大厅里等候。过会儿，他去找卫生间，听到一间包厢里传来美禾的声音。

蔡照林从半敞的门缝看进去，美禾端着酒杯，巧笑倩兮，翡翠游龙般在宾客身边穿梭，给人敬酒，吴哥，大家都说你最厉害，我不信。

大家都静下来，瞪着美禾。

美禾半边身子靠着吴总，他们说你最聪明最能干，我信！说你最阔最大方，我信！说你最讲义气，我信！说你……美禾眼珠子溜溜一转，故意停下来。

说我什么？

哎呀。美禾将腰扭了扭。

快说！快说！席上来劲了，都起哄。

美禾弯下腰去，对着吴总耳朵，吃吃笑着说了句什么。

吴总发出一串爆笑，红光满面地问，那你信不信？

这我可不知道，不过，你要喝了这杯酒，我就信。

吴总二话不说，脖子一仰，将空杯底一亮。大家鼓掌喝彩起来，你们到底在说什么事，不能让我们知道？

美禾盈盈笑着，无限娇媚，这是秘密，不告诉你们！

蔡照林看着，心想，同一个娘生的，怎么两姐妹性格就这样大差别呢。

又听得有个女人道，吴总，美禾可是个单身贵族，你认识那么多大老板，有合适的别忘了牵牵线。

吴总答道，哎呀哎呀，这任务艰巨得很哪，美禾这样的大美女，要求一定很高吧。

美禾调皮地眨眨眼睛，您是我哥，还能亏了我？能过您法眼的我都放心，您看着办。

蔡照林走到卫生间，觉得美禾喝的酒都流到他肚子里了，头晕脑重，脚步却轻。蔡照林用冷水洗了一把脸，抬头看那玻璃镜里，印出一张贪婪而又疲惫的脸，这张脸勤于追逐，又疲于追逐。他眼皮跳动了一下，看着那张脸说，你他妈的看什么！

不等镜中人回答，他转过身去，把那个近乎仓皇的自己丢掉。

他回到大厅坐下，看着落地玻璃窗外的街头，淋淋漓漓的雨水里浮起一座斑斓繁丽的不夜城，无声无息，悲怆的无声电影一般。

一年前，也是一个这样的雨夜，他偷偷回到了瑶池。

他将车停在拐弯处，走路回去，路口见着宝丰，挂着腮，坐在屋檐下的雨帘里，专注地盯着远处。

蔡照林问，宝丰，这么晚了，怎么不回家？

宝丰说，我等我爹，我爹帮孟寡妇锄地去了。他低下头去，又马上抬起头，照林叔你是郎中吗？

蔡照林讶异，不是。

那为什么我娘说，把你的骨头烧成粉给我爹吃，吃了他就老实了。

宝丰的话就像一个霹雳，把蔡照林震得眼冒金星。瑶池真小啊，瑶池就是一个密闭的桶，需要一股歪风来摇出一点涟漪，需要一道闪电来照亮一下晦暗，他意识到自己成了瑶池的一股歪风，一道闪电，在瑶池镇的每一个窗里，每一片瓦下，他的故事正被人们兴奋而又不知疲倦地说起。他的屁股已经夹上了陈世美这根尾巴，没办法再回去改头换面做一个别的人了。

回来路上，蔡照林有话想跟美禾说，但美禾看着窗外的五彩霓虹，轻轻地哼起歌来。蔡照林把话压下去了。

晚上，蔡照林心里伤感，无法入睡，他道，美禾，你知道我娘怎么死的吗？

不是掉河里淹死的吗？

嗯。但她是因为我才掉河里的。那年我十二岁，得了一场大病，区里的医生都说我没救了，我娘急得要死，夜里出去给我喊魂。你听过喊魂吗？

嗯。

我迷迷糊糊听着我娘的声音，一会近，一会远，有时在山上，有时到了河对面，她一直喊，一直喊，照林崽啊，回来哟，回来。照林崽啊，回来哟，回来……后来，她的嗓子嘶哑了，人也越走越远，声音就听不到了……美禾，你在听吗？

……嗯。

她就这样一直喊，一直喊，喊遍了瑶池的每个角落……天亮的时候，大家就发现我娘……我娘浮在河里的石头边了……我常常想，要是当时死的是我就好了……美禾，美禾，你睡了吗？

没有回应。一片秋后的清月，薄薄地贴在天空。

蔡照林对着那片月亮说，我总觉得这世上有鬼，有神，要不我娘怎能代我去死呢……我很想我娘，我总在梦里听到她喊我，照林啊，照林崽啊，回来哟，快回来。

蔡照林沉默半晌，月亮也悄悄移了位置。他又道，是我害死了我娘，我也害了我爹。我爹，一辈子没个伴……我知道他恨我，恨我辜负了我娘，让她白白送了命，恨我身上有两条命，我却糟蹋了这条命……他肯定一看到我就想起我娘，他肯定恨不得从我身上扒出一条命来还给我娘……我有时候可怜我娘，有时候可怜我自己，有时候，有时候我又挺可怜我爹的。

蔡照林说说停停，窗外渐渐白起来，薄月不知去向。蔡照林慢慢阖了眼皮，遥远的脑海深处，恍惚传来一声一声，照林崽啊，回来哟，快回来……

美禾的聚会多，饭局也多。她说，人是有圈子的，不同层次的人有不同的圈子，圈子就是人脉，就是财富。她有时要回请，将席设在龙景轩或是凤凰台。有一回，蔡照林道，我觉得我们楼下的华达虽然排场小点，但菜品不比龙景轩差。

美禾道，是粉就擦在脸上，擦在屁股上给谁看。

不到两年的时间，蔡照林觉得，他同美禾已经把话说完了。过去的事，说多了，寡淡了。现在的事，说不到一块。以后的事，谁知道以后的事呢，蔡照林也不知道。

一回又逢饭局，蔡照林道，今天就别去了吧。

美禾道，认识些有用的人，对我们总是好的。

什么叫有用的？

在我眼里，人只有两种，有用的和没用的。

酒你也喝了许多，你看到用处了吗？男人的脑壳清白得很，玩归玩，事归事，一码是一码。真干大事的人，不看一杯酒。酒桌上的女人，不过是……

美禾眼睛里射出冷光来，不过是什么？

美禾，我是男人我晓得，酒桌上的女客，就是用来当陪的。

你说我是陪酒女？

蔡照林不说话了。美禾冷笑着，从他面前消失了。

到了晚上，蔡照林去接美禾，在大厅候着。坐了约莫半小时，听见后面踏踏的脚步，回过头去，是一个醉眼蒙眬的男人，四五十的年纪，一路失了轻重地斜过来，抚着胃坐下。见蔡照林看着他，笑笑道，躲一躲，实在喝不下了。

蔡照林笑一笑，表示理解。男人递过来一支烟，给他打火，因为酒醉，手有点晃，蔡照林用手拢住，到底将一根烟点着了。男人道，还在里面坐下去，我怕我会把酒泼在别个脑壳上。

蔡照林笑笑。

男人道，装他娘的九代贵族，扒着祖宗三代的棺材板看看，谁还不是泥腿子出身！

蔡照林不说话，只觉得男人醉得有点愁苦。

男人道，老板贵姓？

免贵姓蔡。

蔡老板。男人点点头，从衣袋里掏出一张名片递过来。蔡照林看着那张卡片，上面印刻着一串头衔，不禁笑了一下，他觉得像一块墓碑。人真奇怪，活在这样一张卡片上，又死在这张卡片上。

老板看着窗外的街道，眯着眼说，你别看那名字后头名堂一大串，唬人的！

有人推门进来，带进来一阵短暂的喧嚣，随着门阖上，声音又消失了。

男人顿了顿，道，我原来，是卖尿砂罐的。

蔡照林的心晃了晃，像是行船遇到滩，重重搁了一下。"原来"是多么亲切又荒凉的词，像一下能抵达心灵深处，抵达开天辟地之前的混沌洪荒，那时一切还没开始，一切，好像还来得及开始似的。

蔡照林说，我原来，是杀猪的。

不知为什么，这句话让他十分伤心。跟杀猪无关，跟什么有关呢？他不知道，可他眼眶湿了。

他掏出一张照片，那是还只有六岁的童童，笑眯眯地靠在瑶池桥的石狮子上，抱着一只橡皮鸭子，后面是宽宽的瑶池河，照片一角有半片镇子。

老板说，你女儿啊，可爱！

是的，我好久没看见她了……

蔡照林凑近身子，举着照片指给男人看，你看，原来我在这里卖肉。就在这，桥头第一间铺子，你看，这里……

他自顾说了半天，一抬眼，发现男人睡着了。

美禾终于出来了，见到蔡照林也不说话，高跟鞋踏踏响，一路生风走出去，到底还是在他车前站住了。两人一路沉默，蔡照林心中难受，却说不出话来。

上了楼，美禾见门口横竖着两只皱巴巴的拖鞋，像两个南征北战后的灰头土脸的士兵，正骄傲地等待主人领它们回家。美禾的火气一下子窜到了脑顶。她想起一年多前，她在楼下垃圾桶里发现了一盒未拆包装的媚娜凯眼霜，正是她送给苏蓉的那一盒。从那以后，她就冷落了苏蓉，两人慢慢没了往来。

此刻，她看着那两只拖鞋，心里像被浇了一桶沸油，借着一身酒劲，她奔过去，咚咚擂着门。苏蓉刚露出半张脸，美禾将拖鞋扑头砍下去，你骂谁呢，你骂谁破鞋呢，你才是破鞋，你个小娼妇！

她的声音破了，显得无限悲怆。

苏蓉被她砸懵了，她今天跟丈夫吵架，抄起门口的拖鞋追打出去，她早已忘记两只鞋还留在楼道里。此刻平白无故挨了美禾两鞋板，一肚子的火冒上来，她揪住美禾的头发，两个人龇牙咧嘴好一顿混骂撕扯。蔡照林一番努力，才将两个人拉开，将美禾架回家。

美禾委屈得大放悲声，这就是我的下场，这就是我跟着你的下场，出不了台面，见不得人，一辈子都是破鞋烂货！

蔡照林垂着头，不说话，心上像是有一辆载石矿车，重重碾过。

美禾觉得自己又成了天下最不幸的绝色美人，哀哀哭道，为了你，我不认爹，不认姐妹，不回瑶池，我把天下都得罪了，你呢，你呢！你别以为我不知道，你经常跑回瑶池去了，你的钱，都往那边去了！

蔡照林道，你又不是不晓得，那边一老一小一病，没一个能做事的。再怎样，我也是我爹的崽，是童童的爸爸。

美禾愤然抬头道，你还想说，你是人家的男人，是吧？这才是你心里边的话，是吧！

蔡照林双手插进头发里，一阵乱搓，末了抬起头来，你呢，你不是早在给自己找下家了吗？

美禾哑住，突然尖叫起来，都是你逼的，你看看你那丢了魂的样子，破罐子破摔的样子！你就是不想离婚，你后悔了！

蔡照林瓮声瓮气道，我没有。

美禾冷笑，后悔也迟了，蔡照林我告诉你，你爹偷媳妇，那个家你回不得了。

蔡照林如遭针锥，他勃然大怒，青筋暴突，站起来喝道，邓美禾，你疯了！

美禾眼睛里像燃着了，她用一种无比激昂无比痛快的声音道，瑶池镇谁不晓得你爹给儿媳妇洗澡，洗内裤！就你一个人不晓得，你爹给你的绿帽子戳破天了！

蔡照林满脸通红，全身颤抖，他用一根手指头戳到美禾鼻尖上去，你住口！

美禾讥讽他，你要不信，干吗发这么大火？说到你痛处了是吧，其实你心里是信的是吧，你懦弱，不敢承认，是吧。

蔡照林咬牙道，你真下流。

美禾含着泪笑，说，一对下流坯子，正好配！

蔡照林用手点着美禾，却再也说不出话来，他看到他们两个变成了两面大镜子，互相照出了对方的面目与疾病。他嘴唇抖着，手指也抖着，终于恨恨收回手，拉开门走了。

风如软鞭，一鞭一鞭打在蔡照林的身上，他在这秋风里朝前走去，与那些遥远而清晰，真实而深刻的往事擦肩，与熙熙攘攘的人流和生活擦肩。他看见生老病死的迹象，趴在每一张陌生的脸上，那些浮躁与贪恋，仍不动声色在人间游荡，寻找落脚点。万家灯火，路上树影摇曳，江水泛着斑斓而破碎的光，像众生的喜怒哀乐一起沉浸在明明灭灭之中，河水朝黑色的远方流去，一去不返。

他站在逐渐苍茫阴冷的江边，黑水上连一只飞鸟也没有，只有败叶随水缓缓而去，黑夜将江面沉沉压住。他抬头望向墨云般的江面，江面上一艘货轮，全身白，像黑夜破了一个洞。

嫁　妆

小鱼，过来。

小满姐在树后朝我招手，她穿了件红白格子的连衣裙，腰肢束得细细的，梳着两根辫子，比冯程程还要好看。我看呆了，简直迫不及待想长大。

她伸过手来，慢慢摊开，一支鲜艳的辣椒棒棒糖。

我开心极了，赶忙接过来。

另一只手伸过来，是折成一颗心形的信纸。帮我给你哥哥，记住，不要让别人知道哦。

我跑到家里，将信交给哥哥，他看着被我捏得皱巴巴的信纸，问，你看过了？

我摇摇头。

哥哥转过身去，又回过头来问，还不走？

我又摇摇头。他打开抽屉，捏一枚硬币给我，笑骂道，小鬼。

我欢欢喜喜跑出去了。

太阳落了，我爬到树上，发现自己变高了，能看到很远的地方，连对面的老石桥也看得到了。

咦？桥下有人。我撑着树枝站起来，是小满姐和哥哥，紧紧挨着坐在河边，一蓬金樱子在他们身边开得像浮云。

晚上，我学爸爸的样子把手背在身后，大摇大摆地走到哥哥房里，喊道，夏一程。

他头也不回，自己玩去，我看书呢。

夏一程，我看到你搞对象了。

他猛地回过头来，又看看门口，嘘，别告诉爸妈。

那你还告不告诉妈妈我偷吃蜜枣包封了？

我发誓，绝不！你偷吃什么都可以。

见我还在那儿站着，他无奈地摇摇头，又给我一枚硬币，道，小鬼！

我的好日子就这样开始了。在这一年里，我当起了忠心耿耿的小邮差，吃遍了供销社里的所有糖果零食，真是辉煌的生活，没有一点儿忧愁。暑假的时候，哥哥的大学录取通知书来了，爸妈高兴地摆了酒席，瑶池镇一半的人都来喝了酒。但是小满姐没有来，她没有考上大学。

傍晚，我在草垛上躺着，稻草好闻的气味就像麦芽糖，我深深吸一口，感觉肚子里都是糖水，在咕嘟咕嘟冒着泡。

小鱼！

我马上坐起来，草垛下站着小满姐。她朝我摊开手，两颗大白兔！

我一溜烟地滑下来，接过糖。抬头看看小满姐，我觉得她今天有点不一样，眼睛肿肿的，表情也呆呆的。小满姐给我一封信，压低声音，别让你妈看见。

我跑啊跑，快到家的时候我突然站住，小满姐哭了？

哥哥接过信看了看，你看过了？

我摇摇头，转身走了出去。

哥哥叫住我，你说谎，你看过了，你都不问我要钱。

我撒腿就跑。

没错，我看过信了。那封信捏在手里软塌塌的，好像泡过水一样，我把它打开了。

小满姐称呼我哥是亲爱的一程。原来人长大了就会变得这样腻歪，真肉麻啊。我快速看了看，有些字不认识，大概的意思是不能和哥哥在一起，小满姐心里特别难过，她会一生一世爱着他，永远也不会忘了他。后面还有一首诗，是沧海也感到为难，巫山没有云的意思。

妈妈发现了哥哥藏在抽屉的信，我听到她在跟哥哥说话，你得想好了，你毕业后肯定要走出瑶池，不再回来的，往后的事谁说得好。

小满会等我的。

你还小，你不懂。人都是会变的，要是变的是你呢？

我不会。

妈妈沉默了一会儿，好像叹了一口气，语气软下来，你们的事，我可以不管，但你终究是要离开瑶池的，这点不可改变。

到时我带小满走。哥哥说。

我问妈妈，为什么要走出瑶池，瑶池不好吗？

妈妈叹了口气，谁不想走出去啊。你看，柚子一家走了，棋盘叔走了，美禾也走了……好多人都走了，走了就不回来了，就算活得像狗，也不回来了。

外面装得下这么多人吗？

外面大着呢，世界上最小的地方，就是眼下。人不能只看眼下，我们将来也要走的。

去哪里？

进城。我和你爸带你们进小城，你们带上你们的孩子进大城。

妈妈说得对，出去的人就不想回来了，哥哥就是这样。一开始他还经常回来，慢慢地，就回来得少了。妈妈摇摇头说，我就说吧，人心窝不住鸟。

什么鸟？我糊涂了。

妈妈敲敲我的头，每个人心里呀，都有一只鸟，没有飞起来，那是翅膀没硬，没到时机，时机来了，能飞多高，就想飞多高。

第二年寒假的时候，哥哥回来了，一同回来的，还有一个叫妍妍的女同学。

妍妍姐穿着长长的风衣，窄窄的裙子，还有亮晃晃的小皮鞋，看起来就像是电视里的千金小姐。她从旅行袋里掏出一盒糖果，亲切地对我说，这是给小鱼的，巧克力，最好吃了。

我家小鱼最贪吃。哥哥笑着说。

你才贪吃。我没接糖果，转身跑掉了。

你问我为什么不想要糖果？废话，我想要得很，我还没吃过巧克力呢。但是爸爸说过，就算鱼和熊掌摆在眼前，也要选择义气。

我很想找个机会，跟哥哥说说小满姐，告诉他小满姐总是一个人去河边坐着，那样孤单，看得我心里难过。可是总没有机会，他跟妍妍姐太黏糊了。

我觉得，我哥忘记小满姐了。

我很懊恼，好像是我背叛了小满姐一样。

自从妍妍姐来过以后，小满姐就再也不向我打听哥哥的事情了。正月里的地花鼓，元宵节的舞龙狮，量具厂开张放烟花，齐阿婆大寿唱人戏，小满姐都没有去看。

小满姐给我捉虮子。用篦梳一篦，滚下几个圆鼓鼓的芝麻粒，黑的是虮子，白的是虮子蛋。我最喜欢掐虮子蛋，两个大拇指甲夹住它，一按，啪的一响，可好玩。

小满姐，你想进城吗？

小满姐声音轻轻的，这里有我爸，有我妈，他们都老了……他们就我一个女儿呢。

可是美禾也走了，柚子也走了。

小满姐停下篦梳，声音更轻了，你哥在这里啊，还有小鱼也在这里啊。

我哥，我哥……

小满姐轻轻笑了，没关系，小鱼，只要还能看到他，我心里就知足了。

我有点儿难过，小满姐是在瑶池等着哥哥吗？

田伯母出来了，她手里拿着一把开着小白花的地菜，到阶基上来拣择。我才记起今天三月三呢。三月三，杏花雨，蛇出山，地菜鸡蛋吃一餐。鸡蛋汤里放点儿红糖，我能吃个不抬头，我妈总是敲敲我的头说，你这脑子里都是糖水。

田伯母对我说，小鱼来了呀，我给你泡麦乳精吃啊。

小满姐说，你在这里吃麦乳精，我去菜地里看看，晚上给你煨红薯吃。

我便在地上扒拉蚂蚁窝，把一群蚂蚁赶得四散逃窜。一回头，田伯母站在那里看着我，眼里浮现出一种奇异的神色，我被她的眼神吓了一跳。她端着麦乳精水过来，直勾勾地盯住我，小寒啊，你长高了啊。

我一抖，热水撒了一手，我烫得大叫起来。

田伯母慌忙抓住我的手，小寒别哭，小寒别哭，快给妈看看，妈给你吹吹啊。

我感到很害怕，拼命挣扎，边哭边叫，放开我，我要回家。

田伯母抓得更紧了，乖仔仔，妈给你吹吹啊，吹吹就不痛了。她钳住我的手，对着烫红的手吹气，一边吹一边念，乌拉乌拉呸，乌拉乌拉呸。

我绝望极了，像扭麻花一样踢踏挣扎着。我发誓以后绝不贪吃了！

地菜煮鸡蛋第一次对我失去了诱惑，妈妈对爸爸说，这孩子被吓着了，要不要请童师公来收吓，化碗水喝。

爸爸说，我不信这些。

妈妈叹气，也真是可怜，小寒要是活着，跟小鱼一样大呢。

小寒是谁？我问。

小寒是你小满姐的弟弟，三岁的时候偷酒吃醉死了，其实当时并没有死呢……看你以后还贪不贪吃。

我根本没理会她的恐吓，此时我的心思全在小寒身上，问，后来呢？

本来三岁的孩子也不值得棺椁，你田伯伯心疼崽，用棺材葬了他。抬去埋的时候听到棺材里响，打开一看，唉，小寒在里头翻了身呢。

他没死吗？

在棺材里闭那么久，捂死了。

所以田伯母就疯了吗？

……妈妈欲言又止，轻轻叹了口气，命呢。

第二天，我到小满姐家去，田伯伯在院子里打家具，他猫着腰，在长条工具凳上刨一块木方，我进去时，他正将木方一头抬起，眯眼打量是否刨平整了。阳光洒满院子，树影荡曳，碎金般的光辉落在满地打着卷的刨木花上，散发出树木的温润清香。田伯母坐在靠背椅上纳鞋底，她将钻子针在头发上绺几下，对准鞋底用力钻过去。她面前支起一块门板，门板上晒满了胡好的鞋裆子。院子里开满了小满姐种的美人蕉和月季，都红得糊涂了，院门上悬着斗大的葫芦瓜，土墙上爬满了瓜蔓，有几朵黄花开着。不知为什么，眼前的这一幕让我心里有点感动。

我弯腰看看田伯母手上的鞋底，再去翻翻她晒的鞋裆子，田伯母笑了，小鱼，想穿新鞋了？

我说，想也白想，我妈不会做。

田伯母放下鞋底，拿一张纸放地上，要我踩一脚，纸上印下一个淡淡的鞋印。我偷偷看看她的脸，她那么平静，那么慈祥，好像完全不记得昨天的事了。

田伯母将鞋印收好，说，你妈不会做，我给你做。

我高兴极了。真的吗？我要那种带绊的，不要系鞋带的，我要红色的，不，我要花的。

田伯伯大声笑起来，小鱼长大了，爱漂亮了。

我跑到田伯伯身边，要弹墨了吗？留给我来弹。

田伯伯将铅笔别在耳朵上，拿过旁边的水烟壶点上，笑呵呵地说，行，你先去灶屋里把给你留的煨红薯吃了，再不吃就成焦炭啰。

我跑进屋，看见小满姐在房里的窗下坐着，一动不动。阳光正好照进窗，明亮的光线将她一半的身子放得很鲜明，另一半却沉在黑暗里，像一个剪影。她那黑黑的眼睛里像有万千星子在闪烁，摇晃不定。我走过去摇摇她的手臂，紧紧依偎着她。

小满姐擦了擦眼睛，将面前一堆信纸放回抽屉，过了很久她才开口，小鱼，你哥哥写信回了没？

写了。

她马上抬起头，写了什么？

他要去北京实习，今年不回来了。

北京！小满姐轻轻喊起来，眼睛都亮了。她走到墙上贴的地图前，久久摩挲着鸡脖子里那一小块粉红的区域，她叹息着，真远啊。

看了很久，她的眼睛黯淡下来，像在自言自语，越来越远啦。

外头田伯伯在叫我，小鱼，来吊线啦。

我跑出去，田伯伯将墨斗递给我，我将线坠在木头前端扎紧，将墨线拖到后端。田伯伯大声道，规对矩，墨对绳，一，二，三！

我左手拉紧线往下压住，右手把墨线提起来，轻轻一弹，木头上留下了一根笔直的线。我一边摇动把手收线，一边得意地说，你收我做徒弟吧，我天天帮你吊线，帮你拉锯。

田伯伯哈哈大笑，要得要得，小鱼做个女木匠，以后给自己打嫁妆。

我飞快地跑掉了，我已经会害羞了。

小满姐去镇上供销社上班了，当她骑着自行车从路上经过时，好多人都停下脚步看她，还有人朝她打唿哨。小满姐笑意盈盈地站在柜台里，那是多好看的小满姐啊，没有一个人比得上她。

大家都说小满是瑶池一枝花。

都说瑶池镇盛产美人，但在瑶池见不到美人，因为瑶池的美人都出去闯大世界去了。闯得好不好大家不知道，只知道她们有没有寄钱回来，有没有帮家里修起大房子。钱寄得多、房子修得大的自然是混得好，至于怎样混的，那不重要。

小满姐是留在瑶池的一朵桃花，像春临大地。

我的阵地转移了，经常跑去供销社，于是常常得到更好吃的零食，口里吃着，手里握着，口袋里还揣着。我妈对小满姐说，你看你惯得她，真是只馋猫了，得花你多少钱！

小满姐摸摸我的头说，还有个人要你惯着，是多好的事啊。

妈妈叹口气，我知道，你这是把她当小寒疼呢。

小满姐低着头轻轻说，要是小寒不缺零食，就不会去偷酒吃。

有一次，供销社里一个胖胖的姨妈问，她是你妹妹？你这柜台都会被她吃空了。

小满姐脸红了，急急解释，我都算了钱的。

胖姨妈阴阳怪调地说，我不是这个意思。

庆婶来找过田伯伯几次了，她是个媒婆。田伯伯笑呵呵地说，我家里是这个情况，就一个闺女。我提个要求，我要个上门女婿。

庆婶说，这……难得合适呦，人才好的谁愿意上门啊，若找个将就的，怕委屈了小满呢。小满自己同意不？

不瞒你说，我家小满也不愿意嫁呢，说要留下来给我和她娘养老。

小满姑娘好孝心呢，可男大当婚，女大当嫁嘛。

招郎的事我跟她讲过，她同意的。

即便是招郎，女孩子也该有嫁妆。从此以后，田伯伯家那些锤子的敲打之声，咚，咚，咚咚咚咚，在这个偏远而美丽的山乡上空响起，在一座座连绵的山峰间和一条条清澈的山溪里响起，人人都知道，田师傅在给女儿打嫁妆呢。

在瑶池镇，能请到田伯伯打家具，绝对是件称心如意的事。据说有一年为揽一宗大活，几个木匠师傅斗法，看谁的刨花最薄。第一个师傅的刨花卷成紧紧一朵，状如莲苞，大家高声喝彩。第二个刨出来的木花薄如蝉翼，几近透明，围观者啧啧称奇，叹为观止。轮到田伯伯了，只见他取出一把大刨，在木头上慢慢拉过，一张雪白轻盈的刨花缓缓吐出，拉到末端，一阵风起，刨花悠悠飞起来，竟似舞动的透明丝带，远远飞走了。

但是田伯伯说，这是别人编的哩，就算斗法，也得斗榫卯手艺。

即便是行家里手，能真正做到全榫卯的木匠也少之又少，田伯伯的木工活非常讲究，他用的是全榫卯工艺，家具木器的所有接口都是严丝合缝的凹凸组合，凸为榫头，凹为卯眼，榫卯契合，能将多块木方完美衔接，阴阳互补。用田伯伯的话说，真正的木匠是不用钉子的，用钉子叫人瞧不起。在田伯伯手里，插肩榫、走马销、三碰头、破头榫、圈口穿销……都天衣无缝，摸不到接口，他做的木器异常牢固结实，可以用好几代人。

田伯伯说，有榫有卯方为木道，钉钉子，涂胶水，那些会让木器很快坏掉的。他摸摸即将完工的高低柜、立柜、大木床、八仙桌、碗橱……对我说，这些家具，小满能用上几辈子。

田伯伯说这话的时候，眼神是温暖的，这份温暖通过他的手指，融进了他打的家具，每一块木方上都有着他的体温。

田伯伯请来了谭师傅给家具雕刻花样。这谭师傅可不是一般人请得到的，一呢，他是个白胡子老爷爷了，基本不接活计了。另一个，据说他有"三不雕"，钱少不雕，四弊不雕，脚下不雕。即钱给得少的活不干，鳏、寡、孤、独者的活不接，踏板、脚盆之类踩在脚下的物什不做，可见性情高傲得很。但他跟田伯伯交情很好。

田伯伯说，你给这床上雕个福寿三多，麒麟送子……他见谭师傅笑意盈盈，马上道，我忘了，老兄的雕活，都是自己出主意的。

谭师傅磕磕烟斗，说，老弟啊，你放心，小满丫头这嫁妆，我给她雕个瑶池第一。

田伯伯转身朝灶房里喊道，小满她娘，杀鸡！

三个月后，谭师傅的雕刻完工了，其刀法明快流畅，图案精致繁丽，令人大开眼界。单说那台架子床，床额和矮围子上有万字福与祥云镂空雕，三面矮围中央各一个圆形浅雕，图案不同却又相互呼应，四根床架顶头各一个莲花圆雕，花瓣婀娜多姿，层层可数。大家都说，瑶池镇没有比这更好看的家具了。

谭师傅走的时候对田伯伯说，人都说我不仁义，四弊不雕，看人使色。其实我是给主家图吉利呢。小满这丫头，必定大吉大利，多子多福。

然而，不久就发生了一件不好的事情，小满姐在供销社被人打了。

我跑去的时候，外头围了一大圈人。我钻进去，看见供销社那个胖姨妈在指着小满姐骂，长着一个狐媚子样，就来勾搭人家男人，呸，不要脸。

小满姐头发被扯散了，粘在泪水纵横的脸上，她说，我说过了，我没有，你不要胡说八道。

胖姨妈翻着白眼，撇着嘴巴，我都看见了，你们在早餐店一起吃米粉呢，就你们两个人，那么早就在一块，你交代交代，你们头天晚上去哪里了？你说啊，你说啊！

我们是路上碰到的，不是一起去的。小满姐说。

匆匆赶过来的田伯伯扒开人群走进去，对胖姨妈说，大姐，说话要有真凭实据，小满一个姑娘家，你可不能毁人清白！

真凭实据？你的意思是要我捉奸在床是不是啊！哈哈，这种事她还能让我看见？

田伯伯青筋暴出，大声道，这是什么话，真是胡嘴巴舌，血口喷人！

那个女人看到我了，突然把我一搡，这是你什么人啊，天天放着她来吃，把个柜台都吃空了，你这吃的谁的啊，还不是公家的！谁给你的特权？要不是跟人家没一腿，他能让你这样贪污公家？

我哇的一声哭起来了。我真后悔啊，我后悔死了，为什么我要那么贪吃，害得小满姐被人欺负。我哭得地动山摇起来。我发誓，我绝不贪吃了，绝不！

突然，田伯母尖叫起来，扑上去冲那个女人又打又喊，不许你打我崽，打死你，打死你。

女人挥舞着手臂尖叫起来，疯婆子打人啦，哎呀呀，疯婆子打人啦！一家的疯子，全是疯子！

小满姐再也不去供销社上班了，她也不出去玩了，整天独自发呆。庆婶也没有来过了，我听别人说，无风不起浪，一个巴掌拍不响。我又听别人说，田伯母是个疯子，她的后代也有可能是疯子。我难过极了，我不知道要怎样才能使人相信，小满姐是世界上最好最好的人，田伯母也不疯，她只是想自己的孩子呢。

现在，小满姐最喜欢去的地方就是河边，她能在那里坐上大半天，直到月亮升起来了，青蛙咕呱咕呱的叫声一直叫到圆圆白白的月亮里头去。

我说，小满姐，你别伤心，大家不会信那些胡话的。

小满姐很哀伤地说，谎话说一千遍，就是真理。

我惊恐地瞪大了眼睛，感觉天上的月亮一下子栽倒在了瑶池河里，发出响亮的破碎的声音。

真的，我一点也不想长大了。

比小满姐小两岁的燕子要出嫁了。三月放了茶钱，四月合了八字，五月过了礼，九月订了婚，等来年春天布谷一唱，燕子就要过门了。燕子妈人逢喜事精神爽，打起哈哈来都能力拔山河了。隔日，一辆大卡车送家具来了，那是燕子妈在县里给燕子买的嫁妆。大家都跑去看新奇的广式家具，木沙发，高低床，电视柜，梳妆台，还有一样叫席梦思，软软的，坐下去能把人弹上天。

田伯伯也去看了，他左看看，右摸摸。燕子妈问，田师傅，你是里手，你看这家具怎样？

田伯伯笑着说，好，好。

燕子妈哈哈大笑起来，那当然，这是广式家具，是城里大师傅做的，你看，这些款式都是最时兴的。比我们乡下打的家具时髦，价格又便宜！

田伯伯说，是好看。

他慢慢踱了出来，慢慢抽了一壶烟，闷声不响地走回家去。

我问，田伯伯，那家具好吗？

田伯伯摇摇头，就几个圆角榫，还补了钉子，偷工减料。做这家具的可不是木匠，是木工。

那不一样吗？

田伯伯笑着，摇摇头，再摇摇头。

回到家里，他摸摸自己打的桌凳，又摸摸自己亲手做的柜橱，用他粗糙的大手细细抚摸着它们，像在爱抚着自己的孩子。他走到堂屋，双手在神龛上取下鲁班尺，用手摩挲着，又恭恭敬敬放回去。过了很久，他回过头来对我说，小鱼啊，你不要学木工活了，以后，用不着了呢。

田伯伯在笑，可他眼里的光芒熄灭了。

田伯伯请庆婶过来吃饭，对她说，嫂子啊，这人各有命，爷娘有爷娘的福，仔女有仔女的福。这上门女婿我不招了，你帮我找个最好最可靠的人，一定要靠得住的，我田木匠十二抬嫁妆送女出嫁呢！

庆婶点点头，你放心，十里八乡的后生就等你这句话呢。只要小满想嫁，那是一句话的事。

果然不久，庆婶就给找了一个。

那天，田伯伯去镇上切了肉，买了酒，还买了焦切糖和雪枣，在院子里烧了个大树蔸用来杀鸡烧毛。十点的光景，听得围墙外庆婶在喊，田师傅，来客啦。

我跑出去，看到一个文文静静的男人拘谨地坐在堂屋里，戴着一副眼镜。我的心突突跳了两下，我觉得他有点像我哥哥。庆婶朝我招招手，小鱼，快叫吴医生。以后肚子痛了，找吴医生打针。

我吓得往田伯伯身后躲，大家都笑了。

庆婶朝里边喊，小满，出来给客人泡茶了。

小满姐出来了，吴医生偷偷看了她两眼，脸红到耳根了，鼻尖冒出汗来。他解开外套的领子，汗却流得更多了。

小满姐的头垂得低低的，用漆盘端着茶过来，吴医生赶紧站起来，从盘上端起茶，刚坐下去，又猛地站起来，从口袋里掏出一个大红包，放在了茶盘里。

小满姐悄悄看了吴医生一眼，这回，小满姐的脸红了。

田伯母也笑了，说，吴医生留下来吃晚饭啊。

吴医生高兴地说，好的好的。

庆婶拍掌笑起来，好呢，成了！以后就是一家人了。

吴医生走后，田伯伯摸摸那些打好的家具，说，该给你们刷刷脸了。

田伯伯请来了漆匠苏师傅，自己在旁边打着下手，帮着调料，刮底，打磨，上底漆。

苏师傅说，老哥，这漆匠的活，你自己也能干，干吗非得找我呢。

田伯伯说，老弟的漆活，这方圆百里哪个比得上，我专等着老弟的镜面漆画呢。能幸得你的手艺，那就是称心如意，大吉大利。

木匠田师傅，雕匠谭师傅，漆匠苏师傅，是瑶池最响亮的三个师傅。他们虽然各有所长，但基本手艺互通，不过他们从不僭越本行，都自觉为另外两个留下活计。往往是田师傅打好了家具，谭师傅雕刻图案纹样，苏师傅上漆作画。以前，瑶池镇乃至邻近多个乡镇，要是谁家能请齐这三个师傅做一套家具，是能大大炫耀一番的。

苏师傅抚摸着这十二台嫁妆，件件坚固，样样精美，由衷叹道，这是这些年来我见过的最好的嫁妆了，你的木功，谭老师傅的雕功，真是名不虚传哪。老哥，你放心，小满丫头这嫁妆，我给她漆个瑶池第一！

田伯伯高兴地站起来，打了个拱手，劳驾老弟了，我给你买酒去，董公酒！

小满姐对我说，小鱼，你有没有觉得吴医生像一个人？

我支支吾吾半天，说，像我哥。

小满姐不说话了，她看着墙壁上的地图，过了很久说，北京太远了，我去不了啦。

我说，北京有什么好，我才不稀罕。

小满姐笑了，北京有糖葫芦，有炸糕和烤鸭。

我垂着头，用脚反复蹭着地面，小满姐，我以后再也不贪吃了。

小满姐摸摸我的头，她的眼神那么软，那么暖，她说，小鱼，我给你买一辈子零食。

两个月后，吴医生来过礼了。吴医生的父母也来了，穿戴得崭崭新，齐整整，带着两箩筐的礼物。猪肘子一个，酒一对，鸡鸭各一只，给田伯伯田伯母的衣料各一套，鞋袜各一双，还有一个红包，放在剪得大大的双喜字上。吴医生走到小满姐面前，给她一个纸包，声音轻轻的，小满，这是给你的。

庆婶笑道，你看你看，还没过门呢，就给媳妇搞特殊了，以后是个听老婆的。

吴医生笑，小满姐也抿着嘴笑。庆婶拉着小满进了房间，说，快打开看看。包里是时新的衣料两块，袜子一打，绣花丝巾一条，上头一个红包，摸上去厚厚的。庆婶高兴道，这吴医生真大方啊，小满以后福气可大呢！

中饭很丰盛，大家都喜气洋洋，正说笑得热闹，在厨房烫酒的田伯母突然哭起来，我的崽啊，我的小寒崽啊，妈妈烧了你爱喝的甜酒，你来啊，你快来喝酒啊。

大家跑进来，脸色都变了。

甜酒触动了田伯母的伤心事，她脑筋就糊涂了，越哭越大声，小寒呢，我的小寒呢，你们快帮我找找，他刚才来了，就站在我面前，他怎么穿着湿衣服啊，快快快，快给他倒杯热甜酒……

大家手忙脚乱，劝的劝，拉的拉，将田伯母扶回房间。

吴医生说，我进去看看吧。

庆婶一把将他推出去，没事没事，睡一觉就好了，你快去吃饭。

庆婶悄悄对小满姐说，偏偏这时候……唉。

小满姐愣住了。

田伯母睡着了。等小满姐出来时，堂屋里的热闹没有了，她看到吴医生在不停地说着什么，似乎怕她听见，把声音压得低低的。她又看看她爹，田伯伯似乎很激动，嘴唇抖着，眼眶都红了。小满姐身子一转，躲到了门后。她把嘴唇咬得白白的。

过了很久，她对我说，小鱼，我们出去走走吧。

可是，小满姐……

小满姐摇摇头，苦笑道，我跟他没缘分。

我和小满姐坐在河边的石头上。她今天穿一件桃花满天飞的衫子，我闻到她身上花朵般的香气，小满姐就像一整个春天。她久久看着天上的云朵，天上的云朵没有瑕疵，也没有边际。她久久地看着河水，河水真清啊，像没有染过一丝尘埃似的。它又那么绿，不知道是岸边的绿树染的，还是河底厚厚的青苔染的。

我看着小满姐，她那双眼睛简直太大了，绿草黄花都在里面香着，蓝天白云也在里面游着，天光映进来，水波也映进来，她的眼睛里住着一条河水。

一只蝴蝶翩翩地飞过来了，扇动着斑斓的翅膀，在小满姐头顶上盘旋，蝴蝶一定把她当成春天了吧。它在小满姐身边留恋良久，又慢慢飞走了。我站起来，追着蝴蝶跑。跑着跑着，蝴蝶不见了，一个身影闯进我眼睛里来。

是吴医生！

吴医生站在河堤上，比后面的大山还高，比天上的白云还高。他朝我招手，小鱼，小鱼，快叫你小满姐回来吃饭。

我呆呆地站着。

吴医生走过来，从口袋里掏出一把糖果放在我手里，他的脸红红的，眼睛亮亮的，声音轻轻的，小鱼，快去啊，小满该饿了。

我转身就跑，风在我耳边呼呼地响。不知为什么，我心里特别欢喜，特别欢喜，眼里却流下泪来。

出　走

厨子姚建民，今天最伤心，他老婆跑了。

姚建民是在 1980 年的春天将何相宜娶进门的，从此瑶池镇多了一个漂亮媳妇。大家要是夸一个女人长得好，就说，快赶上姚厨子屋里的了。

那就是没赶上，还是何相宜数第一。

现在是 1996 年的初夏。何相宜做了十六年瑶池第一，不声不响消失了。

她拉着儿子小山的手出门时，回头看了看女儿清水。清水正急急忙忙一通收拾，赶着去上学，她眼神匆匆掠过她娘，她娘好像穿件黑底红花的连衣裙，好像拎了一个包。好像。她不确定，她竟然真的没留意。她看母亲的那一眼，一定潦草透顶。

其他的，关于她娘当时的声音、神态、动作，清水毫无印象，因为她根本想不到，那会是最后一面。

这一天，人们发现桥头饭馆有点不一样。往常这个时候，老板娘总在店门前炸油饼油条，脸是粉脸，手是巧手，那系在腰间的荷叶围裙，将一条细腰掐出来，胸是胸，腰是腰，站着是个压腰葫芦，动起来像小蛇爬坡，不知怎么那么好看。

今天，人们看了又看，没见着老板娘的影。

天慢慢黑了，又慢慢亮了，先是什么鸟在瑶池河上远远叫，远远鸡鸣，远远狗吠，几点零星脚步。然后卖菜的，上学的，摆摊的，声音一点点响起来，近起来，都到了姚建民的耳下，流水似的涌动起来。还有几声叮叮的金属声，尾音一颤一颤传得很远，便有人唱歌似的悠悠喊，磨剪子——戗菜刀——

新的一天了。

姚建民知道他该开锅烧水了，他去开门，自己却整个贴上去，伏在门上，泪水流进嘴里，咸、苦、酸、涩，十六年的味道都在他嘴里跑。

那年，镇上来了个写功德的女娃，臂上扎着白孝布，拿个证明信挨家挨户化缘，信上盖着乡政府的大戳，还有证人的红泥手印。大家看着那女娃，年纪小，胆子却大，一点也不露怯，她轻轻地走到人家门口，不进屋，见了人，跪倒就拜。

到姚建民家了，她俏盈盈的影子比她本人先到，那影子在门槛上折了一折，很轻盈，很好看地游进门去。姚建民看见一条影子游龙般蜿进来，影子尽头站着一个女孩子。

他喉结急速翻动，过了好久才反应过来，急急去扶她。她一抬头，眼珠子像黑棋下在白盘上，嘴唇像雪光里的一瓣红梅，翘睫毛半月般一扑，人心跟着一扑，长辫子软风般一摆，人心跟着一摆。

还没看证明信，他就险些为她流起眼泪来。

你叫什么名字？

何相宜。

多大了？

十五。

你给谁戴孝呢。

我娘。

你给谁化缘呢。

我爹。

他咋了？

他得了大病。

那信上写得明明白白的，他不看，愿意跟她多说几句话。他才不要什么证明呢，若非苦得没法子，一个女孩子，谁放得下脸面来求人，禁得住男人女人横看竖看的？

他又找话说，你家住哪里？

暮云村的。

那你走了老远了。

三十里。

暮云村离这里三十里地，也不知道她怎么能走这么远的，姚建民心里一动，捐了二十块，那是他半个月的工资。但他特意在功德薄上把自己名字写得大了一点，为什么写大一点，他也很模糊。他是脑袋里没有细弯弯的人，怎么想，就怎么做。

那年他二十岁，在镇上的盈丰酒店帮厨，那时他还叫小姚，跟在师傅后边打下手，姚厨子的称呼是后来才有的。五年后，他成了盈丰酒店的大厨了，后厨成了他的江山，他也学着师傅的样子将人支使来支使去，吆五喝六的把式开始冒头。

店里的伙计说，姚师傅，你这架势比你师傅还足。

他嘿嘿一笑，当是夸奖。

新来的小妹往店里一站，店堂亮了。大家团团围住她，叫啥名字？

何相宜。

多大了？

二十。

哪里的？

暮云村。

姚建民觉得眼里落了一朵霞。他走上去，在新人面前显示出自己大师傅的身份来，都散了啊，该干啥干啥，等着迎客啊。眼角却瞟着何相宜。

何相宜胆子大，笑容也大，她主动走过来跟他打招呼，姚大哥。

她那半月般的睫毛一扑，他的心也一扑。

是你！他认出她了，惊喜地叫出来。

半年后，姚建民把何相宜娶回了家。后来有了姚清水，再后来有了小山。

清水长大些的时候，电视里放白娘子传奇，人人说她娘是个白娘子，来报恩的，不过比白娘子还要好看，白娘子是千年老妖呢，她是个水嫩的小蜜桃，光只看着，嗓子眼就甜哑了。大家却从不提她爹姚建民，大概是没什么好说的，除了他的厨艺在瑶池算得上，其他，顶普通，哪哪也算不上。大家一致认为，他最大的能耐就是娶了何相宜。

有一次，姚清水去买牙膏，听到店里头有个男人说，姚建民屄本事没有，运气倒好，二十块钱捡了个尖尖货。要不就凭他，垫上祖宗八代的棺材板，也够不到何相宜。

但是马上有女人反嘴，何相宜家穷得要化缘，姚建民好歹是个大厨子，我看何相宜也没吃亏。

清水觉得懊恼极了，为什么大家都要来掂一掂她爹娘的分量，就像他们是菜摊上的两棵大白菜似的。她那时候还不知道，要有一颗多软的心，才能接受一个比自己强的同类。她更不知道，这点议论还只是大锅菜中的佐料沫。

十五岁的清水坐在瑶池桥栏上，晃着两条长腿，装作很不在意地说，她走她的，我才不要她管，我不像小山，天天要娘。我自己能照顾自己。

这是第三天，清水确定她娘离家出走了。

她为什么要走？我问。

谁知道？她们总是吵吵闹闹的……嘿！

我们都到了装模作样的年纪了，装什么都懂，装什么都不在意。她这一声"嘿"，像冷笑，又像自嘲。

我说，她肯定过两天就回来了。上次我爸妈吵架，我妈不声不响去县里玩了几天，自己就回来了。还偷偷给我爸买了个手表，亏她忍住好些天不拿出来显摆。

清水笑笑，我妈不会给我带个林志颖的磁带回来吧。

我说，啊，要是有小虎队的海报就更好了！

清水不笑了，她对我说，其实我早有预感……我爸妈这些年，嘿！

这些年，姚建民觉出不对劲来，什么事分明他做了主，后来绕啊绕，就换成何相宜的决定了。她总是有理，虽然事后证明确实是她有理，他还是有点脸上挂不住，有一回直直对她说，你得听我的。

她问，为什么？

他理直气壮地说，我是你男人啊，我比你大。

她抿嘴一笑，那你咋还没我懂事哩。

姚建民不太懂事，这是何相宜的说法，用瑶池人的话就是，不长脑子。

有了两个孩子后，何相宜不在盈丰酒店做事了，姚建民把店里剩的菜带回来，何相宜不许他带。他说，人家都带，不过我先挑。你放心，都是干净的。

人家都带你也不能带。

为什么，那不糟蹋了吗？

就是全倒潲桶里了，你也不要带。

姚建民觉得委屈，他分明是心里记挂着她，她却不领情，反倒教训起他来。也是奇怪，以前没有何相宜，人们没那么觉得他缺脑筋，跟何相宜站一起，他立马就矮半头。发生了鸿发楼那件事后，他觉得矮半头也不止了。

这两年，三县交界的瑶池开始活泛起来，开矿办厂的来了，搞运输做生意的来了，卖草药膏药的，卖塑料花电子表假古董的，戏班子、歌舞团、杂技团，把个瑶池镇烧红煮沸了。镇上新开了几家客栈酒店，一家比一家敞亮阔气。新开张的鸿发楼来请姚建民做大厨师傅，开的工资比盈丰酒店高。

姚建民夜里去看了花鼓戏，哼着调子悠悠回来。何相宜拿话等着他，你去？

怎么不去？鸿发楼工资开得高。

不能去。

为啥？

你不能拆自己老板的台。

那你还要我去开包子铺？

那不一样。

怎么不一样？

你这是帮着别人砸自家的场子。

各干各的。他吃了肉还不许别人喝汤了？

谁愿意去谁去，你不能去，除非盈丰酒店不要你了。

隔了半月，因为一件什么事，姚建民跟老板吵了一架，盈丰酒店辞退了他。

姚建民悠悠然从酒店回来，一进门，何相宜拿话等着他，你这是故意的。

姚建民不能忍了，他道，就你能！是他辞的我，我找新东家，天经地义。哪里不对？

你也做得太蠢了！

你怎么老帮着别人糟践你男人呢。

你是自己糟践自己。

姚建民气得一甩门，出去看戏去了。

姚建民在家等了三日，鸿发楼竟没来请，自己找上去，却被老板陈大庆拒绝了。他骂陈大庆言而无信，害他丢了事体。

陈大庆说，撬人墙脚的事我不干，吃里扒外的人我不请。

姚建民目瞪口呆，又羞又气，他弯腰脱下一只鞋，朝对面劈头砸去，你个王八崽子，耍我呢！

陈大庆被砸了一记狠辣，眼冒金星，他冲出账台，大拳砸将过来。姚建民的蛮力斗不过陈大庆的巧劲，陈大庆撂翻他，制住他的双脚，把他半扇猪似的拖到外面去了。

姚建民胀了一肚子屎，屙不出，吐不出，把脸都憋绿了。回家把自己丢到床上，一时猛然弹起来，咬牙切齿，一时又重重倒下去，悔恨不已。

何相宜知道后，怨他做事不摸摸后脑勺，她道，你也不想想，他明知你是盈丰的大师傅，哪里打算请你，撬墙脚的骂名他不得背，他不过是怂恿你辞职，把盈丰的牙齿拔了，你白白给人当枪使。

姚建民此时才明白了，越是明白，他越懊恼，自己居然这样笨，白白被人算计。为什么她一个女人家能看到的事他看不到呢？她不但看穿了陈大庆的把戏，她还瞧见了他的狼狈，瞧见了他的愚蠢。他比她大了整整五岁呢，倒被她掐着说话，掐着做事，窝不窝囊！他隐隐有种忧患，何相宜不是多年前那个天可怜见的女娃了，她长大了，翅膀硬了，道理一串一串，全都压着他，显出他事事不如她来，让他憋闷极了。

他朝她吼道，你管不着我！

你做得不对，我不管，让旁人看笑话去？

我让个细堂客吃死了，那才是笑话。

我说你几句，就是笑话。你自己送去给人打破头，就不怕笑话哩。

姚建民更生气了，你什么都有理，就算你是个何有理，我也不听你的。

何相宜小声嘀咕道，狗屎做的鞭，闻不得，舞不得！

姚建民勃然大怒，气急败坏，我就是狗屎，别熏臭了你，你去找文武双全的去！

何相宜自知话去重了，不再做声。心里恨来恨去，最后还是心疼起他来，到底是自己男人，打断骨头连着筋，她们是一荣并荣一损俱损的一体，他要让人看不起，自己不一样丢脸吗。

第二天，赋闲的姚建民搬把凳子坐在日头下，捉虱子抖跳蚤似的消遣，一双眼睛老睃往门口，他看着何相宜走过来走过去，终于出来了，穿一件小圆点的连衣裙，长丝袜，还挎个皮包。这身打扮让他有点窝火，好像生怕别人不晓得她好看似的。哼，学个凤凰的样子，还不是个小山鸡！

傍晚时分，何相宜回来了，对他说，我去看了下，桥头有一间门面，租金贵是贵点，但那里人流量大，开小饭馆合适。

小饭馆开起来了。何相宜的脸生得好看，姚建民的菜烧得好吃，小店生意不赖。要说勤快，谁也没何相宜勤快，她不光半夜起来烧汤和面，一天到晚收捡择洗，夜里盘底理账，她还得照顾一双儿女，还得抽空回暮云村照顾老爹——她还能活得很欢快，不晓得愁是什么似的，把个小店夯得稳稳的。

何相宜离开瑶池快三个月了，清水不再天天去车站转了，她说，我妈主意大着，她要是不想回来，拿条链子也拉她不回。

我说，你妈脾气真大，记仇记这么久。

清水一脚跺在我脚背上，眼白都快翻出来了，我妈脾气好着呢，除了我爸，你见她跟谁红过脸？

我说，我妈说，不轻易发脾气的人，脾气最大。

清水不说话了，不停搓捻着纽扣，把个衣襟捻得跟个吊死鬼似的。过一会儿她说，我爸爱发脾气，但他发过就忘了。我妈不爱发脾气，一发脾气，仇就种下了。

你爸妈性格可真不一样。

清水点点头，我妈总是先把事情想好了，捋顺了，有了铁打的主意才动手去做，做完后就不再改了。我爸可不同，往往是手里事情做完了，心思还没跟上来，等心里清楚做错了，错事已经干下了。

那是桥头饭馆生意顶好的时候，镇上来了个杂技团，在河滩搭个彩条大棚，十多个人都在里头住下了，开饭时在外面架起锅子，白菜帮子粉条豆腐煮在一锅里，一群人围着大铁锅坐的坐，站的站，好不热闹。

团长是个四十多岁的汉子，手中总拎一根九节鞭，鞭头握在手里，鞭尾缠在臂上，但至今他还未演过鞭花。他一人荡上桥头饭馆来，给自己点个炒牛肉，喝杯黄河龙。

何相宜问，武师傅厉害啊，哪里来的？

九节鞭看着这个女人，一脸膛显山显水的春色，像只小手温温地摸过来。他笑了笑，你看我像从哪里来的？

何相宜噗嗤一笑，师傅莫不是从梁山来的？

九节鞭一愣，为何？

何相宜响亮地说，梁山上的英雄，站着是条汉，倒下是条豹。我看你像。

九节鞭笑了，这个女人说话会抠痒似的，舒坦。他道，晓得哪里的汉子最猛不？我就从那里来的。

姚建民从灶上的热气里看过去，一张威风凛凛的脸浮在半空里，他隔着热气看过去，那张脸也隔着热气看过来。

姚建民搭口，师傅山东来的？

九节鞭不跟姚建民搭话，只点点头，慢慢喝酒。

第二天又来了。

第三天他把几张演出票推到何相宜面前，说，请你们看杂技。

晚上，何相宜带着清水去看演出，糟糟的人头涌过去涌过来，有男人借意站不稳，胳膊肘子压到何相宜胸脯上来，一只大手狠狠将那手甩回去，走稳点，别浑水摸鱼啊。

何相宜朝九节鞭感激地笑笑，他眼睛早望到别处去了。

瑶池人爱热闹，一棚子的尖叫和呼哨，撒开了去快活。只见那台上，穿着金银彩衣的两个女娃，在高空翻了个筋斗，稳稳立在细钢丝上。女人往她们那七彩云一样的脸蛋上看，不晓得眼皮上画一块紫红干什么，还以为是让人打了一拳，不过眼睛倒显得更有神了。男人往那大花轿一样的短裙下看，里头穿着长长的健美裤，心里有点埋怨，比不得上次歌舞团表演"皮鸡泥"的酥麻刺激。

轮到九节鞭了，他脱了衣裳，露出黝黑油亮的腱子肉，那肉一股一股的，像个壮硕的铁打牛蛙，把女人们羞得不好意思看又舍不得不看。他在长条桌上铺一层玻璃碴，眼神走了一圈场，定到何相宜。大家一齐起哄，何相宜也不惧，大大方方走上台去。他请她摸摸玻璃，她说，真家伙。

他请她摸摸约莫有三四寸厚的大石块，她说，真家伙。

他乐了，问，我呢？

大棚里轰地炸了，都笑得打颤。有人叫，摸一摸，摸摸才晓得。

何相宜有点窘了，心想，幸亏姚建民没来，否则肯定又得吵起来。

他看出她窘，不再逗她，猛地一吼，身板就往那玻璃碴子上倒，棚子里几百张牙缝里一齐发出"咝"的一声。

一个演员将大石块搬到他胸口上去，把铁锤递给何相宜。

何相宜为难了，她想，她力气可大，一锤砸下去，还不把玻璃碴子全砸进他背心了？

她轻轻抡锤下去。他笑了，没关系，用力砸。

她加了力气砸下去，石块纹丝不动。

大家叫起来，橡皮锤子吧？

何相宜道，谁说的，真家伙，铁的！

旁边的演员接过锤子，使劲抡了几十下胳膊，舞得空中轰轰风响，猛地一锤砸下去，棚子里一齐惊叫起来。石块碎了。

何相宜唬得一闭眼，等她慢慢睁开眼，看到九节鞭站起来了，正望着她，吊起半边嘴角笑，好像在说，怎么样，我也是真家伙吧。

可是何相宜还是看到他背心上的血印子了。

散了场，姚建民站在棚口等何相宜，见她过来，没好气地说，回去回去，人家搭台唱戏，你还帮着跑龙套，想唱个刀马旦啊。

她说，那不是人家叫了我嘛。

人家叫你你就应啊，你又不是个夜壶，谁尿都响。

何相宜惊讶地看着他，他的眼睛里闪着阴冷的光，但那冷光又像能燃起来似的，那样的他让何相宜觉得很陌生。

这杂技团也是犯犟，戏台都搭了五六天了，锣鼓家伙也敲了五六天了，那辆大卡车载着高音喇叭喊遍了瑶池十八个村，去看杂技的人越来越少，他们还不走。耍大刀、走大索、叠罗汉、独轮单车、空中飞人、高梯顶碗、胸口碎石……全都演尽了。江湖艺人有规矩，不能让人把戏看腻，看腻了他们就开始钻空子了，就开始去研究其中的名堂了，表演就会露出马脚来，一露马脚就会砸了场子了，这是大忌。

他们发现一向精明的团长犯傻了，这傻可犯得不轻，都去催九节鞭，还不走，就等着给人看笑话啦。

九节鞭嘿嘿一笑，那根闪闪发光的鞭子空中呼呼一甩，风都辣起来了。他说，我还没甩鞭，谁说戏看尽了？

可是他总也不甩鞭，继续吊着大家的胃。白天依旧悠悠荡上岸来，去桥头饭馆吃一盘炒牛肉，喝一瓶自己带的黄河龙。那饭吃得可久，等何相宜将客人都送走了，桌子也抹尽了，碗也洗了，他还在那里吃着。他的眼睛跟在她后面，看那身段像柳条在风里袅袅娜娜地飘，又像河水在原野上弯弯绕绕地流，那凸的凹的，都是软的热的。

何相宜一回头，那眼睛九节鞭似的，早收回去了。

姚清水见过九节鞭，我是说真的九节鞭。

那天，她跟她娘沿河滩捡雷公屎，那雷公屎最喜欢趴在河岸上，一个个小黑耳朵，又软又嫩，拿个鸡蛋开汤，鲜得脚趾头都打颤。

九节鞭就是在这个时候过来的，他不远不近地站着，问，还去看演出不？

何相宜心想，我要是还去看，男人会砸锅子了。

姚建民的菜锅都砸破几个了，他总是恼她跟男人说话说多了。他知道她不能不让人看，也不能不让人说话，所以就把气撒在锅子上，至少，那锅子总还听他的。

何相宜说，我看过了，不去了。

还有好戏你没看呢。

啥好戏？

他将手一抖，那根九节鞭就箭一样射出去，又被快速收回。

何相宜想，这根鞭子他天天带着，肯定是拿手好戏，大有看头。但她还是摇摇头，我晚上有事，不去了。

九节鞭的眼睛暗了暗，又说，那你看着。

他退后几步，将鞭送出去。

只听得一片呼呼风声，那鞭见首不见尾，倾泻一片灿烂银光，它一时节节相连，化成千钧之力的铁棍，使人相信一棍下去会天崩地裂；一时又如蛟龙腾云，转上臂，缠上颈，绕住腰。何相宜想，这要是缠上谁的脖子，脑袋不飞到天上去才怪。她正这样一想，那鞭又变成左右交叉两股，如大轮般急急转动，使人前后左右近身不得。他时而腾空而起，时而欺身上前，偌大个河滩上只见他奔腾跳跃，翻身如飞，那长鞭如影随形，幻出一个波澜壮阔而又异常凶险的世界。最后，他如大鹏般高高跃起，一索子鞭头重重压下，击中河滩一块大石，那石头一声震响，瞬间碎裂。

他收了鞭，问，好看吗？

她才回过神来，道，你要当心，这东西砸到自己，头就开花了。

他看着她，她不知道自己在给人抠痒。

何相宜说，你那天的胸口碎石也好看，但你背上都流血了。

他不说话。

她突然笑了，说，你别使真本事给人看，反正别人也不多给钱，糊弄糊弄就好了。

她的话，字字都像树上熟了的桃子，一个个咚咚咚地落到他心里，甜得很。但那甜劲过了，那桃核的尖尖就刺着他，硌着他，让他有点痛，有点痛还愿意受着。

何相宜觉得自己的话有点多，从前她没有这样觉得过，这几年，不知怎么这里也不对那里也不对，她不知怎么就又惹到她男人，不知怎么他就又发起脾气来。她转身提起菜篮，对姚清水说，我们回去吧。

她不知道，她男人已经恨上九节鞭了。

那天陈大庆看完杂技回去，经过桥头，特意转到他店门口，阴阳怪气道，老板娘呢？老板娘耍杂技去了？

姚建民拿眼瞪他，关你一卵事。

陈大庆哈哈大笑，当然不关我一卵事，就是不晓得关哪条卵的事。

姚建民气得要晕，捞了个扫帚就砸，滚！

姚建民想，非弄走这个九节鞭不可。他那双眼珠子在女人身上溜溜，心思只怕早钻进衣服里享艳福去了，他死皮赖脸不走，鬼晓得他打什么主意，真是个祸害。

日头一点点坠，河里像开了个五彩染坊，等夜色慢慢上来，又成化了水的银子了。河滩又宽大又荒凉，早些年，这里是做过刑场的，该死的不该死的都在这里掉过脑袋，也许还有天灵盖在河里哭冤。只有那不晓得历史的外地杂技团，才敢把戏棚子久久扎在这里。

模糊的河滩线上慢慢滚出个猫腰人影，人影蹲下了，像河滩长了颗头颅，等夜深了，那头颅就一滚一滚压向那硕大的棚子去。

第二天中午，瑶池镇的人看见鸿发楼的陈老板带领一群伙计朝河滩跑，呼啦啦进了戏棚，一会儿棚里棚外喧天锣鼓般响起来，再接着就打起来了。原来杂技团偷了鸿发楼的白酒香烟，都搁棚里藏着，叫陈大庆搜出来了。一整件的黄河龙酒，这可不是九节鞭最爱喝的酒嘛！

大家议论纷纷，这九节鞭真该打死，可是谁打得过九节鞭啊，他嗓子一吼都能震死一头牛，要是挨他一鞭子，估计投胎时都拾掇不出一张全乎脸。

果然，才两下子，陈大庆就被打成个半青半红的萝卜，乌眼圈像戴个单边墨镜。人群外的姚建民见了，解气得很，他冷笑道，陈大庆你个狗杂毛，你也有今天！

瑶池人不干了，他们不能让一个外地人来自己地头上撒野，纷纷扛着扁担拿着棍子来助阵，叫该死的盗窃团伙立马滚出瑶池镇。

一顿乱打乱砸后，杂技团走了，红白条纹的大戏棚在河滩上消失了。

晚上，姚建民和何相宜在半夜被双双惊醒，他们床前站着一个黑影。

还没来得及叫唤，一根闪光的银鞭索拉一响，就缠上了姚建民的脖子，黑影却还在原地山一样蠢着，低沉喝道，别喊，喊就弄死你！

那个"弄"字，异乎寻常的响，好像不是从口说出来的，是从肺腑里熬稠了，在肚肠里煮沸了，从胸腔从嗓里炸出来的。

何相宜听出声音，疑惑道，武师傅？

九节鞭一点也不隐瞒，是我。

姚建民浑身抖起来，他知道，他逃不过了。他到这时候才晓得怕，才晓得错。他就是这样的，啥事干了再说，干的时候脑筋还在挺尸，这会子才活泛过来，可是鞭子一上身，魂又飞了。

何相宜道，武师傅，是不是有什么误会，有话好说。

九节鞭冷冷一笑，那根雪亮的鞭子从姚建民脖子上解散了，又缠上他的手。九节鞭一脚踏上床沿，俯身道，说！那些东西，你用哪只手放进去的？

何相宜将头转向丈夫，一张惨白的脸，像是在长鞭索掉他手臂前，他已经提前死了。她什么都明白了，心里升起一股前所未有的悲凉，他竟做出那样的事，让她都感到羞惭脸红。她见识过这条鞭的神力，她知道只要鞭子一拉，她男人这只手就废了。她声音嘶哑，对九节鞭道，武师傅，你放过他吧，你想要怎样，我们都答应。

九节鞭转过头来看着她。这是张很美的脸，即便在极度的惊恐中，她还是那样美，脸更白了，眼珠子更亮了，像是一颗卧在冰雪里的明珠。他多喜欢这个女人啊，他恨不得将她含到口里吞到肚里去暖一暖心肠，将她揣在兜里握在怀里去闯一闯江湖。

清水激动地说，我全见着了，我趴在门缝上，把什么都看见了。

我也激动起来，把她的手攥紧些。

清水说，我小时候经常听见大人说镇上闹土匪的故事，即便那些故事很老土，被她们说烂了，说成絮了，我也没相信过。可这一次，我亲眼见着了！

九节鞭不是土匪，他是走江湖的人，江湖人讲规矩，他们从不惹事，但也绝不心慈手软，放过仇人这样的事，他们不会做。他对清水的爹娘做出土匪一样的事了。

清水沉默了一会，似乎想逃避某个章节。她说，后来，我还见过他。

大概是十多天后，何相宜带清水去山庙祭神，爬坡爬累了，坐下来歇息，忽然见到后面一个人影一闪，消失了。她追上去，她知道那人是谁，她知道那双眼睛长在她的身后几天了，她昨天似乎还见着了，当她在桥头买一把刷锅的竹篙帚时，她感觉有双眼睛在看着她，她直起腰来四处看，街上车走车人走人的，其他的，啥也没瞧见。

何相宜追了几十步，那人越走越快，眼看追不上了，她喊，武师傅！

九节鞭站住了，慢慢转过身来。

真的是你！你，不是走了吗？到了哪里？

骑虎镇。

何相宜暗暗吃惊，从骑虎镇到这里，一个来回需要一天，他天天跑？她肯定这几天身后那双眼睛是他的了，那双眼力气太重，能将她的身体烧穿，她认得。

两人站着，只听见树叶飒啦啦地响，那声音像从天上来的。

她说，快过年了呢。

他知道她的意思，那意思是快过年了呢，你快回去吧。那意思是，你不要再来了，再来一百次有什么用，就为了看她一眼，看一眼就能把肚子填饱了，就能把一辈子看过去了？那意思是，她是不能跟你走的呢，她有男人，有崽女，她能丢下他们跟着你满江湖跑龙套去？你莫想得美呢。

他什么也不说，朝她笑了一下。

她有点脸红，她知道他笑什么。他在笑，你以为他是为你跑过来的？他一个走南闯北的江湖汉子啥女人没见过？你当你是个金疙瘩银宝贝呢。他在笑，你以为你装得好好的，你就过得好好的？他晓得你男人为了自己一只手，能卖掉你的清白呢，他晓得你惨着呢。

她在他的眼光下站不住了，说，我女儿在找我了。

九节鞭点点头。

她说，那我走了。

他又点点头。

何相宜找不到可以说的话了，她一扭头，跑了。

清水从树叶缝里看到了那个汉子，那天晚上，她从门缝里瞥见的就是这个人，他把一根银鞭缠在她爹的脖子上，他让她爹死过一回了。

她看见那汉子做出土匪一样的事情来了，他用一种又阴冷又鄙夷的声音对她爹说，还不滚？

姚建民拖着虚脱般的身子，游魂般地走出来，影子漆黑，脸却惨白。

门在他身后关上了。

暗处的姚清水，心里怦怦跳，她看到她爹蹲在地上，把头埋在胯下，干呕般哭泣，她觉得自己也快窒息而死了。她恨她爹，为了保全一只手，他把自己的女人交出去了，竟是这样软弱的人，是这样自私的人，这是她的爹，她不肯认他了。

天上云破了，露出一个白白的弯口子，像一把悬在空中的镰刀。

突然，门开了。九节鞭大步走了出来，朝姚建民狠狠啐一口，骂道，没用的软骨头，你配不上你婆娘！复迈开大步，眨眼就消失了。

姚建民和清水一起扑向房里去，何相宜好好地坐在那里，衣裳好好地穿在身上，九节鞭根本没动她。但是她的神情，灰暗破败，就跟她已经受过辱一样了。

九节鞭跟她娘说了什么吗？或者，她娘对九节鞭说了什么？清水不知道，谁也不知道。

也许，她们也像这次一样，什么也没说。

清水明显地感觉到，家里的气氛变了，爹娘很少对话，她们的眼睛都躲着对方，也躲着自己。因为他们既不清楚对方在想着什么，也不敢承认自己在想着什么。只有不去想，不去碰，谁也不去扯谁的烂疮疤，那血或许还止得住。

清水知道，九节鞭走时骂的那句话，让她爹心里天天烧着一把火，这把火不能烧死别人，受孽的是他自己。他不懂自己一个好好的大男人，怎么就活得这样乌龟软蛋似的了，连怎么弄成这样的，他自己也糊里糊涂。他悔恨自己做错了事，但是如果重来一次，那事还会被他干一次。

何相宜在店门前的空地上洗菜，因为蹲得太低，露出雪白的半截胸脯来，过路人纷纷侧目，有个卖桐油的老汉，钉在那里生了根。姚建民将一块抹布狠狠砸到何相宜身上，用一种深恶痛绝的口气骂道，也不晓得收着点，露给哪个看！

何相宜像被打了一巴掌。她知道，她的男人恨上她了。恨她看尽了他的阴暗、懦弱和自私，更恨是她让他显得这样阴暗、懦弱和自私，他在无限否定和贬损她的过程里获取一点平衡和安慰。他变了——也许他没有变，他本来就是这样一个人，是她在心里反复琢磨他，琢磨来琢磨去，就把他琢磨成一个重情重义的值得托付一生的好男人了。

路人相互看着掩嘴笑，像在说，看吧看吧，就说她会勾别人的魂，这下好，他男人受不了了吧。

何相宜好气啊，她的名声别人没来毁，倒叫自己男人毁了。这世上，假若男女有啥勾搭，都是女人骚，女人臭，不关男人事的，男人即便是个烂瘟三人渣子，错的还是女人，臭的也是女人。

于是就有人笑，姚厨子，你要当心呢，把堂客收稳一点。

这是啥意思清水都知道，她娘能不知道？

清水看着她娘不紧不慢地洗着菜，洗了菜又将水撒到地上，轻手轻脚地去扫地，没扬起一点灰尘。但是，清水看到她娘的身子在细微颤抖着，额上垂下的湿发丝也跟着抖。

她都为她娘屈得慌。

晚上，何相宜说，你不能老是当人面那样说，那也是丢你自己脸。

姚建民冷笑一声，我还有脸可丢？

何相宜一肚子话在打滚，她很想问问他，到底是谁丢了谁的脸，忍了半天，说，脸要靠自己长。

姚建民跳起来，指着自己脸，一下一下使劲戳。丢尽啦，知道不？丢尽啦！这一世也莫想有脸了！

何相宜道，你尽把日子往坏里整，往后还长着，你要我怎么过。

怎么过？你别以为我不晓得你想怎么过！姚建民在屋里走过来走过去，像头困兽，我告诉你，这一世你别想好好过！你欠我的，你就慢慢还！

何相宜呆住了。

何相宜人生阅历不浅，但她对男女情事并不开窍，她从十五岁开始，心里就记得那个叫姚建民的男人了，他的名字写得那么大，她每回拿起那个功德本，就清清楚楚念一回，姚建民。

当媒人开始上门说亲，父亲也同意她嫁给杨二麻子时——因为杨二麻子不会让她的女儿挨家挨户去讨钱，不会让她吃那些别的女娃没吃过的苦——她自己给自己做媒，自己寻到姚建民身边来，把自己嫁了。

她的泪珠一滴一滴落下来，她告诉自己，不去看，不去看这个男人，不要再心疼他了，他不是那个把叠得方方正正的二十块钱交给她的男人了。那个男人多年轻啊，有一颗清澈的心，值得她奔着他来，把一生托付了。然而现在这个，她不认得他了，这个跟过去那个像隔了一个百年似的，彼此不相认。这个还污蔑过去那个，要为那个捐出二十块钱的少年讨要一点回报，讨回一点值当。那个少年没有想过的，这个男人去为他做主了。

何相宜至此知道了，男人对女人的喜欢是不一样的，有些男人喜欢一个女人，是心心念念却不望回报的。有些男人，不一样。这个不一样，何相宜不敢让自己往仔细想。

凌晨四点，她起床，起灶开锅，烧汤和面，开门做生意。你要是早晨经过瑶池桥，就会看见桥头饭馆的老板娘在炸油饼油条。你要是中午经过，她在那里择菜洗碗。晚上，她在打扫整理。她依然井井有条地活着，但再也不跟她男人吵了，怎样她也不吵了。

半年后的一天，其时已经进入夏天了，河滩的绿草疯长起来，水一样蔓延开去，把河滩拉得更广阔了。大家往那河滩一看，那河滩上站着的不是杂技团的那个人吗，他还敢回来！

九节鞭回来了，是一个人来的。他当着大家的面，走到桥头饭馆的门里去。

姚建民像被电光闪了一下，心狠狠一荡，重重跌下去。

九节鞭看也不看他一眼。姚建民知道，九节鞭心里可轻贱着他呢，他知道何相宜男人是个什么货，是个小人，软蛋，脓包，他才懒得看一眼呢。

九节鞭对同样愣住的何相宜道，老板娘，一份黄牛肉，一份熏耳朵，一瓶酒。

他看何相宜的眼睛，跟热油翻滚似的，能将人烫伤。

何相宜脸也烫了，心里也烫了，她有点慌乱，眼皮垂下去。她上了两个菜后，再打开瓷坛，夹了一碟猫乳，一盘腌萝卜条，轻轻放到他面前。她坐到另一张桌子边择菜，这才开始讲话，你们到哪里了？

山东。

何相宜吓了一跳，那么远？

九节鞭笑笑，不远，家门口。

哦，你们回家了。

九节鞭慢慢地喝了两杯酒，何相宜站起来，给他盛好饭，她声音里有点儿柔融融的东西，先吃饭吧，饭压着，不伤胃。

他就把那碗饭几口扒了。她再盛一碗，他又很快吃完了。

然后他慢慢喝酒，一餐饭吃了个万寿无疆，也不怕人盯着他看。接连几日，九节鞭天天来，天天一餐饭吃个把钟头。人家看他，他看何相宜。

姚建民坐到店外抽闷烟，他尝过那根鞭子的厉害了，他还欠那根鞭子一只手。他一肚子气，一肚子恨，夜里去寻人喝酒，又被人笑话一顿，说他打不过人家九节鞭，眼睁睁看着人家登堂入室，在他眼皮下与他堂客眉来眼去。姚建民一把掀翻桌子，道，你们看着，看我不剁了他那拿鞭的手，要他一辈子使不得鞭。

他摇摇晃晃走回去，后院的仓库亮着灯，有人在里头说着悄悄话，他脑子里跟做道场一般，唢呐唱，锣鼓敲，嗡嗡不停。屋里说话的声音像远处的风一样，一时有，一时无，他知道那是他女人的声音，除了她，谁有那么柔软的嗓音，谁有那么悠扬的语调？

那样软的声音啊，她有多久没把那种柔软给他了，她在说给谁听呢？他脑子里突然炸了，九节鞭，你个杀千刀的，居然跑到我家来了！

他眼泪都快出来了，一股深沉的悲凉瞬间淹没了他。何相宜啊何相宜，难怪古话说红颜祸水，看你长得那骚劲儿，你就是个祸水是不？你就是谁也相宜得是不？天下的事都让祖祖辈辈看透了呢，我到今天也看透你了！你十几岁就敢出来化缘，什么化缘，还不就是挨家挨户讨钱，你胆子那么大，脸皮那么厚，不羞不臊的。你遇到土匪时，肯将自己的身子交出去，你还有啥事做不出来？啥脸放不下？你面上装得正正经经，谁知道那晚上你给了他什么甜头？你要没给人一点欢喜，那个土匪肯为你来来回回跑？要不是因为你，当初我能让他差点卸了手？这么多的丑事怪事，还不是你带出来的祸！

他气得把牙也咬碎了，他想，今天我可不窝囊给你看，你倒看看我是不是臭狗屎做的鞭，文不得，武不得！他左看右看，跑到店里，抽出灶台上的剔骨刀——这把刀他都拿溜了，一天拿那么多回，就像拿盐拿油那样自然轻盈。他握紧这把刀，冲到仓库门口，听见那风一样的声音还在一阵一阵地吹，像锯一样在他心里拉过来拉过去，他的心烂成了一摊血。

他一脚踹开门。

清水在学校上完晚自习回来，见仓库里还亮着灯，母亲在一样一样清理着仓库，大米、面条、米粉、油盐佐料，她样样理好，把日期久远一点的翻出来先用，拿个小本子记清楚。

妈，明天再忙，早点去睡吧。

何相宜摇摇头，你先去睡。

清水不知为什么，心里有点微微的酸楚。她喊，妈……

何相宜这才转过脸来，诧异地看着女儿。

妈，这些事，你要爸来做嘛。

何相宜合上本子，走到女儿前面，拿手给她捋捋头发，说，我不指望他。

清水觉得心里很痛，她觉得她娘不爱她爹了。一个女人，她若不靠男人了，不指望男人了，哪里还有爱呢。

何相宜见女儿用一双充满柔情的眼睛看着她，她笑了笑，说，当年我要是指望别人，今天你就没有外公了。要是那年我嫁了杨二麻子，今天我就没有你和小山了。我不指望别人，自己的事自己做。

清水从未这样靠近过她娘，她身上一股淡淡的油烟味，混杂着一点花露水的清香。她娘知道自己天天锅前灶后，身上油烟味重，每天都往身上抹一点花露水。她活得再苦，也不肯狼狈。清水不知道，这是她最后一次这样靠近她娘，最后一次闻到她身上独特的气味。往后，往后的往后，她都反复将这一情节在心里咀嚼、回味，舍不得忘。

你救外公的时候多大呢？

正好你这么大。

你不怕吗？

要是你认定一件事非做不可，就不会怕了。

清水将头靠在她娘身上，听着她娘柔软的声音像轻风似的，一阵一阵吹拂着她。她娘说，小时候别人抢了她挖的野菜，她头发都快被人揪光了也不肯撒手，撒手弟弟妹妹就挨饿呢，挨饿的滋味可不好受，心里那么空洞，吞口水下去都能震起雷一样的回音。她娘说，外婆葬在老高的山里，她在山里守头七，夜黑得就跟野兽的眼睛一样，风也是有手脚的，风能撕烂人的脸，撕烂人的手脚。她娘说，她用板车推着外公去县城治病，走了两天两夜，夜里就在路边歇着，天亮再走。手掌磨出泡来了，泡烂了流出血来了，新血将旧血盖住了，她哼都不哼一声。她娘说，她做这些的时候一点也不怕，因为她知道这些都是非做不可的。

"哐"！门被一脚踹开，踹门的人大概没想到门并没有闩，走漏了气力，把自己带得一个趔趄撞进来，险些摔倒在地。他因愤怒而扭曲的脸，因怀疑而四下搜索的眼，还有他手中那把寒光凛凛的剔骨尖刀，不但何相宜看懂了，清水也看懂了。

姚建民显然被眼前的情景弄懵了，张着嘴巴愣在那里。他的酒突然就醒了，他发现自己又犯了一个大错。不过，那时候他还不知道这个错误的严重性。他是在第二天发现堂客走了后，才明白这个错误一辈子都没机会纠正了。

我爸真可怜。清水苦笑了一下，她将桥栏杆缝里的青苔拿指甲一点一点抠，抠出来再用手指捻成个小疙瘩。她说，我可怜他，但我依然恨他。

你爸是小气你妈。我说。

清水冷笑道，他晓得自己配不上我妈，才那么小气。

我沉默了。我觉得清水早在心里揣测和分解她的爹娘很多很多回了。

清水看着河里破碎的倒影，说，我知道，我妈的心是在我爸提刀子那一刻死去的，他一点都不信任我妈。

我犹犹豫豫地说，大家都说……你妈怕是跟着九节鞭走了。

清水狠狠瞪我一眼，夏小鱼，我妈不是那样的人！

九节鞭来的第五天，也许是第六天。那一天，何相宜还是隔着桌子跟他说话，语气很轻松似的，武师傅出来这么些天，家里人只怕都在念你哩。

他是团里的武打师傅，她就叫他武师傅，他们连对方叫啥名字都不知道。

他看着她，她今天看上去像一颗夜明珠，周围都是黑的，她是亮的。他笑了笑，她心里想什么他知道，可是她想她的，他做他的，他才不管她怎样想。

他不接话，她就不好往下说。两人默默坐着，他喝酒，她拿一把菜，择过来择过去，那菜在她手里就熟了。她突然掉下眼泪来，把她自己也吓了一跳，似乎她也不知道自己为什么会哭。她马上换了个方向坐，把头转过去。可是她的样子已经把九节鞭震住了，他不知道长着一双笑眼的女人也会哭。他端杯的手停在半空里。

她就那样背对着他，悄悄说，你这样，我老难了……

他的手缓缓落下来。

她说，人家说的那话，太难听……

他脸上的笑容一点也没有了。

她说，我是不会怎样的……

他的脸抽搐起来。

她说，你回去吧。

他又喝了几杯酒，喝得那样猛，想把自己灌死似的，好久才说，好。

清水说，小鱼，你知道吗？我多恨九节鞭啊，他差点剁了我爸一只手。他一来，就搞得我爸发了疯一样，尽做些不靠边的事，我妈才一天比一天心寒。可是他那天那个样子，一个山粗的土匪一样的汉子，瞬间就崩了，看得我真难受。

这是何相宜走后的一年了，夏天又来了。夏天的田野，碧绿的麦浪在风里打着滚，涌向黛青色的天边，这是多么浩瀚的原野，多么广袤的世界啊，这世界外还有更大的世界，哪里都能容得下一个人井井有条地活着。清水知道她娘在哪个地方好好活着，好赖她都会活着。她是什么事都能自己拿主意的人，也是走到哪一步都有办法的人。她的一生跟人不一样，像她那样过来的人，心大着，气性大着，没什么事情能让她跟谁去赌气活，或者赌气死。

清水抬起头，看着天上悠游的白云说，小鱼，你说，我娘还会回来吗？

88

玻璃泪

其实我不是很想讲丁村的故事，有些东西我不太记得了，再也不记得了。

就讲一点儿我还记得的吧。

那一天，上课的时候我突然呕吐起来，老师说，丁村，你送夏小鱼回去，反正你上不上课都一样。

全班哄堂大笑。

是这样的，在我们班，但凡与丁村相关的事，都更容易使人发笑。不仅仅因为她邋遢，成绩差，性格古怪，不仅仅是这样的。有些说不清道不明的东西，像雾一样稀薄，也像雾一样神秘，但它真实存在。

丁村搀着我走了一阵，我闻到一种酸腐的气味，你们知道的，就是那种邋遢人的气味。后来，她干脆蹲下来，把我背在了背上。我听到她吭哧吭哧的喘气声，这种声音让我忽略了气味。

她口袋里有什么东西在叮咚作响。

第二天，她在校门外的大树后突然跳出来，笑眯眯地叫住我，夏小鱼！

我再次听到了叮咚声。问，你袋子里装着什么？

她掏出一个拳头，拳头慢慢展开，是一堆晶莹的玻璃球，水滴的形状，拖着尖尾巴，又像一个个小蝌蚪，在阳光下似乎能游动起来。

喜欢吗？

喜欢。

放学后我带你去一个地方。她抬了抬鼻子，有点计谋得逞的得意。

那是一家玻璃厂，已经很有些年头，门窗都有了深刻的锈迹，一碰，带一手的铁屑。瑶池镇的很多东西总给人一种破败的感觉，比如学校，比如戏院、车站。总之，就好像我们没赶上过好时候似的。

院内空地上，堆满了在熔制和成型过程中产生的玻璃废料，发出细碎的莹莹光彩。丁村说，如果运气好，能捡到形状很好看的玻璃工艺品，有些是已经成型但着色失败的，这是收藏中的上品。

我口袋里装满了玻璃，仍然贪心不足，问，为什么没有你那种，像水滴一样的玻璃球？

丁村说，那是我自己做的。

看到我吃惊的表情，丁村骄傲地说，明天去我家，我给你做玻璃球。

原来她家是开理发店的，在集镇的尾巴头，是一进三层的街边楼，一楼是铺面，时下门开着，里面却没有人。理发台上狼狈倒着几只瓶罐，商标污秽残损，都很老旧。丁村的房间在二楼，楼梯拐角处有一个煤炉子，一张简易条桌，桌上一瓶辣椒酱，瓶口长着白毛。我经过时，丁村说，小心。可我还是绊倒了角落里的扫帚，三楼传来一个女人的声音，谁？

丁村扶起扫帚，那种高高兴兴的神态不见了，脸上有几分黯淡，她笑了笑，显出多余的歉意说，我家里乱。不知为什么，她说这话时脸红了。

丁村的房间确实乱，我闻到一股酸腐的气味，原来她身上的气味是被这房间浸染的。这里不仅是房，也是杂货间，堆着煤球，水桶，大大小小的纸箱，纸箱里散乱着衣物。窗户底下的书桌上，堆满了各种各样的玻璃制品，想必这是丁村长年累月的收藏。床头有一根长长的空心铁管，我问，这是做什么的？

吹玻璃的，她停顿了一下说，这是我爸用过的。

她马上转移话题，我给你做玻璃球吧。

丁村拿来一些玻璃管，从床底下摸出一把喷火枪，打来一盆清水。她神态特别专注，我从没见过她如此认真的神情，让我有点敬佩起来。她打开喷火枪对玻璃管持续加热，玻璃管一头慢慢软下来，化成橘红的玻璃溶液，那是一种糖果般甜蜜的色彩，最终变成一颗水滴形，掉落在准备好的清水盆里。等它冷却后，我得到了一颗晶莹剔透的水滴形玻璃球。

太神奇了。这颗水滴在阳光下是绚烂的，它似乎能吸纳一个世界，透过它去看街道、房屋、树木、山河，它们都加重了颜色，产生奇异的变形，并折出明亮的反光，所有影像都在它的包容里晃晃荡荡地收缩着，又摇摇摆摆舒展开去。

我说，看，这颗水滴里有一万种颜色。

这不是水滴，这是眼泪。

丁村的话，一个字一个字地活过来，我爸说，这叫鲁珀特，是世界上最坚硬的泪滴，连子弹也击不碎它。

我呆住了。这是我见过的最难忘的魔术表演，是世间最神奇的一滴眼泪。

很多年以后，我的眼前还会浮现那个做鲁珀特之泪的女孩，她是会发光的。我可以发誓，那天的丁村是闪闪发光的。

丁村的妈妈从三楼下来了，她探进来半个脑袋，丁村，谁来了？

那是一个浓妆艳抹的妇人，金黄的卷发，猩红的嘴唇，睡意深沉的眼。她身后有个男人朝外扭着脸，脚步匆匆地下楼了。

丁村头也没回，淡淡答道，我同学。

丁村沉默着，房间里黯淡下来。她用指甲在桌上用力划着，划出深深一道槽。我才发现，书桌上密密麻麻的，都是这种深槽。

丁村碰碰我的肩，我们出去吧。

丁村妈妈在门口坐着，当街跷起二郎腿，她的裙子显得特别短，我的脸莫名地热了一下。

我说，去我家玩吧。

丁村很开心地答应了，脸上又显出高兴的神情来。她甩开手臂大步走着，像是把什么东西干干净净甩掉了。

爸爸在客厅里看书，脸色很严肃，我意识到我回来得太晚了，一紧张就结巴起来，爸，这是我，我同学。

爸爸把想说的话咽下去，转而对丁村说，小鱼同学啊，叫什么名字？

我叫丁村。

爸爸礼貌地笑着，问她，成绩一定比小鱼好吧？第几名？

丁村脸红了。

爸爸又问，你爸妈做什么的？

我爸死了。她语气平静，但是又很快局促起来，声音小小的，我妈，理发的。

哦。爸爸轻轻地应了一声，喜欢看书吗？平时都看些什么书？

爸，我的电子表呢？我打断他的话。

爸爸看了我一眼，我住了口。

我看《故事会》。丁村说。

你以后多看看文学作品。小鱼，《悲惨世界》看完了吗？

还没。

还不看去。

哦。我口里答应着，却没动。

爸爸又看了我一眼，眼神很硬，我噤若寒蝉，马上进房了。

我听到丁村在外面说，小鱼，我走了。

我的眼泪都要流下来了，她送了我那么好的礼物，那样高兴地跟着我来，就这样失望地回去了，她心里一定很难过。

第二天我忧心忡忡，想着要怎样跟丁村解释昨天的事，丁村突然从树后跳出来，夏小鱼！她笑得眼睛都眯了，开开心心挽住我胳膊，我又找到了一个好玩的地方。

我忘了要道歉，问她，什么地方？

那是玻璃厂后山一小片弧形草地，草地一边临崖，站在崖上看得见蒙蒙的整个瑶池镇，此时，这个小镇沉在一片灰里，天空的灰，山色的灰，还有沙石路扬起的灰，融在一起，成了一个迷蒙的海湾，海湾把瑶池这艘船浮起来，轻飘飘的。

草地的另一边靠山，山脚有个石洞。洞口很小，里头却很幽深。我听我爸说过，瑶池有很多这种洞，是当年打仗用的防空洞，后来也有土匪据洞为营。丁村站在那里，背后是重重的黑，那黑像能吞没她似的。我害怕起来，不肯往里面走。丁村对我说，胆小鬼。但她的声音是柔软可亲的。

哈哈，现在我有一个洞了，洞也不错，我一个人的！丁村的声音有轻微的回响，好像我们隔得很近，又隔得很远一样。

这里会不会有……

土匪？丁村白了我一眼，笑了。

我在她面前总是显得很怯懦。她好像什么也不怕，敢于犯法似的。我不好意思地说，野狗，狼，反正，我觉得太荒僻了。

荒僻才好，一个人才安全。丁村说。

这一刻的丁村有种少年老成的感觉。

我去早餐店吃米粉的那天，是个污秽的雨天。店里人很多，好些是躲雨，大大咧咧占着桌凳，播报着瑶池新闻。

这时，我看到丁村的妈妈来了，她在店门口买了包子就走了，街面水光斑斓，她像雨水中游动的蛇。一屋子人刚才卡了带，目光跟着蛇扭动，这时又陡地热闹起来，有人问，昨天那事怎样了？人还好吧？

没事，人还活泛，但也要躺几天了。

那理发店的妹子年纪小，心有蛮狠，不知从哪里弄来的铁棍子，打得那男的头破血流。

总要出人命的，看吧，不止一次了。

大腮帮子那样老实，倒有个这样狠的丫头。

只怕跑错了种。

店里哄然大笑，桌碗瓢盆都在我眼里震荡。我拔腿就跑，连伞也忘了拿。

丁村没有来上学。

放学后我去丁村家，店铺里照样亮着粉红的灯，在雨里显出一点力不从心的媚气。我刚到楼下，楼上窗户就打开了，丁村朝我做了个"嘘"的动作，我马上噤声了。

接下来这一幕让我目瞪口呆。只见丁村爬出窗户，站在窗户栏板上，在窗棂上结了一根粗绳，顺着绳子爬下来了，动作得心应手，一气呵成。

我们去了那个小山洞。洞里已被丁村铺了稻草，她把那些玻璃品也搬了来，旁边竖着那根吹玻璃用的长铁管。她往稻草上一躺，显出很惬意的样子说，这个洞是我的了。

你为什么不去上学？

她扯过一根草嚼着，眼睛瞪着洞顶，洞顶有几条水痕，慢慢汇集沁出水滴，嗒嗒往下落。

良久，她才说，我妈锁了我一天。

你为什么要打人。我的口气凶起来，我把对早餐店的怨恨化成了对她的责备。

他该打！她咬牙切齿，眼睛露出凶光。

她突然翻过身，脸朝下埋进稻草。一会儿翻过身来，眼睛红了，但没有泪。小鱼，我想我爸。丁村说。

丁村爸是这个镇上最会吹玻璃的人，是玻璃厂唯一一个手工匠人。从他之后，没有人再肯学这门功夫，玻璃匠的工作环境恶劣，要常年忍受高温，且工作辛苦，报酬低微。人类对高效总是趋之若鹜，机械生产快速代替了手工工艺后，大家都不愿意做这个工作了。丁村爸爸长年累月地吹玻璃，导致两腮变形，人称大腮帮子。他能吹制出虫鱼鸟兽，花卉器皿，莫不形态灵巧，做工精美。

我的眼前浮现出一个神奇的画面，火红的炉膛、蜜糖一样绚丽的玻璃溶液、火光映照下，一张温暖而柔和的脸。丁师傅用一米多长的空心铁管从坩埚炉中蘸取溶液，慢慢旋转，使溶液均匀裹住管口，他在铁管这头鼓起腮帮，铁管那头便慢慢鼓起一个泡泡，越来越大，越来越薄，越来越晶莹澄澈。他一次次添加溶液，敏捷地在泡泡上挑拨、拉丝、塑形、添补、装饰，不用别人的配合，他一个人就可以完成一件件精美的工艺品，每一件都透出温情的光辉。

旁边站着童年的丁村，她的脸映照在霞光的斑斓里，眼睛里充满着赞叹与钦佩。她偶尔可得到一两件略有瑕疵的玻璃品，欢天喜地捧回来，如获至宝。

丁师傅是老实的人。而老实人往往让人觉得，他是可欺的，谁叫他那么老实呢。早餐店里遇着，有人喊，丁师傅，今天你请客啦。丁师傅笑着点点头，好的好的。地里田头遇着，又有人喊，丁师傅，先让我家田里放满水啊。丁师傅又笑着点点头，好的好的。在厂里遇着，还有人喊，丁师傅，我们先下班了，你把原料卸了啊。丁师傅还是笑着点点头，好的好的。

丁村上小学时，迟到了被罚站在校门口，一辆自行车倏地停下，她爸爸讶然走近，问了原因，就到学校找老师，她不久被叫进了教室。她爸爸对老师说，女孩子的脸是丢不得的。丁村由此知道，她爸爸不是什么事都能受得下的。她那时成绩尚好，期末领了奖状回来，丁师傅将它们工工整整贴在堂屋墙上，堂屋正面供奉的是天地国亲师牌位，旁有一副对联：祖宗功德流芳远，子孝孙贤世泽长。

那时，瑶池镇很多人家外出躲避计划生育，有人去江西烧炭，有人去湖北伐木，在深山老林里传宗接代。丁师傅不去，别人约他，母亲命他，他都不去。

他说，每个人都有自己的命。他摸摸丁村的头，我的命好着呢。

呸！丁村妈妈愤愤啐一口，命就是狗眼看人低的势力玩意，我才不服它！

丁村妈妈当年嫁给丁师傅，是因为他有一门安身立命的手艺。谁知道世道变得这么快，没多久，身边的人慢慢富裕起来了，有人下海，有人包矿，有人跑客运，总之，全世界的人都富裕起来了，只有手艺人被淘汰，成了可怜的掉队者，丁师傅连老样子也不如了，因为对比太大的缘故。

丁村妈妈对丈夫的期待，或者说对丈夫的感情慢慢淡薄下去，终于没有了。女人们都穿金戴银起来，穿着尖头皮鞋，烫着大波浪，衬得她那么寒酸落伍。她愤愤不平，自己比她们长得好看多了，为什么命运这样不公平呢。

她是不服命的人。她开始赌。

说到赌，我不得不说一说瑶池镇的地理位置。

这是一个离县城十万八千里的偏远集镇，它坐落在三县交界之处，各县的运矿车、客运车、扁担队都途经此地，牙行捐客、工匠艺人、皮条客等都汇聚在此，这里是一个沸腾的大火锅，炖着各路人马的五味人生，也是一个藏污纳垢的大容器，毒瘤细菌都在此潜滋暗长。

二十年后我来回想从前，很多事情是淡了下去的，比如瑶池的沙石街道，红砖房子，木招子布幌子，瑶池桥上的篾货、种子、农具和草药，还有河滩上的青草，以及青草下沉睡的众多魂灵，它们并不知道瑶池也有这样热闹的时候。

现在我能记住的，就是永远都能记住的。

丁村妈妈不赌牌，她清楚自己的牌技是赢不了钱的。难的是命，不难的是运，她赌运气。这种赌博叫地下六合彩，镇上人称之为"买码"。庄家开一期码，闲家赌数字，赌中了就成倍返本。这种赌，无需智商，无需技艺，老弱妇孺都可参加。瑶池镇几乎全民买码，他们弄来神奇的码书日夜研究，连电视节目都成了"码"的暗示，梦境也是暗示，天上落下一粒鸟屎也是暗示，生活中处处有异象，芝麻绿豆都是玄机。

赌场是很隐蔽的，设在山顶或巷弄里，有专人看风，若有可疑情况，一声通知，赌客们便往山外跑，往河滩跑，往阡陌纵横的田野里跑，往四通八达的小弄里跑，瞬间就消失得无影无踪了。派出所工作人员若有查得太严的，某个夜里就会被突袭，去医院住上一阵子。他们把去瑶池镇工作视为贬谪流放，在那里能明哲保身即是人生大幸。所以很长一段历史时期里，瑶池镇成了天高皇帝远的管理空白区。

丁村妈妈开始赢了一些钱，接着连连失利，把买种子化肥的钱也输了。越是不甘心，越不能自拔，她见庄家赚得盆满钵满，动了坐庄的念头。借了些钱，坐了一期庄，果然中奖者寥寥，她抽成颇丰。第二期就傻眼了，居然多人中大奖，她输得四肢冰凉。不甘心，继续赌，越陷越深，直到有一夜，她亏本好几万，胸口一痛，当场晕倒。

那是一个有圆月的夜晚，村庄都融化在月光里，是一个明亮的祥和的夜。然而，这是丁师傅看过的最后一个月夜，他在赶去赌场接妻子的途中失事了。山道坎坷，丁师傅的摩托车拐弯抹角，颠簸动荡，从高高的山崖上栽落下去。

很长一段时间里，丁村的妈妈不敢出门。人死账不烂，何况死的不是她，欠债还钱，她躲不掉。越来越多的人找她要债，她渐渐记不起她到底欠了多少钱，该给哪些人还债。她一天一天麻木起来，坚硬起来，骂声诅咒声于她，渐渐不关痛痒。

要钱没有，要命一条。她说。

我不要你的命，要你的人。有人说。

她是谁的人呢，她已经不是谁的人了。她咬一咬牙，便把自己交代了。

渐渐地，风声露出来，便陆陆续续有人来"要人"。左右是卖人，与其白给，不如打开门来做生意。于是，瑶池镇街头多了一盏红灯。

当我和丁村从洞里出来时，天色已晚。我们站在崖边，看着山脚下的集镇，橘黄的灯光渐次亮起，像撒了一把豆子，然后这豆子就将瑶池熬成了一锅粥，面目不清。恍惚的车声人语如细浪涌来，随着晚风一起一伏，似是亿万人的谰语。这时的瑶池都在我们眼下袒露着，却是那样的神秘莫测。

丁村指着对面的山峰说，你看那，我爸在那里。

我看过去，对面山峰像浓墨滴在清水里，氤氲开去，逐至混沌，什么也看不见。

就在那里，那座石桥与竹林中间。丁村肯定地说。

我没看见石桥，也没看见竹林。我觉得很冷，血管里奔涌着寒冰。

那一晚，我失眠了。外头分外安静，连矿车路过的声音，都没有。整个瑶池镇的人都睡去了，我醒着。"人生"与"命运"这样的词眼如此真切地贴近我，让我感到悲悯而害怕。

醒来的时候，我头昏脑涨，分明全身滚烫，心里却很冰冷，牙齿在打架。

你感冒了，在发烧。爸爸说。

我慢慢坐起来，拿着胸前挂的电子表看看，是下午两点。我睡了太久了。

一杯热水放在我面前，爸爸的手抚上我肩膀，以后，不许再出去野了，要有个度。

我感觉那只手有沉重的力量，把我的话压了下去。

我在医院住了三天，第四天去上学，丁村一见到我，便探探我的额头，好点了吗？

我点点头。

炸糍粑吃了吗？

我摇摇头，我不知道丁村给我送了炸糍粑，也许爸爸知道。但不知为什么，我不想问。

我打开了课本。

丁村看了我一眼，把放在我额上的手收了回去。

接下来是很长一段雨期，我必须去早餐店拿回上次遗落的雨伞。店里面一圈人在打扑克，见有人进去，头齐齐抬起，又齐齐落下。

快给钱！快给钱！

一个癞痢头衔着半颗烟，眼睛被熏得眯起来，急什么，你怕我赖账啊。

那是！人家赖账拿肉还，你拿什么还啊？

我这肉可比她的值钱。

大家哄然大笑。胖子压低声音说，我看大腮帮子那女儿，脑子只怕有点毛病，我昨天上后山，看见她一个人坐在那山洞里，古里古怪的。

山洞里？哪个山洞？一个女孩子跑山洞里做什么，招狼啊。癞痢头哈哈大笑。

有人道，不是招你这条狼吧。

那我可不敢，她那铁棍子要命的。

八成脑壳受了刺激了，有点癫气。

我看也像。

我连伞也不要了，扭头就走。我的心里有点难过，我已经很久没和丁村一起玩过了，爸爸说我野了，把我看管起来，我不知道是不是这个原因使我远离了丁村，但我愿意把它当做理由。而且，我似乎又能闻到丁村身上那种酸腐的气味了。

事情发生在一周之后。那天，丁村没有来学校，学校里却都在议论她，丁村又打人了。

放学后，我管不住脚地往丁村家去。她家门口围了一圈人，我挤进去，看见一个男的，头上包着纱布，手臂也打着绑带，我认出他就是早餐店的那个癞痢头。他指着丁村，我去割牛草呢，看见洞里有人，我才过去看看的，她拿起棍子就打，疯狗啊，逮人就咬！

丁村愤然喊道，你说谎！你胡说八道，你个坏蛋！

你一个女孩子，荒山野岭的，我想拉你下山呢。看在丁师傅面子上我才多管闲事，不识好人心。

你说谎，你说谎！丁村涨红了脸，我看见她脖子上的青筋高高鼓起来。

这真是！什么世道，卖的卖淫，打的打人，都是些什么货色！你不赔我医药费，疗养费，信不信我去告你们。癞痢头用那只没受伤的手用力拍着桌子。

你脱我衣服，你个坏蛋！你脱我衣服！

突然，丁村妈妈冲上去，给了丁村一个响亮的耳光，呵斥道，进去，进去！

有血从丁村的鼻子里留下来，像一条红蚯蚓，我尖叫起来。丁村伸手一揩，蚯蚓没了，半张脸殷红一片。她看着她妈妈，眼里射出凶光，大声尖叫道，我爸在对面山上躺着呢，我爸都看见了呢，我爸看见了！她歇斯底里起来，一直重复着，一声又一声，我爸看见了，我爸看见了！

她流下眼泪来。这是我第一次看见她流泪。

很多年以后，我才知道丁村的话并没有说完，鲁珀特之泪坚硬无比，万物不摧，但只要捏住它的小尾巴，轻轻一击，它就会瞬间破碎。

世间万物都有软肋。丁村也有。

丁村辍学了，同学们偶尔议论她，但最后连议论也没有了。她是大家的笑话，但没有这个笑话，大家也一样活。

隔了阵子，我又听到很坏的消息，玻璃厂倒闭了。我第一次知道倒闭的意思，是轰然倒塌，破碎了，是永远消失了的意思，那扇门再也不会朝丁村打开了。

但丁村有一千种方法进到玻璃厂，我知道。她可以像一条章鱼一样趴在地上，从铁门下的缝隙里钻进去，她也可以从后山爬上围墙，像一只猫一样跳进那个斑斓而温暖的世界。

当然还有一种可能，她再也不会去玻璃厂了。

这是直到今天我也无法确定的事。没有一个人告诉我，丁村后来怎么样了。

不久，爸爸工作调动，我跟着转学。晚上，我来到丁村家门前，远远地站着。丁村出来了，靠在门上朝我笑。玻璃门上贴着一个倒写的"福"字，她正好站在字的旁边，这让我觉得既讽刺又凄凉。她的笑是破败的，但有点讥诮与嘲弄，我的意思是，她好像看见我的心了。

是的，我害怕。

那个亮着粉红色灯光的理发店，就像这镇上的一只鬼魅之眼，我不敢接近它。我像这世上的大多数人一样懦弱，像班上所有同学一样心存偏见。我没有走过去，所以丁村才会有那种奇怪的笑，可这是我后来才体会出来的，二十年后仍让我心怀沉重的愧作。

我小时候摸过一种十分奇怪的巨型花朵，有人告诉我，那是七步花，凡是摸过的人，七步之内必死。她们打赌我不敢动一步，虽然我还是胆战心惊地走了六步，然而，无论如何也不敢迈出第七步。我害怕极了，十分无助，蹲在地上放声痛哭起来。我知道别人是在骗我，我知道那是一个谎言，但我就是不敢去冒险。万一呢？万一呢？

我们总是担忧那个万一。

就像那一刻，我太害怕了，我怕被什么可怖的东西附体，好像我一走近，我就沾染上那种酸腐破败的气味，不能洗刷干净，我就变成了大家口中的坏女孩了。这种想法真是太卑劣了，但那份懦弱我无法战胜。

我希望丁村走过来，所以我就站在那里等着。可是丁村就像不明白我的意思，她只是靠在门上朝我笑。

我还能说什么呢，是我的错，我放弃了丁村。

第二天早上，我到车站时，远远就看见了丁村。她在车站出口处晃荡，装作在小摊上挑拣什么，眼睛直朝我这边看。我感觉爸爸牵着我的手紧了紧。这种气氛太压人了，我恨不得哭出来。

客车摇晃着停下了，隔开了我和丁村。我看到她走远一点，跳起来，朝我挥手。我似乎听到她口袋里的玻璃球，叮咚响起来。

这一瞬间，我是永远也忘不了的。

半　生

被人嘲弄欺辱的滋味，秦康生尝过很多。

在学校时，男孩们命令他做木马，强行按住他的头。当别人从他头上飞跃而过时，他感到一种深重的胯下之辱。村里有人结婚时，他们骗他摸新娘子屁股，说帮新娘子"引窠"就能得到大红包。他摸了，结果新郎提着他的耳朵，骂他小小年纪就不要脸。

大家去燕子岭打猪草，一不注意，他打好的猪草就被大家瓜分了。燕子岭的脊背光秃秃的，是一条明晰的分界线。孩子们在那边，他在这边。那边有高大的树木，灌木丛里开出缤纷的花朵，还开出一群欢腾的人。这边只有一个他。

秦康生咬紧牙关跟他们打了一架，虽然又是输。

他照样被打倒在地，被人骑在背上，啃一嘴的泥土。他的鼻血照样流下来，像一条温软的小虫，流过那张一跳一跳灼痛的脸。他是在那个时候，意识到这条分界线此生都会横亘在他与别人之间的。他并不惧怕这条线，如果这条线不可避免地存在的话，他会在十年后、二十年后，那时他长高了，强大了，他会用自己的方法与他们置换位置，用出人意料的反转让欺负过他的人体会更为深刻的难过。那时，花会开在他这边。

然而这一次，情况马上反转了。他的母亲石兰花突然出现在岭上。

石兰花暴喝一声，张牙舞爪向那群孩子冲过去，孩子们尖叫着逃下岭去，一边跑一边叫，石兰花来啦，大蠢宝来啦。石兰花，大蠢宝，嫁个男人聋子佬，生个娃娃命不保……

快乐的呼喊从四面八方扑过来，秦康生，你娘是个大蠢宝！

字字像铁钉，又快又准扎在秦康生的心上。

秦康生的妈妈石兰花，是个名人。

石兰花是因为生小孩出名的。她生了秦一梅和秦康生后，不愿养小孩了。第三胎发作的时候，家里没人，石兰花自己爬到茅房里蹲着，蹲着蹲着，孩子头出来了，她一把将婴儿扯出来，丢到粪坑里了。

石兰花就这样出名了。

本来她智力低下，是个蠢女人的名气还不大，生了孩子后，她的名气就大了。

石兰花名气大还有一个原因，就是爱"骂娘"。

石兰花见热闹就骂。哪家摆酒席唱人戏了，哪家起屋封顶放鞭炮了，哪家嫁女起轿吹唢呐了，石兰花就对着那户人家叉起腰来，滔滔不绝骂得天怒人怨。她内功深厚，声音如鹤鸣九皋，能隔山打牛。

被骂的人七窍生烟，抽了一根扁担，跨沟蹚水冲过来，把石兰花追打得抱头乱窜，嗷嗷大哭。

挨一千次打，她下次还是一样骂。

石兰花挨打了，她男人秦忠德反正听不见，他是个聋子。但石兰花的声音穿透力太强了，秦忠德的耳朵对这声音有一种奇妙敏锐的感知，他听见他的蠢堂客骂人了，就跑到屋场外痛骂石兰花，石兰花不骂别人了，开始骂自己的男人。两公婆的大嗓门波澜壮阔，奔腾不息，把山都快震倒了。

秦忠德因为听力问题，平时是基本不说话的。他最老实，最怕得罪人，最可忍气吞声。唯独骂起堂客来，声如洪钟，气吞山河。

石兰花智力低下，交流障碍，偏偏她骂起人来，思路清晰，出口成章。

这真是瑶池镇的两大奇观。

这两大奇观，就是秦康生心中的两大伤疤，也是他受欺辱的最大原因。

秦康生从地上爬起来，用衣袖擦了一把脸，红着眼眶大声喊，你们等着！等着！

已经没有人听到他的话，岭上只剩下一个伤心的自己。

知道没人听得见，他犹自喊了两句，把破碎的自尊心悄悄捡回几片。

他回到家，姐姐秦一梅端盆冷水给他洗脸，她说，你不要还手嘛，不还手就不会被打得这么狠嘛。她的手探上弟弟的脸，轻声问，痛吗？

秦康生憋了很久的泪一涌而出，他哭了。他不怕被人欺负，他怕被人关心。被人打，他不哭，因为次数太多了；被人疼，他不能不哭，因为太稀罕。那只温热的手击溃他的力量，远胜于一百只耳光。

他眼泪涟涟，咬紧牙关，我不怕，总有一天，我要打回来！

秦康生的姐姐秦一梅，有一张愁苦的脸，她没办法不愁苦。

家里实在太穷了，总是饿肚子。有一回秦康生抓了几条黄鳝回来，那黄鳝，圆鼓鼓的肚子，等不及剖杀，没有清理内脏，就直接放锅里去煸炒。还没熟，石兰花直接用手捞起来，滑溜溜一条，被她囫囵吃下去了。

秦家能生吃黄鳝，这事在瑶池流传甚广。后来演变成了秦家茹毛饮血的奇闻，使大家对山坳里那几间低矮的土砖房退避三舍，连他家青瓦上冒出来的炊烟，都似乎有了狰狞的面貌和诡异的身形。

秦一梅对这个家感到厌恶，同瑶池镇的其他女孩子一样，她梦想有一天能走出这个山村，去奔赴一个柳暗花明的天地。

在外见过大世面的杨三皮到秦家来了。杨三皮叫杨波，大家把"波"字拆开，他就变成了杨三皮。杨三皮到底是谁家的亲戚，谁也说不清楚，张三说他是姨父的表妹的侄儿，李四说他是姐夫的姑姑的表弟，他好像跟谁都是亲戚。他这两年春节都来瑶池住几天，带走几个对外面世界充满热望的姑娘，把她们从偏远闭塞的山坳里输送到天大地大的花花世界去。

这次，杨三皮带走了秦一梅。

从此，秦一梅杳无音讯。

有人说，秦一梅傍了大款不回来了。有人说，秦一梅在工厂得病死掉了。谁知道呢。那时候，通信落后，交通不便，秦一梅就这样不知所终了。

那一年，秦康生十四岁。

十四岁的秦康生初中毕业了，没有再读书，他跟着老瓦匠做了烧瓦徒弟，瑶池镇十八个村子的屋顶都有秦康生烧制出来的青瓦，青瓦上又生了绿苔时，十年过去了。

秦康生有时坐在燕子岭上，看着十年前的自己，攥紧拳头站在一群扭曲的脸前，朝他们愤怒呐喊，你们等着！等着！

他不知道要等到哪一天，那一天似乎一定会来，但一直未来。

一只温热的手从心底里伸出来，抚上他的脸，痛吗？那是这世上唯一能使他落下泪来的温情，让他怀念得很痛苦。他在这痛苦的温情里抬起头，看到了一个女人。

女人有一张愁苦的脸。

消失十年的秦一梅回来了。

秦一梅跟着杨三皮换了许多次车，当她在诡异的漫长昏睡中醒过来，她被抛在了一个低矮破旧的土砖房，这土砖房里有一个抬头纹深刻的男人，这个男人让她哭让她闹，给她吃给她穿，就是不放她出门。她哀伤地知道，从前的秦一梅和现在的秦一梅是两个世界的人了。她梦想的花花世界破灭了，那个梦想曾经暖暖地安慰和熨烫着她的心窝，如今又钝钝地撕咬和切割着她的心房了。她被自己的梦想害了，被自己的梦想摁进了一个叫天不应叫地不灵的陌生山村，被自己的梦想迷醉得帮着骗子把自己骗了。

秦一梅在三年后生了第二个孩子，孩子得病要进城看医生，男人才把她寸步不离地带出门，她看到车站上方四个字：大宁车站。

至此她才知道，她所在的这个地方叫山西，距离瑶池一千多公里。

秦康生看着十年没见的姐姐，岁月从她身上剥落了他熟悉的那一部分，增加了更多他所陌生和抗拒的东西。她原来那么矮，他在十年前竟然没有发现这一点。她穿了一件新衣，但是她脚上那双破洞的鞋暴露了她的贫寒与窘迫。她的脸整个垮下来，几乎所有纹路都在齐心协力朝下跑，那张脸比从前更加愁苦。一张苦的脸。

秦一梅将自己的包打开，掏出一袋大枣，一袋核桃。石兰花抱着那袋大枣，坐在门槛上吃了半天。秦康生想哭，他的姐姐失踪了十年，那十年便宜得好像就只值那包枣，一包枣换取了一个女人一生中最美好的年华。现在，那包枣被他的母亲吃掉了，姐姐的十年被吃掉了，吃掉了，再也回不来了！秦康生的心痛起来，他腾地站起，将那一包核桃用力一踢，核桃哗啦啦四散奔走，满地打滚。他要去报案，把该死的杨三皮抓起来，秦一梅制止了他，如果报案，孩子的爹也会被抓起来，她的人生会更糟糕。

秦一梅被骗子卖掉的消息马上传遍了瑶池镇，大家都赶来听她的离奇遭遇。秦一梅平静地诉说着自己的经历，被人卖掉的情节被虚化，嫁了一个山西人生了三个孩子的情节成为了故事主体，好像那原本就该是她的结局。

半个月后，秦一梅说她要回去了，那边有她的三个儿女，那边也没比这边差多远，哪里都一样。女人是草籽命，落到哪里就在哪里生根。

秦康生感到十分心酸，姐姐那双眼悲伤是悲伤的，但是没有他想要的那样深沉。他有些怅然，这个家里，父亲、母亲、姐姐，都是那样的迟钝麻木，听天由命，倒让他觉得自己的愤怒和悲伤是个可笑而多余的谬误。他就是那个谬误百出的人。怎么会是这样呢，这世上就没有一个与他同声共气的人吗？有一样的悲喜，有一样感受的，莫非一个也没有吗？

十年前抚上他脸的那一双手，那是他得到过的所有温暖，他这一生的温暖与慰藉就在那一双手里燃烧完了。完了，一点灰烬都没有留下。

他是势单力薄了，身后空无一人。就连陪伴了他很多年的老黄牛咕噜，也在一个傍晚倒在了牛栏，那双悲戚的大眼含着泪，向伤心的主人告别。

名叫咕噜的黄牛倒下了，叫秦康生的牛想站起来。

他卷了几件衣服，到外面去打工。他干过搬运工，发过传单，进过工厂，几年后，他跟随一支施工队去修路。铁皮房子搭在荒滩，苍茫的旷野上，风从四面来，像一群狼嗥，震得铁皮房哐哐作响。每隔一段时间，铁皮房就往前挪一挪。不知道挪了多少地方，秦康生成了这支民工队伍的元老了。

元老里有个叫铁头的，年纪同秦康生差不多，但肝火都烧上了脸，好像跟谁都有仇。夏天将尽时，来了个老刘。据老刘自己说，他曾经阔绰过，开过公司，志得意满。可是由于命运荒诞的捉弄，他竟落得一无所有，把老婆也弄丢了，只留下一个孩子。命运对这个孩子也不慷慨，让他得了一种萎缩症，终日在床上躺着，根本站不起来。老刘是被高昂的医药费逼上工地的。

每当老刘讲这些，铁头就翻着眼皮看他，嘴角一抹讥诮，他觉得老刘放个屁都假里假气。老刘也不生气，笑笑说，不说了不说了，好汉不提当年勇，现在，你们都是我师父。

秦康生觉得老刘比铁头可亲。老刘嗜酒，铁头不在的时候，他就提回一瓶酒，跟秦康生喝到半夜。秦康生感觉酒力在肺腑翻涌，胸膛暖热而舒坦。久而久之，他同老刘关系亲密起来。

老刘问，康生，你打算在工地上做到什么时候呢。

秦康生说，过年回去，把房子建起来。明年不出来了。

老刘说，好啊，建了房子再找个媳妇，在家种田种菜，也不出来吃这个苦了。

秦康生笑一笑，他是这样想的。他要回去，建一个方方正正的小楼房，抹白墙，嵌瓷砖，在阳光下熠熠生辉。再找一个媳妇，两人齐头并进，把日子好好过下来。

老刘说，钱够了吗？

秦康生点点头，差不多了。

老刘一拍桌子，你小子厉害啊，闷头攒大钱啦！他叹口气，不像我啊，累死累活，不剩一个子。

秦康生帮他把酒倒满，你家里情况不同嘛……

老刘突然哭起来，用拳头连连砸着桌子，我命苦不要紧啊，可怜我家小伟，等着做手术呢，可是我上哪里去弄手术费，要是不能及时手术，一辈子，一辈子的废人啊……

秦康生尴尬起来，悔恨自己刚才说有钱。他是不愿借钱的，他的钱不是他的命，是他要找回来的脸，脸比命重要。可是老刘握住他的手，双眼是泪地看着他，康生啊，你救救小伟，只有你能救他了，等下个月结了工钱我就还你。等小伟病好了，我背着他来给你磕头！

秦康生想，下个月老刘就把钱还给自己，不过是挪用一下，又没什么风险。何况，倘若自己不借钱，小伟就成了废人，他怎能见死不救呢！

一个月后，老刘果然千恩万谢地将钱还给了他，还从镇上买回一只烤鸭，请他喝酒。老刘握着秦康生的手，康生啊，以后，你就是我兄弟，你要是有什么困难，我赴汤蹈火，万死不辞。

不久，工地施工使用药壶炮，大家快退到警戒范围外时，身后轰隆一声响，就在这时，秦康生感到一股巨大的力量将他撞倒了。

不是炸药的力量，是老刘。老刘将他压在了身下。

秦康生十分感动，虽然爆破是安全的，但他没想到老刘会有此举，这是一种舍命的义气。自此他对老刘的感情跨进一大步，真的，老刘拿命待他呢。

年前下了好几场大雨，导致山体多处塌方，交通中断，施工材料无法运进来，大家窝在铁皮房里睡觉打扑克。傍晚时分雨下大了，老刘来找秦康生借钱，他穿了件雨衣，推着一辆摩托，要立即到镇上去汇款。

秦康生说，我身上没现金啊。路也塌了，出不去。

老刘在雨里大声喊，出不去也要去试试，小伟等着救命啊。

秦康生跟着老刘上了路，天很快就黑了，两个车灯照出澎湃雨线，他们在无边的浓夜里扛着两个雨柱跑。摩托车在山路上剧烈颠簸，车头一歪，倒在了乱石上，秦康生一只脚被压在车下，痛出一身冷汗。冷汗叠着冷雨，秦康生浑身颤抖起来。但他咬牙挺住，他要让老刘知道，他不是知恩不报的人。

到了塌方处，摩托车不能前进了。

秦康生下了车，老刘，怎么办啊，车过不去。

老刘咬咬牙，走路去！

秦康生的半截裤子全湿了，寒气透骨，脚伤疼痛，他激烈颤抖，几乎能抖出另一个秦康生来。老刘把手套取下来给秦康生，康生，你的脚受伤了，你就别去了，帮我把车骑回去吧，丢在这里会被人骑走的。

你呢？

老刘悲戚地说，你看见过哪个做父亲的不管孩子死活？我就是爬也要爬过去。他顿了顿说，你要是信我，就把存折给我，我去取钱吧。

秦康生忍痛将摩托骑了回去，钻到被窝里打了半夜的摆子，第二日高烧不退，神思糊涂。傍晚时分铁头给他买来了药。秦康生问，路不是瘫了吗，你怎么买到药的？

铁头说，走河滩啊，河滩有小路到镇上，还是老刘告诉我的。

秦康生坐起来，感觉脑袋清醒了一些，河滩能骑摩托吗？

铁头说，我就是骑的摩托啊，老刘那摩托不是在外面嘛。老刘呢？

秦康生感到一阵心慌，虽然这心慌毫无根据。他说，老刘昨晚跟我借钱……老刘回来了吗？

没看见。你又借钱给老刘啦？我听说他外面欠一屁股债，是个老赖，都不敢回家。

秦康生说，我脚受伤了，走不了路，我把存折和密码给他了，要他自己去取。

铁头似笑非笑地看着他，秦康生，你赶快打老刘电话，问他还给你留了一分钱吗？

秦康生去银行查账，存折上余额为零。

老刘没有再回工地。秦康生用了很长一段时间，终于慢慢明白过来，老刘蓄谋已久，爆破时将他压在身下，不过是一出苦肉计，对，从头到尾都是一出苦肉计，他被算计了。

秦康生寻到了老刘家。对于他的出现，老刘并不意外，他家里时时出现这样那样的人，有时他躲得过，有时躲不过，世上但凡躲不过的事情，最后都靠赖。他换了一种陌生的口气，冷淡，漠然，毫无感情。他对秦康生说，我没钱，你找人来抓我我也没钱。等我有钱了就还给你。

什么时候？

那我不能保证。老刘露出一种老赖般的无所谓来。

秦康生瞪着老刘，那张平时最熟悉不过的脸，此时有一种丑恶从他的嘴角、鼻尖慢慢扩散到四周，很快，老刘就成了一脸丑恶的老刘。他深刻的法令纹和凌厉的唇峰，显得那样尖刻阴郁而薄情寡义，可是从前为什么会觉得那是一张和蔼可亲的脸呢。秦康生脑袋嗡嗡地响，似乎遥远工地上的药葫炮，炸在了他脑子里。他嘶哑着喉咙问，小伟呢？

老刘的肩膀突然垮塌下去，全身抖了一抖。他摸出一支烟，打火机响了数下，灯光下照出一张破败灰暗的脸。很多年后，秦康生仍在反复回想此刻的老刘，他没把老刘看透。

秦康生继续追问，小伟呢？

他必须知道小伟的去向，或者，他必须知道有没有小伟这个人的存在，在这个事件中，这个叫小伟的孩子承担了一种使命，能证明秦康生不是一个笨蛋，不是一个蠢宝，能证明他的被骗绝不止于知恩图报，而是因为他心里一份隐隐的确凿的情感，一种悲天悯人的慷慨情怀。秦康生无比需要这个证明，否则，他会被后悔、沮丧、窝囊等等交织在一起的火焰烧得皮开肉绽，他就会把老刘恨透，把自己恨透。

他没有得到答案。

秦康生在河边站了很久，那条河水将他与人间，与世界隔开了似的，他掉在极度的孤独里。没有风，可是自己晃荡荡的，那样轻，可以飘起来。他的瓦匠师傅跟他讲过，人死了魂魄还在的，要在这尘世里飘荡很久，不是所有魂魄都有机会投胎的。他觉得老刘跟他一样，都是无人超度的孤魂野鬼。

现在，连这个鬼朋友也没了。

他蹲久了，有一点晕眩，站起来趔趄了一大步，给人拦腰一把捞了回来。他苦笑，他没有想死呢，只是失魂落魄，离死也不远了。

他在面店吃了一碗双码牛肉面，这是他三十四岁的寿面。他用一种呵护自己的方式给自己庆生，把心里那奔腾翻涌的疼痛、失望、悲凉，用一碗面汤的热度将它们舔舐安慰。

五年后，秦康生回到瑶池镇，给自己修了一个小楼。虽然白杨木做大梁——只得将就，但总算修成了。

亲事却总也说不成。

石兰花依旧在不同的地方骂娘，可是已经斗志阑珊了。她的嗓音也变了，多年的撕扯张拉，使她的嗓门粗粝晦涩，像结了累累伤疤。她骂着骂着，也许就在草丛里睡着了，孩子们——已经是下一辈的孩子们了，捉了虫子放到她身上去，她也醒不来。秦忠德依旧哈腰走路，低头做事，在自家的几亩薄田里刨一日三餐，在简陋的木板铺上安慰劳累困顿，他骂堂客的声音如同潮退后暗礁里的汩涌，失了威力了。

他们的苍老一点也没有削弱他们的盛名，他们的盛名使姑娘们望而却步，即便她们都承认秦康生是个老实厚道的人。

可是老实厚道这四个字，其实是个贬义词。一个男人再不老实，再不厚道，介绍人只消说一句他有钱，一句就抵一万句，这就是天大的本事。女人但凡说我不看重钱，其实还是喜滋滋地看中了钱。只有没用的男人，才把老实厚道摆出来待人垂怜，倘若竟然有女人看上老实厚道了，其实也许是什么也没看上，不过是要证明自己不是没有选择就嫁了，免得被人说自己不值钱，没眼光。

看中老实厚道的机会固然有，但还轮不到秦康生。

秦康生也出名了，他成了瑶池镇出名的单身汉。直到他四十四岁那年，有人介绍他认识了娇娇。

娇娇不是瑶池人，不知她从哪里出发，去城里做了红灯女，但是她年纪不小了，虽然比秦康生小一点。她是结了婚的，有个孩子，她男人对她不好，她不想跟他过了，便跑了出来。这些都是娇娇自己告诉他的，娇娇把这些都告诉他了，当然是不打算骗他的，不想跟丈夫过了是有原因的，跑出来是不得已的，卖自己更是不得已的。他相信她是个苦命的好女人，把她带回了家。

他看着在灶屋里腌制豆渣的娇娇，她因为感受到他的注视而更加温柔脉脉，火塘的红光在她脸上跳跃，像是所有的好日子在她脸上活泼好动起来，她微微扬起的嘴唇弧度像一个明亮的月牙，那个月牙照亮了灶屋，也照亮了他。他不像别的人，知道"幸福"这样矫情而又隆重的词眼，也不懂得这个词眼的含义，但他觉得此刻也离得不远了。

她做饭时，他默默地给火塘添柴，添柴这一动作便变得前所未有的庄严神圣起来，像是一场仪式。他从这个女人身上闻到开天辟地般蒙昧未定却蠢蠢欲动的香气，有烧煮晚餐的温暖，有子孙绵延的希望，那是一种安居乐业与百年好合的安定与满足，为他所陌生却无比向往的一种。

这个家，从此添加了一个女人，绝不是多了一个女人的意思，是多了太多东西了。连他自己身上，也相应地增加了许多的东西，快乐、力量、希望、尊严。是的，尊严，他是一个同别人一样的男人了，他的家庭同这世上所有的家庭一样了。在三十年前，他发誓要出人头地，给那些欺辱他的人一个有力回击；二十年前，姐姐在他的志气上扎了一针，他便只求比别人好一点点，然而那幅图景也逐渐黯淡了；十年前，他被老刘拦腰一斩，打回原点。现在，他用了半辈子——或许运气差一点，是大半辈子的时间，终于等到了和别人一样，他不再是一个异类了。这幅图景在他眼前一点点清晰起来，足够让自己深深感动。

但是瑶池镇的人没那么容易接受一个来历不明的风尘女子，她们叹息秦康生要被这个女人祸害了，她也许贪图安逸好吃懒做被丈夫嫌弃了，她也许享受某种不可言说的生活而把丈夫嫌弃了，总之，一个有丈夫有儿子的女人，没人拿棍子赶着她，没人拿枪指着她，自己走进了朝阳巷的红灯发廊，她绝不是个善茬，绝不可能跟着秦康生过安生的日子。秦康生这几年是赚了点儿钱，但那钱也不是很多，等她吃完他的，用完他的，她就拍拍屁股走人了，等着看吧。

秋阿婆做寿酒，大家去贺寿，毛篾匠笑他，秦康生，你女人给你大滋大补了啊，你看你，红颜花色，返老还童嘞。

酒席上八双眼睛，齐刷刷看着他，包括他自己。他的眼神也没地方可放。他被这些眼睛化整为零，割成一小块一小块了，每一块都很耐嚼，适合下酒。

张婶说，哎，康生啊，我听说人家还没离婚的，你别到时白白给人养堂客了。

锅盔媳妇捂嘴笑道，牡丹花下死，做鬼也风流，死都不怕，还怕被人讹？

大家哄地笑起来。

李四说，男人死了不丢脸，被讹了就没脸了，外头不是骗子就是婊子，秦康生哪，你要提点神。

秦康生满脸通红，忍无可忍，你晓得个么子，她是命苦呢！

锅盔媳妇掐了李四一把，贴着他的耳朵说，你少说两句，饱汉不知饿汉饥！

那话好像只说给李四听，可是一桌人又都分明听见了，再次哄笑起来。

李四大笑道，是是是，人家立人家的牌坊，我们喝我们的酒，来来来，喝酒喝酒。

秦康生青筋暴起，腾地站起来，给八大碗的席面下了一场唾沫雨，婊子又怎样，婊子也晓得不欺负人呢，婊子也晓得讲人话呢。杨三皮是个大骗子，你还上赶着跟他攀亲戚，又算什么东西！

大家都怔住了，搞不清这个老实人怎么换了个脸，他是从什么时候开始，不动声色地换了脸的呢？

秦康生的恨还没有发尽，然而又有一种新的感情滋生出来，那是一种悲伤——为娇娇悲伤，为自己悲伤，为所有委屈可怜的人悲伤的一种感情，从他心底深处一股一股涌出来，这种辣辣的酸酸的感情把他憋得连自己也不认得自己了。他的喉咙酸了，鼻头也酸了，他就用这酸喉咙酸鼻头迸发出瓮声瓮气却酣畅淋漓的释放，我秦康生就是死了，也不要你们守灵扶柩，我活我的，我死我的，关你们卵事。

秦康生把一口浓痰从肺腑里狠狠剜出来，愤愤啐到地上，干脆摆出个不要脸的样子来。不要紧，反正他什么也不是，他就是瑶池镇上顶不要脸的秦康生。

但是为什么会难过呢？那点可怜的自尊心应该剥落殆尽，一点也不要留。穷人不配有自尊心。若肯把心也不要了，把脸也不要了，就不会觉得苦了。

苦是什么？苦就是要脸。

只要还要脸，人就没法不伤心。

秦康生憋了一肚子气回来，一脚踹开门。娇娇正在灶前躬身切萝卜，这时抬起头来，惊慌而怯懦地看着他。

秦康生本来想问，你为什么要到那种地方去？可是他开不了口。娇娇惊吓的眼神，还有娇娇的萝卜条，让他觉得惭愧。

娇娇将萝卜切成块，再将块切成之字形的条，用衣架晾晒着，半干时拌上辣椒酱一腌，隔天就可以拿出来吃，甜脆爽口。他就着两根萝卜条，就能把一碗饭扒个底朝天。他家从来没有过这样的腌萝卜，没有过这样的甜脆爽口，这是一个女人安心过日子才会产生的智慧。

他凭什么对一个跟着他安心过日子的女人撒气呢。

可是他心里的不痛快，把他憋成了高温下的沸水铜壶，他说，你么时候去把婚离了呢。

娇娇的动作停了两拍，她把脸转过去，说，他不肯，我有么子办法呢。

秦康生说，他不肯，你就起诉离婚嘛。

娇娇沉默了一会儿，轻轻地说，我不会写起诉书。

秦康生说，你不会，我找人帮你。

娇娇把最后一串萝卜条晾上，转过身问他，找谁？

秦康生说，夏小鱼，她会帮我们的。

娇娇冲他笑了，行，你把她电话给我，我自己联系她。

她那一笑，是明明白白附和他了，是一心一意跟定他了。秦康生放下心来。他想，只要名正了，言就顺了，等娇娇跟他结了婚，再生两个孩子，白头到老地过下去，谁还会再飞短流长胡嘴巴舌呢。娇娇是那么善解人意，总能温言软语地安慰他，她那两片小巧的嘴唇动一动，就把他心头的烦忧抹平了。她在家里兜兜转转，把衣服也洗了，把饭也做了，做这些事的时候她的腰身，她的胳膊，她的腿脚，都会生动地说话、提问、感叹、撒娇，她比瑶池镇上一百个女人的好还要好。他从她身上得到的温存与安慰，哪怕只有一指甲缝儿，都远远胜过别人给他的总和。她说她不怕别人嚼舌根，愿意为他承受着世人的白眼和唾沫，要与他同甘共苦，生死相依。她说这些话的时候，流下了情深义重的泪水。这种小猫儿一样的楚楚可怜让他敢为她去打一架，让他决心站在冷酷的世人和这个无依无靠的女人中间坚定地保护她。

可是娇娇突然病倒了。

秦康生带她去看病，先去县医院，再去市医院，一去就是一个多月。

村里人说，看吧看吧，这个娇娇，就是来祸害秦康生的。

还有人去打听了消息，虽然消息真假难辨，但人们的结论已经尘埃落定了：娇娇来瑶池前就病了，她男人没钱给她治病，她就讹上秦康生了。

有人把这话传到秦康生耳里，要他赶快回来，别把血汗钱都丢在一个婊子身上。

秦康生回来了，但他是把钱都丢完了才回来的。

娇娇也回来了，她是变成了一个千年石膏回来的，似乎一棍子击上去，瞬间就会粉碎。

三个月后，娇娇的身上开始长水泡了。背心，胸口，腿上，都长了大大小小的水泡，后来，连腋下，颈窝里也长满了。先是不能行动，后来连躺也不能够了，十分痛苦地坐在一张窝陷下去的藤椅上，用一种怪异的姿势苟延残喘。吃药是再没有效果了，唯有止痛剂可获取片刻宁静。她的颧骨凸起来，眼睛却凹下去，脸色晦暗，眼神涣散。牡丹花一样的娇娇，现在是开完了，枯萎了。

秦康生一天比一天心惊，一天比一天害怕，他心里清楚，他是留不住她了，但口里不肯承认，他对娇娇说，不要怕，会好起来的。这根本安慰不了她，仅仅是安慰了自己，他比她更害怕。他从前寄希望于自己，现在却寄希望于老天。他这半生，少年失去姐姐，后来失去朋友，如今，他又要失去爱人了。他不愿意相信老天对于发生在他身上的事一无所知，他在内心里将这种苦痛一一禀告，态度无比虔诚，希望老天对他有点在乎，但它不为所动。

终于，他连自己也安慰不了了，夜里熄了灯，在一片浓黑里，眼泪顺着他瘦削的脸颊向下流。

他听到黑暗里那个更黑的身影说，法院打过电话来了，后天开庭了。

他像根本没有哭过一样，响亮地应着，哎！

她说，等我跟那边离了，我就回来。

他重重点头，哎！

她说，我想见见儿子，你送我回去吧。

无论什么，他都会答应的。

第二天一早，他杀了一只鸡，在炖得稠稠的鸡汤里下了面条，一点一点喂给她吃，哪怕她只吃一口，那只鸡就牺牲得其所。他已经在心里偷偷置换了一个字，那个"死"字，他怎么也说不出口的。置换它，抠掉它，就能躲开它。

她竟然吃了一小碗，脸颊透出难得的气色来，像灼灼的红霞。他骑着一辆破旧的嘉陵摩托车，在车后座垫上软软的被窝，将娇娇送回家去。他看着娇娇一步一步走进村里，消失在一片迷雾里了。他的喉管里发出咕噜咕噜的声音，好像是一口井在冒泡，水要涌上来淹死他。

第二天，娇娇就死了。

三天后，当我走进秦家时，我看到一个突然老了的秦康生。

我七岁时，秦康生十四岁。当我三十七岁的时候，秦康生已经有我父亲那样老了。

十四岁的秦康生在燕子岭被人骑在背上的时候，只有我，没有笑，没有喊，也没有跑开。三十年后，当秦康生在脑海里搜索一个值得信任的人时，他想到了那个没有站在分界线对面的小女孩。

我的到来，让秦康生感到更加凄然，他说，如果娇娇还活着，昨天是开庭的日子，她就能离成婚，今天就能回来了。

他的话使我沉默了。我觉得此刻，沉默更保险。

秦康生说，别人都说娇娇是来骗我的钱，骗我给她治病的，说这些话的人没良心，他们眼里除了自己，别人都是骗子。

他翻动着手机页面，把娇娇的照片给我看。美颜相机下的娇娇，一张粉团团的脸，两道细弯眉，像两个工整的括号，所有的光辉潋滟都被笼在其中了。秦康生说，你看，她的脸又白又圆，这哪里像病了的样子呢。根本不像嘛，她来的时候好好的。

我有点迟疑地说，是啊，不像……

他有点激动起来，如果她是骗我的，又怎么会起诉离婚呢！小鱼你知道的嘛，你知道的，离婚起诉书还是你帮她写的，你帮她提交法院的嘛。

我看了一眼手机上的娇娇，那是一个永远不会回来的人，我不想把一颗死去的心掏出来，去研究它的形状与构造，再看看它的颜色。

我点了点头。

他从我的肯定里得到了安慰，说，她走的前一天还同我说，她要回来跟我过的。她的命怎么就那么苦嘛！一天都不能等……我知道她的，她是个好女人。

我点头，是的，是的。

他的声音低下去，低下去，她真是良心好呢，连死也要死到那边去，不肯在这边落气，是想减轻我的负担，不愿意拖累我。

他双手用力在脸上搓抹，像给自己洗了一个脸，把悲伤洗掉了。他抬起头来，露出一种奇怪的神色，像是悲愤，又像发泄，他说，别人都笑我，笑我家一屋的蠢宝，总是被人骗。他们聪明，不被人骗，可是他们的心比石头还硬呢。他们不知道，人人都有自己的苦呢！谁没有自己的苦呢？

从秦康生家里出来，我驾车返程，车至半路停下来，我从包里拿出一份离婚起诉书，这份起诉书从未得到娇娇的亲自授权委托，并不曾提交法院。根本没有所谓的开庭，更没有所谓的"回来"。

我将起诉书一点一点撕碎，扔出了车窗。它们如一只只苍白的蝴蝶，挟带着一个不为人知的谜底，远远地、远远地飞走了。

此刻我的眼前，有一个瘦弱的孩子。这个孩子双手反剪着被人骑在地上，像一只两头高高翘起的木船，痛苦地搁浅在沙地上。他涨红着脸，愤怒呼喊，你们等着，你们等着！

相　杀

吴四珍惊恐跳起，踉跄退至墙角。

她想，她是一只猎物了，马上就要被肆虐分尸，当场毙命。

男人逼过来，正好站在灯泡下。他的脸扎进那团光晕里，神奇地沉没了。光圈下伸出一把大铁钳——那是一只孔武有力的手，是一只铁匠铺里抡大锤的手，这双手在火红的炉边抡起大锤，一锤下去铁定江山，一锤下去独步天下。

此刻，这只手捏住她的下巴了。吴四珍的脸，整体平淡，唯有下巴小巧，那是因为太瘦的缘故。她丈夫总是捏住这瘦削的下巴，高高往上抬，她的脖子被无限拔长，犹如插入了一根钢钉，分寸不能动。

男人捏着她的下巴一推一搡，她被贴进了墙壁。

他是怎样捏那个狐狸精的脸的呢？那个又白又胖的狐狸精苏红梅，圆润如瓜。她什么地方都像瓜，前面两个上下晃，后面两个左右晃。那样圆滚滚白花花的身子，大概即便把男人压死了，死了还能一柱擎天，百年不倒。

大铁钳揪住吴四珍的头发用力撞墙，墙壁发出沉闷的咚咚声。

吴四珍想，苏红梅为什么一点也不怕他呢？她胆敢在他面前发脾气，翻着白眼珠子叮叮当当说话，可是那双白眼也带着钩子，男人一百八十斤的身躯轻飘飘地挂在那双眼睛上。

苏红梅骂他，李富田，你个砍脑壳的，说了要你给我家扮禾筒钉两个马达，你到哪里摊尸去了不见人影。

李富田笑得脖子都不见了，说，钉得那样紧搞么子，一点松让都没得，家伙用不久呢！

苏红梅圆鼓鼓的肉手狠狠地打在他背上，哟，大铁匠打的马达还用不久，这身牛牯子肉白长啦。

李富田哈哈大笑，明儿给你钉钉，你看看我的肉有没有白长，我的马达用得久不？

苏红梅斜斜瞄住他，似笑非笑，比笑好看。死鬼！一天到晚不想好事！

李富田道，嘿嘿，我一天到晚都想的好事，你晓得"好"字哪样写的不？

呸！苏红梅啐他一口，似怒非怒，比怒好看。她熟门熟路从铁铺的炉台上抓了两只马达，扬长而去。她晓得她的背上粘住了两只眼睛，所以走得碧波荡漾。

李富田揪住吴四珍的头发，他看她的眼神不像看一个人，倒像看一件物什，或者随便什么玩意儿。他一边打一边骂，你还敢去收马达钱？做起我的主来了？叫你收！叫你收！

夜深了，李富田发出响亮的呼噜声。吴四珍从地上爬起，睁眼看到一个披头散发的女鬼，轮廓一层淡灰的影，眼神幽怨，紧紧盯住她。那是墙上镜中的自己。

她朝镜子伸出手去，想摸摸自己的脸，但只摸到了自己的手。手与手重叠，隔着冰冷的镜面，透骨的冷。她连自己也摸不到，像阴阳两隔。镜中的自己苍老枯槁，也许多年前就已经死去、冷却，它徘徊人间，因为满腹怨气，不得托生。

瑶池镇的女人生来火眼金睛，她们最擅长辨认不清不楚的伤痕，吴四珍急得满嘴是谎，说是自己摔的，说是不小心撞的。各种漏洞百出的谎。众人不露声色，背后交换心领神会的眼神。

她的女儿，英子，当时十五岁，已经很懂得母亲的心态了。她冷眼看着那个自欺欺人的妇人，怎样也扯不圆那些谎，却还是要扯。在人前装出一副轻松样子，回来握着脸流泪。然后把脾气发在她身上，怪她旷课逃学了，好吃懒做了，把藏在枕头下的钱偷走了。她絮絮叨叨，聒噪不止，可怜，又讨厌。

她对英子说，你娘是在坐牢。

英子嗤之以鼻，哪里有敞开门的牢。

对于吴四珍而言，她的世界比瑶池镇还小，比杨柳村还小，她眼里的人只有一个。只要她被这个人忽略，被视而不见，被隔离，她就在坐牢。这个牢无比大，走到哪里，她也走不出牢门。

吴四珍既愤怒又无助，怒道，哪一天我死了，就称了你们的心了。

英子露出一点你想什么我都知道，但我不想知道的表情，不耐烦地反驳母亲的话，你就没说过一句好听的话！

吴四珍吃了一惊，什么时候做了怨妇自己却不知道？是因为什么她讲不出一句好话的？是她献出了一个妻子的爱，丈夫却不将她当妻子，还是她献出了一个母亲的爱，女儿却不将她当母亲？

英子盛了一碗饺子正要吃，母亲叫住了她，你就不能等一等。

英子知道，母亲是在等父亲，用一盘上好的饺子，等她的男人看她一眼。母亲的那点痴妄被她看透了，她揭短一样道破它，算了吧，他反正不领情。

英子对父母间的关系感到可笑，她把母亲看得透透的。母亲对精神和身体上给她百般虐待的那个男人永远残存着一点幻想，就算男人骂她打她，她恨的也不是他。只要他给她一点，她就可以完全忽略她被轻慢被欺凌的处境，就算他一点也不给她，她也费心费力想索取一点点回报，因为索不来而不满和失望，因为失望，她进一步费心费力去索取。英子觉得这是一种畸形的乞怜和巴结，是自己不把自己当人看，那样卑贱，近乎可耻。她那么小就知道了，她的母亲喜欢她的父亲，所以，母亲才会那么痛苦，那么绝望，那么神经兮兮；她的父亲不喜欢她的母亲，所以，想要父亲有一点点痛苦也是绝无可能的。

她从小就知道，无情无义的人活得更欢畅。

吴四珍被女儿戳破了内心的那一点企图，感到一种新的灾难正在形成，她的女儿，对她毫无感情。她从女儿身上看到自己的丈夫成功变异，如落在地上的种子再生，长成一个新的丈夫，姿态不同，神情一致，一样无情无义，一样冷硬。

李富田那天晚上没有回来。

第二天凌晨，有人在一条窄水沟里发现了他的尸体，散发着强烈的酒气。

力拔千斤的铁匠没能在狭窄的阴沟里翻过身来。

吴四珍在密林般的围观者里，一眼瞥见脸如死灰的苏红梅，她猛然站起来，冲到苏红梅面前，抓住她的手。她似乎闻到了这个女人身上的气味，那未散尽的丑恶的气味，像一条面目狰狞的毒蛇，钻入了她的肺腑。她从这种气味中看到她的丈夫与人交欢以及在交欢过程中产生的表情、声音、动作，她在心中大锅大铲翻炒它们，五脏六腑青烟翻滚。

她感受到了苏红梅的恐慌，那双手如一台震动的打米机，那待宰羔羊般的恐慌与无助进一步证实了她的猜想。脚下踩着的那点薄冰彻底塌裂了，她掉入绝望的冰海，她的一切正在与她永诀，包括她自己，也在向自己挥手告别。

苏红梅抖如筛糠，人声嗡嗡都低下去听不见，只看见一双火炬般的眼睛大力抓住她，掘地三尺般的尖锐与深刻。蓦地，那双眼睛放开了她，火焰突然熄灭了。她听见吴四珍一字一句地说，红梅，麻烦你叫上青山，帮我送你富田哥回去。

李富田的丧礼上，英子代替哥哥手捧遗像，送父亲出殡。吴四珍在承受双重的悲苦，她的丈夫死了，她的儿子缺席了父亲的葬礼。

儿子是丈夫还有一点人味儿的全部体现。如果她丈夫的心里有那么个角落，除了与自己兄弟结成仇家，与妻子结成怨偶，除了在女人堆里采花蜜，在男人面前吹大牛……如果还有那么一个干净点的角落的话，就是这个儿子了，就像一个塞满东西的盒子的死角，还能挤进去一个小玩意儿。

父子之情崩塌于一条牛尾巴。

多年前的那个夜晚，当吴四珍从地上艰难爬起，擦去被丈夫一拳打下来的鼻血时，她看到窗户玻璃上，贴着儿子变形的脸。第二天，苏红梅家的黄牛被人活活割掉了尾巴。

李富田回来就给了儿子两个耳光，儿子怨恨地盯紧父亲，双眼发红，却不肯让眼泪落下来。李富田一脚踢过去，怎么，你想杀了老子吗？

儿子当然不会杀了自己的老子，但是他开始作践自己。他学会了抽烟喝酒，夜不归宿。他打断过别人的手臂，偷过量具厂的钢材，放学时在瑶池桥上堵截女同学。总之，他像完全变了个人。

那是一个冬天的傍晚，吴四珍在火炉边绣鞋垫，几天没回家的儿子慌慌张张摸进门，一手拉灭了灯，要娘给他煮一顿饱饭。吴四珍摸黑给儿子煮了一大锅面条，面条吃完半碗，听到外面脚步嘈杂，儿子碗筷一丢，从后门飞出去，瞬间消失在了苍茫的浓夜里。一群警察闯进来，说是缉拿抢劫犯。其中一个摸着面碗说，还是热的，追！

吴四珍绣的鞋垫掉在火炉里，被烧得翻卷，像一只暗暗攒劲的黑拳头。浓浓的黑烟在屋里深沉盘桓，她在浓烟里坐成石雕。

儿子这些年完全没有下落。她跟丈夫之间唯有的那点关系断了，她想在母子之间建立一点温情，以此来消融她与丈夫之间的隔膜，不但没有成功，连希望也永远破灭了。

丈夫心里的那个死角空了，他毫无顾忌地恶起来，狠起来，他打老婆多了一个理直气壮的理由：你养出来的好崽！你做得个屁的娘！

丈夫去世后，英子便迫不及待辍了学，随同伴外出打工。也许她等这一天等了很久了。

这个家，突然冷清下来。谁都走了，各归各。

当吴四珍在两个月后走出大门时，大家发现她变了。

吴四珍变得温和安静，举止从容，眼神清澈。这个沉默却骚动的冬天，是一个阴暗潮湿的子宫，将她脱胎换骨，重新娩出。这两个月中，她疲累的身心似乎得到了极大的疗养与舒展，这场劫难似乎把她从艰重的隐忍、痛苦的折磨和无望的期待里打捞出来，她苦痛的人生已告一段落，新鲜的后半生徐徐而来。

她关了铁匠铺，把铁具分送邻里；她自己种地种菜，也给别人当帮手；她继续绣鞋垫，谁都可以去要一双。当苏红梅的名字被人混以唾沫与白眼提起时，吴四珍要么坚决闭嘴，要么悄悄走开。她大彻大悟，不计恩怨，不论是非，没有人从她口里听到过任何一句鄙薄苏红梅的话。

大家都说，死了李富田，吴四珍才算活过来了。

有一天，隔壁的田桂香对吴四珍说，我听说，杨青山知道苏红梅的丑事了。

田桂香知道的事，她就能让天下知道。吴四珍停下绣鞋垫的手，但是没有抬起头来。

田桂香表情沉重，语气却欢愉，昨晚杨青山发酒疯，骂苏红梅是个贱货，把她打得脱了相，那张脸，啧啧！

田桂香的特大新闻没引发吴四珍的重视，颇觉失望，她问吴四珍，你说，杨青山怎么晓得的呢？

她的眼神带点询问，带点探索，似乎答案长在吴四珍身上。吴四珍突然明白了，虽然她尽力掩着，似乎除了掩着也别无他法，但秘密还是像风一样传扬出去了。但凡苏红梅的事，别人都会第一个审视她。有些话，别人说出来并无不妥，从她嘴里出来，就像蒙了一点什么尘，有了一点别的色彩。本来语言这个东西，自己这么说，别人那么想，到底意思是什么，由不得自己，只由得别人。

吴四珍意识到了这点，她反问，杨青山怎么会知道？他成天睡在酒坛里，脑子都喝坏了。哎，他不晓得最好，也是个可怜人。

苏红梅的男人杨青山，白叫了这个名字，他嗜酒，终日烂醉如泥。瑶池镇的男人都喝酒，可是没他这样的喝法，豁命一样的。他终日糊里糊涂，也许并未听到关于自己老婆的流言，也许听到了他也不关心。他只要能从老婆身上要得到酒钱，或者夜间能爬到她身上狠狠轧一回，其他的事，他都不关心。即便他醉酒打了一回老婆，保准第二天就忘记，照样去她跟前死皮赖脸要钱买酒。谁都知道他是扶不上墙的烂泥。

吴四珍道，以后，我看见杨青山都得绕开点，免得别人疑心我搬弄是非。

田桂香马上说，谁要那样讲，谁就是个瞎子！

吴四珍笑了一笑，浅浅的，似是而非。她说，其实苏红梅也不容易，她男人不争气，总得找人帮帮忙。

田桂香喊起来，没男人就过不得日子了，就要找人搔痒？

吴四珍长长叹了一口气，这声叹息好像是六根清净并由六根清净滋生出的大慈大悲，你说什么呢，她田里地里的活，自己一个女人家也干不下，她活得难呢。

纵然吴四珍不说苏红梅一句坏话，可是苏红梅要野男人搔痒的话，已传为笑谈了。她们总是说，得亏是碰上吴四珍，要是我，看我不削了她那胸前八两。

得亏是碰上吴四珍。吴四珍该去怨，该去恨，但她不怨，不恨，她脸上那股清澈，那股安宁，使她身上那种宽容与善良比别人更浓烈动人。

她越是这样宽容，善良，人们越是怜悯她。人们越是怜悯她，就越是义愤填膺，越不肯原谅苏红梅。苏红梅对吴四珍的威胁永远地解除了，其他女人的劫难便降临了。

有一次，田桂香的男人帮着苏红梅扛了两袋化肥，田桂香差点岔过气去，抽一根瓜架直扑自己男人，你这个猪，杀千刀的，瞎了眼睛拱烂泥，也不看看货色，叫你犯贱！

她骂得一个村子都听得见，人人来看热闹，旁人去拉，一边说算了算了，你也不怕丢男人脸，一边背地里笑，开心死了。

女人们平时针线头子瓜棚搭子斤斤计较，不免口角之争，但一旦有了共同敌人，她们马上就姐妹情深，紧密团结起来一致对外。大家冷眼看那狐狸精苏红梅，她连指甲缝里也骚透了，胳肢窝里都能养一窝蜜蜂子，她能把肥胖的身子化成轻盈的水，钻进男人肚子里去，无时无刻不在那里吁吁娇喘。她赚到很多实惠，男人们都往她身边凑，愿意拿便宜给她占，没有便宜也制造便宜给她占。男人们都这样贱，明知是祸水，还是愿意往里蹚，拉都拉不住。他们对自己女人吆五喝六的，暗地里给别的女人的都是甜头，甜头都给坏女人享尽了。

坏人倒让好人觉得活着没意思，苏红梅让女人们觉得活着真没意思。

她们不屑与狐狸精去开战，开战只能说明自己没本事，连男人也拴不牢，于是就把自家的男人看得紧紧的，要是他胆敢靠近苏红梅一步，就跳起脚来吵，咬牙切齿在他脸上抓出几道血印子，痛骂他会跟李富田一样不得好死。

李富田的死，不知道是谁第一个说的，反正大家都默认是苏红梅祸害了他。李富田平时也不避人，像是很大光荣似的，但他睡了个万人骑的就抖擞得浑身开花，倒叫人暗笑他傻。他死时喝醉了酒，醉了酒的他才会被窄窄一条水沟缚住手脚，死得又意外又窝囊。

这酒不是苏红梅双手奉上——当然顺便也奉上了其他东西——还会是谁呢！

苏红梅很能喝酒。她不但跟男人们拍桌斗酒，还能跟男人们比吃肉。大酒大肉滋养出来的苏红梅才能那样丰腴白亮，皮才那么厚，耐得住人们白眼来，白眼去。

人们在谈论苏红梅时，总用同一句话来收尾，这么大个屁股也生不出孩子来，报应！

苏红梅还没来得及生出孩子，竟然就老了，她以一种其他女人追不上的速度，迅速地萎谢下去，让人暗暗心惊。她走路不再扭得四面跟风溜溜转，眼珠子也不再翻得秋波荡漾溜溜圆，她迅速消瘦垮塌，屁股往下挫，胸前的瓜也瘪了。那头长发被紧紧盘成一个髻，把眉眼都吊起来，露出逐渐后移的发际线。她从前的妖媚与娇艳、泼辣与浪荡，渐渐稀薄并消逝了。

苏红梅慢慢变成了一个不声不响也不美的人了。

她双腿跪地，在井台上慢慢俯身下去，将水桶打满水，再吃力地提上来。女人们长久地打量着这样的苏红梅，不确定自己是否要把心中的鄙夷与厌恶放下，或者放下一点点。毕竟时间又过去了这么久，李富田的坟头草都青黄交替好几遭了。

苏红梅挑起一担水，碎步慢跑，一会儿就在人们的眼下跑过去了，那个背影又孤单又狼狈，竟然有一点讨饶般的卑微，好像在说，我已经不好看了，你们还看什么呢？我已经老了，你们还怕什么呢？

女人们不怕苏红梅了，她们不会去嫉妒一个不如自己的女人。她们从前警告男人不要重蹈李富田的覆辙，收效甚微，如今只需冷冷嘲笑：那对奶子都快掉地上了，只怕要跪到地上去舔。像李富田那样的下场不一定来，苏红梅的奶子快掉地上了却是眼前的事实。这一句如此功力深厚，能挫骨扬灰，都省了抓脸扯皮的力气了。

吴四珍的耳根清净了，没人再提狐狸精苏红梅了。有时她很庆幸不曾向人哭诉过自己的遭遇，不曾向人痛斥别人的恶心，因为她剥开的痛苦，最终不过是人们嘴淡时的痛快。她就静静地等，等时间把往事变淡，把恩怨变轻，把自己变成一个大慈大悲的菩萨，无怨无恨。她什么都没有了，还去恨什么呢，恨能让她的丈夫活过来吗？能让儿子抹去前科回到她身边吗？能让她的女儿爱她吗？

世间最无用的事，就是恨。吴四珍的智慧在一场劫难中得到提升。

过年时，英子回来了。她这些年很少回来，与母亲渐行渐远。吴四珍做了年夜饭请祖宗，在桌子底下烧元宝，她焚香祷告，请求祖宗保佑儿女平安。英子听到哥哥的名字，像看见一颗炸弹，她把碗筷狠狠砸到桌上，咬牙切齿，压低声音吼，你不要在我面前提那个人！

你不要，在我面前，提那个人。吴四珍的脑子里嗡嗡地响着这句话，嘴角像中了风，不可控地剧烈抽搐。

女儿恨极了哥哥。她觉得他不但是全家的耻辱，更是她的耻辱。如果不是他，她不会在学校遭嘲笑，不会在找对象时遭难堪。她唯愿他永远消失，最好那个名字被时间风干，碾成灰，从此无影无踪。

英子的朋友们来家玩，看到吴四珍绣的鞋垫，大为惊叹。这些年，吴四珍每年都要给儿子绣两双鞋垫，她想，也许，也许儿子明天就回来了，虽然总是失望。英子把母亲绣的一大包鞋垫抱出来，分发给朋友们，一双不留。吴四珍看到女儿的眼睛里，闪烁着报复的快感。女儿从小就懂得怎样往人最痛的地方来一下，从不落空。

吴四珍在那一刻清楚地知道，她失去了丈夫和儿子，也失去了女儿。

她看着神龛上那张黑框照片，那个老虎般凛凛威风的男人，垂下了他千斤重的铁手，也垂下了他的暴烈与荒唐，此后，永远，他将以寸步不移的方式定格在那个小小的相框里。相框中是张年轻的脸，这张年轻的脸能牵扯出无比遥远的记忆，她望见他飞舞着大铁锤，汗珠子掉进炉里，腾起一缕轻烟，儿子端了搪瓷盆去菜地里挖半盆蚯蚓喂鸭，英子赶集时买回一盆毫无用处的塑料月季花，她自己在河边扛了竹子回来给新栽的丝瓜搭架，去别人家帮厨时腋下夹包炸果子出来塞给儿子……她们的一生，她的一生，就在这幻影中一一呈现，是过去的，却不是未来的。

六年前的那个凌晨，把她的人生齐齐锯断，首尾分离。六年后的夏天，她断掉的尾巴还没有托生。但她的笑脸比尾巴先长出来了。人们发现，不知什么时候开始，吴四珍跟苏红梅结成姐妹了！她们在一起收包谷！

人们疑惑地看着她们，不明白这两个女人怎么会在一起，是一种严重的怪异。但是这种情况多次出现，大家也就习惯了。有时她们一起在井台上浆洗，有时搭伴去地里锄草施肥。对于别人的疑惑，吴四珍坦然道，我晓得你们怀疑她跟我家男人不清不楚，莫说这事谁也没看见，就算有，怪谁呢，是自己家里的不争气。她其实苦着呢，没人靠。

人们点着头，叹着气，顺手帮苏红梅家围墙上塌掉的砖头捡上去了。苏红梅确实没人靠，她家里外头，田里地头，锅里灶头，都靠她，她确实命苦，怪不得她的衰老比她的年龄提前到来了。

女人，对于自己是个什么样的货色，心里是很清楚的。苏红梅最晓得自己那点媚劲在男人那里叫风韵，在女人那里叫风骚。她知道她们背后怎样恶心她的，她偏偏活得热热闹闹给人看，一出喜剧似的，任女人们去把牙齿咬碎。一个人要是理直气壮地去邪，毫无愧疚地去贱，倒叫人拿她没法了。然而当她一个人的时候，这个时候离无辜远，离罪恶近，她知道的，她心里比谁都知道，男人们对她卖俏嘴，套近乎，勾勾搭搭，眉来眼去，都是因为成本低的缘故，因为兽性与贪欲的缘故。喜欢是有的，但那种喜欢里绝对没有尊重，没有谦恭。没有尊重和谦恭的喜欢都是不值钱的，因为她就是个不值钱的女人，谁都可以来一手。她的风韵使她美丽过一段，那便是她人生的辉煌时期，可是那点风韵因为李富田的死失去了阵脚，再也唤不回来，她那点隐晦、不可言传的虚荣与得意排山倒海地扑在了人们脚下。

那个凌晨，她从吴四珍的眼里看出了凶险，看到了劫数。她已经准备好了，某天，某次狭路相逢，吴四珍会抓破她的脸，扯烂她的衣，骂她是个害人的婊子。最好吴四珍打她一巴掌——她已经有心理准备了，甚至期待那一巴掌的到来。也许是她在田里割禾时，吴四珍挥舞着镰刀砍过来，也许是她在井台边洗衣服时，吴四珍揪着她头发按入井口。如果这样太明目，吴四珍不想家丑外扬，那么，她在深夜的睡梦中时，吴四珍会伸出双手扼住她咽喉……然而，这一切并没有发生。

可却比发生了更令人难受。

吴四珍用深沉的善良和盛大的宽容原谅了她，然而，她看清了，受够了，这是一场精神上的施暴。吴四珍以一个受害者的身份赢取了所有人的同情怜悯，她的柔弱与仁善成功地激化了人们的义愤，她的宽容大度衬托了苏红梅的肮脏渺小。她用一双菩萨的圣眼来俯视一个小偷，一个盗贼，把苏红梅看得心惊肉跳、不堪其辱。这是道德鞭笞，是精神暴力，是杀人诛心，吴四珍在用这种隐秘而高明的方式报复她。

她必须出击，揭穿她的伪善。

李富田死后大约半年，一个夜里，她来到吴四珍家，开门见山说道，四珍嫂子，我以前老找富田哥帮忙，害你们闹了不少矛盾，我对不起你。

吴四珍坐在灶前烧水。没开灯，火光暗淡，苏红梅看不清吴四珍脸上的表情，既然看不清，暂且先放心。她继续道，你不用帮我讲好话，不用在大家面前做好人，我晓得你的意思。我晓得你恨我。你要是想打我骂我，你随便。

吴四珍只管往灶里添柴，思绪却在高速运转，她想苏红梅这话说得，跟英勇的八路军一样，倒做起光明磊落、视死如归的英雄来了。但她不说话。

她要是破口大骂，要是拿起扫把赶人，不，哪怕她只说一句话，苏红梅都有一百句准备好的话来回复她。但她一声不吭，喜怒难猜，倒叫苏红梅心里没底了。

苏红梅只得自己来开张，说，那一晚，我没有同富田哥喝酒。

吴四珍心想，我问你那晚上的事了？那晚上的事你不承认，我也看得到的，我用我自己的脑子看到了，如今死无对证，你就想推得干干净净，在我这里，还做不到。她双唇紧闭，不回应苏红梅的话。你苏红梅横竖早丢了颜面，干脆承认自己的不干净，自己把皮剥了，不劳驾大家再动手。但我吴四珍不剥你的皮，不跟你记仇，大家都知道我是怎样的人，我是能放过自己仇人的菩萨。

壶里水沸了，顶得壶盖慌慌跳。吴四珍站起来，一声不响，洗了茶杯，搁了茶叶，冲了开水。她给苏红梅泡了一杯茶，她用这点时间把自己抚慰了一个遍。她重新坐下，这才开口。你不要再同我讲这些，我以后同哪个也不讲这些。人死账清，戴孝也只三年，过去的事都莫再提了。现在我一个人，不再受哪个的气，也不受哪个的苦，倒觉得轻松自在了。人一世只这样长，放着清净日子不过，偏要钻那死胡同，你四珍嫂子不是那糊涂人。你不要以为我讲的假话，讲了假话要装一世的假，我可装不起。你要是信我呢，嫂子屋里你随时来坐，你要是觉得我嘴里说得甜，肚里怀着弯弯镰呢，你就眼也不搭我一眼。

苏红梅瞠目结舌，良久，羞愧道，四珍嫂子，是我小人之心了。

苏红梅走后，吴四珍久久坐在炉边，一动不动，唯火舌腾腾舔上来，将她双颊烧成赤红。她盯着苏红梅那杯已凉去的茶，自语道，那些事用一个耳光就能清算过去了？

她的男人已经死了！

她的男人已经死了，化成了灰，那么大的个子，成了坛里几撮灰。她甚至怀疑不是他的灰，火葬场的人打着呵欠随便扫了几扫，也许那是别人的灰，甚至是千百个人混在一起的灰。她的男人，其实连灰都飞了，连灰，都飞了。她的儿子呢，因为父亲的暴虐荒淫，他自暴自弃，学了坏，亡命天涯，也许已经死了，也许，已经，死了。她的女儿呢，因为父亲不爱妻子，她也不爱母亲，认为她卑微，自作自受。她不爱，不爱自己的母亲！

吴四珍突然站起来，她对自己动了怒，心里的火比灶膛里的旺，为什么她是这样的命！她咬紧牙，牙打起架来，她摁住手，手发起抖来，为什么她是这样的命！她端起那杯茶，一股脑倾在腾腾火焰上，烟灰尘土瞬间翻涌上来，沸沸扬扬，将她扑一满身，像瞬间白了头。

可是第二天，一觉醒来的吴四珍，就把昨天晚上的吴四珍抛弃了，她用一夜的时间给昨天的自己送葬，天一亮，她就走在出殡回来的路上，并在太阳升起之前，她已脱胎换骨，有了一颗若谷虚怀，一副菩萨心肠。她的脸上没有悲痛与怨恨，只有露水般清澈无瑕的恬静安详。

现在六年过去了，吴四珍是好人吴四珍，苏红梅不再是狐狸精苏红梅了，往事也是很早以前的往事了，尘嚣渐歇，九九归一，她们能结成姐妹，能相帮相扶了。

苏红梅家要干鱼塘，吴四珍去帮她找人帮忙，人都说，别说是你来请，就算是她自己来请，我也会去的，她命苦嫁个烂酒鬼，没个人相帮，也是可怜呢。

吴四珍听着这些话，笑起来，就是呢，可怜！那我先过去，你们就来啊。

她转过身去，用手按了按僵痛的脸颊，拍了拍酸胀的牙关。她抬起头来看了看日头，看久了，那日头晃晃的，像要劈面栽下来，她眼前也晃晃的，一把扶住篱笆，久久才稳住神。她感觉秋霜四野，寒气从她的手脚爬上来。

天黑时，吴四珍帮苏红梅将未卖完的鱼杀了，用盐腌好，再串起来挂在檐下风干。家里事情忙完了，杨青山也就回来了，红脸红鼻头的，像刚从漆桶里爬出来。他看到吴四珍，眯缝着醉眼喊了声，四珍嫂子，你跑我家来做什么啊。

吴四珍刚想搭话，却见他倒在睡椅上，已沉沉睡去。她走到灶屋对苏红梅道，你得叫他戒了酒，这样浑喝烂喝，醉不死他，只会累死你。

苏红梅听到这话，眼眶也红了，嫂子，我要能做到这事，何至于弄成这样！你看我这几年，这副老相！你不知道，若只是累点我不怕，他……太不是个人了……好几次，我都想一走了之。

吴四珍劝慰她，要是有个娃就好了，你有个帮手，青山做了爹也就懂事了，会好好过日子的。

这一句戳到了苏红梅的痛处，马上眼泪汪汪起来。她如今这样子，别人只道她收了心，殊不知，她不是因为别人的白眼才胆怯的，不是因为跟她一场轻浮的男人猝死被震慑的，当然也不全是被吴四珍的宽厚感化的。她是因为自己的心理崩塌了，她孤身一人，没谁可以依靠，男人靠不上，也没有孩子——她没有孩子！

有过很长一段时间，她怀疑是丈夫长期酗酒的缘故，直到别的男人把她的皮肉都看尽了，把她的骨头都吮遍了，她的身体却给她一个天大的耳光，只开花不结果，但花又是那样短命的。

苏红梅突然流下泪来，遏制不住的，哭得全身耸动。等她哭完了，抬起一张泪水纵横的脸，凄怆道，我没有做娘的命。

吴四珍说，我倒有个好偏方，其他药材也没什么特别的，就是有一味紫石英，不能去药房买，非得本人亲自去求。生娃这事忌阳，你得半夜里不声不响去求，别惊退了它的灵气。不过这种求子偏方是要看缘分的，我不打包票。

苏红梅迫切问，哪里有求呢？

吴四珍道，燕子岭上开了石矿，那里应该有。

苏红梅握住吴四珍的手，嫂子，我不认得紫石英，你陪我去吧。

吴四珍说，你要青山陪你去，夫妻同心才有诚意嘛。

他！苏红梅恨恨道，他是空筒木头竹织鸭，没心没肝，他的心早被醉死了！

天亮时分，田桂香跟开水烫了脚似的，一路跳到吴四珍家，把门板擂得山响，一边大喊，四珍，快开门，苏红梅从燕子岭摔下去了，死啦！

吴四珍打开门，她刚醒来，一脸茫然地问，什么？谁？

苏红梅，死啦！摔死在燕子岭，现在去收尸呢。

吴四珍吓了一跳，摸着胸口连说，阿弥陀佛，阿弥陀佛！

田桂香把头凑近些，声音压低些，你说，这世上是不是真的有报应啊。

吴四珍沉痛地摇摇头，阿弥陀佛，人都没了，快别这么说，她也是可怜人呢……她一早跑燕子岭去干什么？她一个人吗？

田桂香说，不是早上，说是夜里就死了……她眼珠一转，恍然大悟般一拍大腿，露出刻薄的神情，挤眉弄眼地说，苏红梅半夜三更跑到燕子岭，莫非她在那里会野男人？啊呀呀，这个苏红梅，狗改不了吃屎，真是个胯里发痒的骚货！我还以为她改好了呢，呸！

吴四珍眼角跳了跳，有一种光一闪即逝，既热烈又阴冷。她知道田桂香这句话转眼就能传遍整个村子，没什么话是能卡在田大喇叭的嗓子里的，就如同从前她无数次借这个喇叭歌功颂德一样。她似乎是认真沉思了一下，不得已才认同了田桂香的推测，她叹息道，唉，她要是收得拢两条腿，也不会是这个命，造孽啊，造孽。

半年后的一天，杨青山去钓鱼。他终日烂醉，少有清醒之时，一旦能醒着，也是去腰山塘里钓鱼，去瑶池河里炸虾，那都是他的下酒菜。他在塘边等鱼上钩，日头倦倦地围着他转，等他的影子逐渐拉长，投在山塘边的小路上时，他看到吴四珍提个竹篮，从坟山上下来。

杨青山朝她道，四珍嫂子，又看我富田哥去了？哎，富田哥走得也太早了点，我还时时念他呢。

吴四珍心想，这个可怜的男人，他果然一无所知，他这半辈子真是糊涂不堪，而且还将继续糊涂下去，真是个空筒木头竹织鸭呢。她心里叹口气，对他说，青山啊，太阳快落了，山塘里夜风冷，你早点回去，莫着凉了呢。

杨青山看着吴四珍，她眼里的哀婉那样真切，关心也那样诚恳，但他还是咂摸出了一点混杂不明的滋味来，这点滋味别人不知道，他杨青山知道。他看着吴四珍走下山去，那颗头颅一跳一跳慢慢消失了，山坡空寂下去，夜色开了闸。

杨青山从肺腑里狠狠剜出一口痰，恨恨吐到地上，朝吴四珍的背影道，呸！后背梁长疮、肚脐眼流脓的货，装什么好东西！

杨青山没钓到半条鱼，骂骂咧咧站起来往回走。走了几步，想起什么似的，绕道到李富田的坟前，用脚踢了踢墓碑，道，李富田，别怪我心狠把你踩在臭水沟里，咱强盗碰着贼爷爷，你屋里那个吃了枯炭黑了心，那才叫真狠，她敢把人推下崖！你晓得不，是她推下去的！李富田，一报还一报，一命抵一命，咱算是清了啊！

他扛起鱼竿，一荡一荡的，走下山坡去。

雪　雕

　　这是 20 世纪 60 年代末的一个冬天，有些遥远了。对于很多人来讲，比如我母亲，她对于当年的记忆有些模糊，她说谭彩凤是一个人回来的，但我的姨妈说，宋老师把她送到了村口。谁会记得那么清楚呢，那不过是一个普通的冬天罢了。

　　谭彩凤一生都忘不了这个冬天。

　　时下谭彩凤十八岁，是一个高中女学生，她从几十里外的学校回来，走得很艰难。天色已晚，薄雪覆盖下的瑶池恬静安详——等等，我有跟你们讲过瑶池镇的雪景吗？我想我一定讲过的，一下雪，瑶池就变了个样子，好像一点尘世离散都不曾有过，山莽岭寒下房檐数抹，水深冰合处断桥几节，两三折枝响，一点篱痕静。这样的瑶池，是一幅浓淡相宜，干湿交融的水墨画。对于画，谭彩凤懂一些的，她父亲是一个雕匠，擅长作画。匠门行规，手艺传男不传女，但她从小耳濡目染，习得绘画技艺，也粗通雕刻之道。

　　谭彩凤无心赏画，她脚步匆匆，身影迅速消失在她家那堵长长的土墙内。晚上，当于秀英走进女儿房间，她看到了惊恐的一幕，她的女儿，正把一条白布从腰身上一圈一圈解下来，露出已经显了怀的孕肚。

　　于秀英重重跌坐下去。

　　谭彩凤竭力使语气平静，你不要担心，我马上结婚就行了。

　　于秀英声如破竹，他是什么人？

　　我的老师，叫宋涛。

　　关于老师在人们心中的地位，瑶池镇有两个故事，说一年到了头，学校发不出工资，每人发几十个米粉团子。可是团子有大有小，谁也不肯吃亏，就一个个用秤称过。又说老师去买火柴，要把火柴倒出来，一根根数过。故事也许是假的，老师穷酸是真的。

于秀英每一个字都含着一颗钉子，我绝不同意！

谭彩凤跳起来，为什么！

于秀英怒道，穷得屁响的教书匠，伤风败俗的臭老九，妄想！

谭凤霞昂然说，我们真心相爱，我自己愿意。

于秀英被女儿的话骇到了，捶桌痛哭，我怎么生了你这样的女儿，真是丢祖宗的脸啊，我不如一头撞死……

谭柏松在外面听了半天，隔着门对女儿说，不是我们不同意，他一个老师，做出这样大逆不道的事，我真看不起。

谭彩凤感到世界动荡了，岌岌可危，她要全力以赴。你们不同意，我就去跳河。

于秀英咬牙切齿，跳河也没用！姓宋的这样祸害你，我也不会让他好过！

谭彩凤被锁在了房里。此时，她依然斗志昂扬，愤怒远胜于悲伤。那一刻的她尚且年幼，十八岁的女孩子，对人生没有惧怕，因为人生的可怕她还没来得及看到。甚至连命也是不足惜的，因为她还未曾感受过死亡的恐惧。

过了几日，她得到机会去学校找宋涛，却遍寻不见。老师同学皆讳莫如深，看她的眼神像憋着一口浓痰。她看着正午阳光下自己矮矮的影子，像被无形的手直直压低，受了千钧之力一般，不禁双目涩胀，流下泪来。

有同学悄悄告诉她，宋老师不在这里了。

他去哪里了？

走了，去外地了。

不可能！

你不知道？你娘去区里告过状了，学校已经开除了宋老师。

那晚的雪下得真疯。往后十年，谭彩凤再也没见过那么大的雪，也没见过那样奇异的天空。她窗户上挂着芦苇帘，半卷帘外竟是海底一样幽幽的蓝色天宇，硕大的雪花飘飘洒洒，整晚也没有停住，在这种近乎诡异的幽蓝底色上飞扬、翻涌，动荡不安。

她恨母亲。她勇敢无畏，然而还是输给她的母亲。她的母亲，果断而决绝，说到做到，这一辈子还没输过仗。她一出手，就是致命一击，让人身败名裂，从此结下血海深仇，绝无回旋余地。

一个多月后，谭家来了一个叫尹荣生的年轻人，他是白茅滩上穷人家的孩子，虽然那个时候人人都穷，但他家穷得更厉害一些，据说家里仅有一只碗，喝粥要轮流。十年前，他的母亲怀第五胎时饿得双眼发黑，偷了公社食堂一碗饭，还没敢吃就被人举报了，吓得投了井。那年他才十二岁，身后一溜弟妹，群蚁排衙。

尹荣生在谭家柴房里搭了个木板铺，住下就没有走了。

几天后的晚上，乱梦里的谭彩凤突然惊醒过来，床头站了个黑影。尹荣生一边坐上床，一边说，以后我住这里了。

谭彩凤感到了巨大的恐惧，这份恐惧不是因为尹荣生，而是对自己父母的恐惧，对往后余生的恐惧。她隐约明白，她再也走不出这小小的天地了。她双手捶打着床板，双腿混乱踢蹬，滚开！滚开！

尹荣生被她吓到了，从床上退下来，好嘛好嘛，你别哭，今晚我不睡这里了。

他下了床，她犹觉不够，双脚追出来继续踢，恨得把嘴唇也咬穿了，不许进来，以后都不许进来！

那不行，尹荣生说。他看看谭彩凤，有点胆怯，却还想抗争。我是你男人，哪有两公婆分开睡的。

晴天霹雳。真是剜心之痛，真是荒唐至极不可相信，谭彩凤放声痛哭起来。

于秀英将尹荣生叫了出去，进来把门关上。说，他是我找来的，我托熟人给你俩办了证。这都是为你打算，你总不能平白无故生个孩子出来，往后在瑶池怎么做人。

孩子有爸爸，他爸姓宋，他爸姓宋呢，你为什么不认他！

那个害人精，不可能！

那这个呢，这个为什么可以！

于秀英看看门外，露出一点计谋得逞的得意，压低声音道，这个，等你生了，我就要他走，他家反正也没个做主的人。

谭彩凤目瞪口呆，忘了说话，也忘了哭。她盯着她的母亲，看着这个运筹帷幄的妇人，她有翻云覆雨手，还有金刚铁石心。她拨弄人的命运，竟似摆布一只木偶，这是她的母亲！她简直不能相信！

不知过了多久，一双脚停在她眼下。她扑通跪下去，抱住父亲双腿，爹，你帮帮我，求你帮帮我。

谭柏松叹口气，道，那个宋老师，敢做不敢当，我看不起。

他会回来的，他怎么可能丢下我，丢下他的孩子呢。

他若敢当，早该来了。

我会等的，他不来，我等一辈子。

谭柏松道，彩凤啊，你知道我们这一行为什么不用钉子吗？不把事做绝，不把路堵死。你的路还长着呢，往前看。

这一夜，才是绝望的开始。她的念想还有很远，却是怎样也逃不过今晚了。原来从前那些眼泪，那些伤心，都还不算。今夜才是一切不幸的开始。那么不幸，那么可耻。

父母那里油盐不进，她便策动尹荣生，你一个大男人，怎愿意受这种屈辱？

尹荣生提着铁炊壶，问，你要不要泡脚？

别人会怎么看你？你会一辈子抬不起头。

水正好呢，天气冷，你泡泡脚吧。

谭彩凤双眼一闭，感到无比悲哀，这样的人，完全没有自尊，真是无话可说。她掀开被子，把自己囫囵进去，背对着他，不再说话。

过了很久，她听到他说，我听说是你，我就应了。其他的……我没想那么多。他拉开门，回到他的柴房里去了。

这个男人，他还不知道他将来的命运。可是谭彩凤知道。

谭彩凤是没有朋友的。我母亲说。

姨妈点点头，她家门槛高，围墙高，小时候，孩子们除了躲在墙根闻菜香，就是把泥巴石块丢进她家里去，大家都孤立她。

母亲说，在四十多年前，一个女的念了高中，算是人中凤了。家境好，长得好，我们都以为她要嫁大官的。大家都眼红她。

姨妈说，放学路上，男孩女孩耀武扬威挡住她，二话不说便揍她一顿。

为什么打她？我问。

为什么打我！谭彩凤愤怒哭喊。

就是想打你！孩子们抬起下巴来，高举胜利之姿，回答得痛快极了。大家感觉心头的委屈和愤怒终于得到了释放，这份委屈和愤怒来自于她家的糯米土坯墙，她家的鸡蛋香，还有她不用下地干活的松乏。更恼恨的是，还有她将来的荣华富贵，不管如何的世道，她的优势总是相对永久且稳定的，这不能不令人一想起来就绝望。人往往是这样的，没办法站得跟人家一样高，就要想方设法把他拉下来，还不够，还要踏到土里去，揉进泥里去，好像如此方能解了自己心头那分妒毒。

贫穷与饥饿，深深侵蚀与折磨着每一个人的神经，他们更愿意看别人的"报应"。

集体出工时，大家都不愿意与谭家结伙。谭柏松是手艺人，不擅农事，跟他搭档很吃亏。他也很少出工，他做雕活一天赚一块四，上交一部分给生产队抵工分，还有可观节余。何况，他技艺精湛，有时能得到额外的封赏包封。

说是有一年，有人请他雕一个龙灯，到龙灯开眼那日，揭开红绸，全场惊呼。只见那长龙木雕的线条从点到收，清晰流畅，龙脊的轨道和力度的变化、每个鳞片的走向律动，皆灵动自然，那长龙竟似在慢慢游动盘蜷。特别是龙头，神形俱备，威风凛凛：龙眉饱满遒劲，龙眼威严惊心，龙须飘逸俊朗，片片鳞甲清晰可见，根根须发勾画了了。大家从前只见过篾扎纸糊的彩龙灯，这样工艺繁复的通体木雕龙灯让人叹为观止。谭柏松雕刻这条龙灯的报酬，抵得普通人家半年收入，这跟一年到头脸朝黄土背朝天却依然无法吃饱肚子的乡邻相比，着实让人眼红。

但总有要下地的时候。比如，牲口圈里要出草粪了，别人家互帮互助早早出干净了，唯有他家的没人来挑。谭柏松家唯他一个男劳力，只能自己佝偻着腰，挑着一担担草粪去田间，深一脚浅一脚，衣服上沾满秽物。

每当这时，谭柏松心里的隐痛就开始发作，他感到失落，感到虚空。他长久地抚摸着满箱的平刀、圆刀、斜刀、玉腕刀、三角刀、凿子、矬子……这些工具，有些是他的父亲传下来的，还有一些，是父亲的父亲传下来的。谭家世代为雕匠，金玉木石无所不通，为达官显贵修建陵园庙宇、楼台宝塔，雕造各种祭祀器皿、首饰摆件，技艺巧夺天工，声名如雷贯耳。他的先祖们，将雕刻技艺代代相传，族人得以在颠沛中安身，子孙凭此在乱世里立命。他们无比珍视自己的行业，引以为傲，技不轻传。

谭家雕匠有"三不雕"，钱少不雕，四弊不雕，脚下不雕。即钱少的活不干，鳏、寡、孤、独者的活不接，踩在脚下的器皿物什不做。谭家匠人尊重爱惜自己的手艺，不愿敷衍塞责，且匠人们是很讲究风水运势的，要给主人图吉利。但这也成了他的诟病，人们背地里说他见钱眼开，看人使色。更令他忧心的是，他怕自己成为四弊中的那个"独"，成为别人口中的"报应"。

独，老而无子者。他，谭柏松，薪火无继，没有接班人。

当于秀英提出要将女儿肚子里的孩子打掉时，他制止了。

半年后，谭彩凤诞下一子，谭柏松如愿以偿。老天有眼，老天不会让他不明不白进棺材里！谭柏松给孙子取名谭大鹏，对他寄予殷殷期望。周岁抓阄，大鹏于一堆玩物中，抓得雕刻圆刀一把，谭柏松喜极而泣，当日便抱去谭家祠堂祭拜先祖。

谭家祠堂，其时已被废置。镇上其余两个祠堂，已被推倒建成学堂，谭家祠堂宏大，虽遭砸毁，残壳还在。到了近代，谭家人丁开始寥落，技艺逐渐凋零，仅余木雕一脉。到了谭柏松这代算是断了香火，他只有一个女儿。老规矩，女人不得进祠堂，这在谭柏松心里，是一个时时会撕裂的冻疮，他的孩子是没进过祖宗祠堂的。因此，虽然祠堂已废，他仍抱着孙子跪于祠堂牌匾下，恭谨告慰先祖：谭家有后了！

且说大鹏。

大鹏是个乖孩子，没人有他那样聪明，也没人有他那样安静。安安静静的孩子，在那年代真是太少见了，他趴在桌上看爷爷雕木头，能看上大半天。他极富雕刻天赋，三岁即可描摹花草虫鱼，四岁就能绘制人像。八岁时，谭柏松问他，吕洞宾怎么雕？

大鹏说，吕洞宾是道士，性格稳重，表情要不怒自威。

铁拐李怎么雕？

铁拐李是瘸子，喜形于色，爱喝酒，喝醉了肯定仰天大笑。

那观世音呢？

观音大师普度众生，一定慈眉善目，圣洁庄严。

大鹏如此聪颖早慧，出类拔萃，谭柏松认定大鹏是老天领着来到谭家的，是他的窝心肉。

谭大鹏十岁那年冬天，他在祠堂的禾场上塑冰雕，一个上午雕出一座园林，有楼台，有小桥，有回廊，有假山，还有一尊真人大小的地藏王菩萨。村里人瞠目结舌、奔走相告，皆说是神童下凡。

但我眼下要说的，还是他两岁时的故事。

尹荣生来谭家两年了，他是大鹏父亲的这个身份，不过是门缝里吹喇叭，那是给外人听的。在谭家两年，他是个虚设的人，女婿不像女婿，父亲不像父亲，丈夫更算不上。但他就是这样安心地住了下来。他对谭家任何一个人都没有构成威胁，像这片土地上所有糊涂地活着的人们一样，都不知道明天会怎样，但依然怀有一种荒诞的信念，认为总有一天会好起来，是怎样的好，却还是要听天安排。

谭彩凤经过柴房时，往里看了看。几摞土砖架了张门板，铺着些稻草，篾垫上破出几个大洞，像困顿沉默的黑眼，一床破棉被蜷在一角，脏得看不出颜色。谭彩凤退出来，心里有点难受。难受的原因不很具体，但真实存在。

谭彩凤走进柴房的那一刻，尹荣生在队上的红薯地里跟人打了一架。

李大猫对他说，尹荣生，你堂客还让你睡柴角弯里？我跟你讲，女人管她好的孬的，睡一觉就好了，睡了就老实了。

大家哄堂大笑。有人说，李大猫，你怎么知道人家睡柴角弯里，不是趴墙上去看了吧。

李大猫道，还用趴墙上看，看尹荣生走路就晓得了，把头夹在裤裆里……

一个土疙瘩砸过来，李大猫眼冒金星，他跳起来，尹荣生你这王八蛋，有劲没处使是不？有本事你干你堂客去！

一架打得尘土飞扬，头破血流。

尹荣生回来，饭也不吃，钻到他那黑乎乎的柴房里去了，跟那床肮脏晦涩的棉被融为一体。这是他第一次打架，但不是他第一次受辱。他是谭家灯笼上的纸，是一戳就破的面子。多么狼狈，他把自己变成一个笑话了。他双肩抖动，头颅低垂，像一只垂死的病猫。

吃饭呢。他听到谭彩凤在门口喊了一声。

他没动，依然在那团黑暗里自己把自己蹂躏践踏。

你，怎么了？她看到他流血的脸，马上清楚他受过屈辱了，这种屈辱不用写在脸上，她也看得到。她不再问，那也是同属于她的屈辱。

他坐起来了。为什么要坐起来？他恨自己这样没志气，应该要不理她，给她点脸色看看。但她那一声怎么了，有点像询问，有点像关心。已经够了，他有这一点，一点的询问，一点的关心，他就能把自己安抚好了，伤口自动康复，人生还有指望。

吃饭时，于秀英说，这就怪了，缸里的红薯米怎么少了两筒？

谭彩凤道，每天的饭都是我煮的，我怎么没觉得少。

于秀英狠狠剜她一眼，上个月那玉米粑粑也少了三个，我家莫不是来贼了？

尹荣生脸红了，说，那粑粑，我拿给我妹妹了，她上次来看我，走了几十里……

于秀英道，哦，那你下次要用什么跟我说一声，我还以为家里来贼了。如今吃的东西要紧，家里也没富余，就怕被贼惦记。

尹荣生脸更红了，一张脸快要埋进碗里去。

尹荣生父亲病重，托口信要儿子回去看看。尹荣生等着于秀英在家时，当着她的面，两手空空出门。谭彩凤追上来，递给他一小袋白面，说，这个你带上。

尹荣生把面袋放回桌上说，你们留着吃。

谭彩凤看着他的背影，心里有一点歉意，他不是没有自尊的人，他跟她一样，是无助的人。就因为他对她有点感情，她就理直气壮地看不起他，这真是荒谬而残酷的事。

于秀英赶紧收回面袋，口气恶劣，你也大方得起来。外有摇钱树，家里还要有聚宝盆呢，这样东边沁水西边漏的，金窝银窝也会变草窝。

谭彩凤觉得好笑，不过比人家多吃了口饱饭，就把自己抬上了天，把人看成了泥。她说，他起早贪黑挣一个半人的工分，都给我们白做呢。人家屋里也有老有小，你也不想想。

他不是上门了吗？上门了就是谭家的人，就不能吃里扒外。

那我上他家门去，绝不吃里扒外，你同意不？

你疯了！连爷娘也不要了！于秀英恨恨甩上门。

过了几天，尹荣生回来了，他自己似乎也不知道该不该回来，在田里怔怔站着。阳光打在水田里，明晃晃地刺眼，是白的光，苍茫的光，他也是白的，苍茫的。

岸上来了一道红光，那样响亮，像水中莲。谭彩凤站在岸上。

她递给她一个洋瓷碗，说，喝口水吧。

他走过去，脚板划出哗哗的水响，像涉过一条江。心里恍恍惚惚，像梦。

你爹怎样了？

他捏紧茶碗，眼睛有点热。人没劲，下不了地了。

谭彩凤拿出卷成笔筒似的一叠钱说，你回去，带你爹去看看病。

他摇摇头。

她将钱放进他的衣袋。他感受到她的手，软软贴近了他，他有点想哭。

她站起来走了，岸上的身影投进水里，水光便成了红色，是暖的。

晚上，尹荣生说，田犁完了，我想回去再招呼我爹几天。

谭柏松说，去嘛去嘛，应该的。

谭彩凤站起来，从坛里掏出几个鸡蛋，拿布包了给他。你拿着，这是我给你爹的。

于秀英心疼鸡蛋，说，这是我给大鹏留的……

谭彩凤转过身来，对母亲道，娘，这个也是你的，那个也是你的，要不我们把家分了？

于秀英吓了一跳，谭彩凤自己也吓一跳，她怎么说出这样的话来了？她是承认了他吗？从此让他做她的丈夫、大鹏的父亲，她刚才是这个意思吗？

也许不是，但尹荣生已经以为是了，搓着手在原地兜兜转转的，都不知道自己要去做什么了，只是咧着嘴，笑了又笑，心重重地跳。

不知为什么，他那笑，竟像感染了谭彩凤似的，她的心，软了。

晚上他拎着大铁壶进来，给她打了满满一盆洗脚水，她说，你先洗吧。

他脑袋又昏了一昏，还是像梦。

她拖沓了几秒，又说，你先洗吧……洗了，就在这睡吧。

这回他听清楚了，白色的水雾扑上来，暖烘烘的，将他的眼睛也扑得湿润了。

倘若看一个人不顺眼，便越发地这里那里都不顺眼了，于秀英看尹荣生，觉得他吃得也多，对大鹏也不够上心，他还敢假戏真做，当起彩凤的男人来。还有，他还偷家里东西，这是万恶之首，实在忍无可忍。于秀英纵是半空中的火把，比谁都高明，此时也懊悔自己心太软，没能更早地遏住灾患，她很是愤慨，女儿是什么时候倒戈的？

她对谭柏松说了又说，这尹荣生是留不得了。

谭柏松说，不是你自己找回来的吗？

于秀英气愤道，那是权宜之计！你们爷女百事不管，要不是我想了那办法，大鹏能响响亮亮生下来？你们早被唾沫星子淹死了。

凡事只要讲到大鹏，谭柏松就不说话了。

于秀英道，现在我们还在，他就这样吃里扒外的，将来对大鹏怎样还不知道。我不能这么白白送他个女儿。她往丈夫耳边靠了靠，压低声音，至少暂时不能有孩子，倘若这人实在不行，我们还可以想办法。

早上，尹荣生正要出工，谭柏松叫住了他，荣生啊，我今天要一帮手，你随我去新月村走一回。

谭柏松去新月村给人家请的菩萨开光点目。到了主人家，神龛前已摆好斋粑发饼，备好热茶香烛，一派肃穆。谭柏松用新备的毛笔蘸上银珠粉，对着供桌上已经雕好并封好土藏的菩萨，一边点印一边念咒：开开神像头，神头高万丈；开开神像眼，两眼如同日月光，右眼为太阴，左眼为太阳，两眼望十方……

尹荣生看着岳父衣裳干净，鞋履整洁，比平日里肃穆威严，旁边的主家恭敬侍立，端茶送水，心中不由生出敬仰来。

开光仪式后，主家留吃饭，还打发了包封。谭柏松将斋粑发饼给尹荣生，又拿出钱给他。这是你今天的工钱，待会经过你家，你送回去。

尹荣生摆手，道，不要不要，我啥事都没做……这主家真客气。

谭柏松道，木听匠人口，神听匠人言。莫小看了匠人。

谁敢小看，我佩服得很呢。

荣生啊，想不想学手艺啊。

尹荣生早有此念，只是不敢开口，当下忙不迭点头，想！

谭柏松点点头，只是有一条啊，我就教你雕菩萨。有了这一门，你就能吃穿不愁。

尹荣生后来才知道，雕菩萨，不是那么好雕的。

开工架马要谨取吉日，选材成坯要解淤散秽，还要备好香茶酒水，烧纸请神念解秽咒，只见谭柏松画水念咒后，口含法水对准神木一喷。神木解了污秽，方能进行雕刻。

谭彩凤经过门口，几次看了看尹荣生，欲言又止。尹荣生对她笑了笑，他心里是欢喜的，没有这样欢喜过。彩凤是他的妻子，岳父传他手艺了，他堂堂正正做起男人来，二十多年，唯有此时是扬眉吐气的好光景，是人生最辉煌的时刻，他尹荣生，要脱胎换骨做新人了。

雕刻定型时，谭柏松教尹荣生在木头上用墨线拉出三庭五眼，开五官五岳，在菩萨身后开土藏之所，以便安放心脏肺腑。他教尹荣生：这是地藏王菩萨。地藏王菩萨在阳教化众生不造恶孽，解救人间疾苦，在阴见证幽冥大苦，广度众生脱离苦海，得以轮回。

尹荣生问，真有阴阳两界吗？

谭柏松的木尺狠狠抽在尹荣生手上，匠人最忌讳什么？心不诚！不信不诚不敬，就会犯煞，祖师爷是不会保佑的！

尹荣生摸着手，连连点头，晓得了晓得了。

谭柏松道，你记住了，雕刻菩萨圣像，封肚入藏，开光点目，皆不可有任何私心杂念，要沐浴斋戒，严禁同房，不得玷污菩萨圣体，只有谨遵戒律，菩萨才会威灵显圣。否则必遭报应，轻则伤身，重则丧命。

尹荣生被岳父的话吓住了，他恭谨起来，重新住回柴房。

谭彩凤心里清清楚楚，这是一笔交易，她的父母捏住尹荣生的痛处，掐准了一个穷孩子对未来美好生活的欲望，控制了他的身体，将来还要控制他的命运，隐蔽而高明，无懈可击。但她无法告知尹荣生，这实在太不堪，她羞于启齿。

大半年后，尹荣生纳闷了，镇上怎么会有这么多人需要请菩萨呢，无休无止，永远也雕不完的。有一天他突然就厌烦了，一切虚幻的美景被他推开，他只要眼下的良辰。他夜里回谭彩凤的房间去，一把抱住她，说，算了，死就死，死了我也认了。

大鹏四岁那年，谭彩凤怀孕了。

谭彩凤的怀孕，尹荣生以为是一切的崭新开头，他没料到，竟是一切的惨烈结束。很多的突发事件，其实都是长时间发酵与膨胀的结果，并非骤然而至，不过是伺机而动。

于秀英对丈夫道：莫说彩凤不喜欢尹荣生，就算喜欢，也不能留他，他家里穷成那样，老老小小的一屋子累赘，他一心向着那边，胳膊肘往外拐，当初安着什么心思来咱家的，还说不定呢。

谭柏松说，这尹荣生不守戒律，实在不是个靠得住的人。不过现下孩子也有了……

于秀英说，这孩子不能要！要了可就不得了，那可是触犯了清规，冒犯了神灵的种！菩萨计较起来，谭家就完了！

于秀英这一句把谭柏松完全镇住了。

于秀英继续说，等我们故去了，到时猴子称霸王，大鹏和彩凤还有好日子过吗！彩凤就是这点像我，太老实，心里笨，不笨她能吃那样大的亏？还有大鹏呢，要是等他那孩子生出来，大鹏到时受饥受饿，挨打挨骂，多可怜啊！

于秀英好像看见了悲惨的未来，被那幅图景弄得肝胆俱裂，开始哭起来，我的大鹏啊，可怜的孩子啊……

谭柏松心烦意乱，哎呀别哭了，我还没死呢。

于秀英一跺脚，等你死了可就来不及了！

第二天，于秀英对尹荣生道，荣生啊，当初我们没把话说清楚，不怪你误会了意思。师父收你做徒弟，教你手艺，这是只传儿子不传郎的祖宗规矩，你也是知道的，真没委屈你。现在你手艺也精了，可以出师了，回去做个好雕匠，看个好堂客，好好过日子……

尹荣生呆住了，岳父怎么变师父了？他根本没反应过来，说，我不觉得委屈……

于秀英堵住他的话，你好歹是个男人，人家轻贱你的那些话，我都听不下去了，你同彩凤这婚姻作不得数，你把婚离了，回去安安生生过你的日子，不怕被人瞧不起。

尹荣生明白了，自始至终，他不过是谭家的遮羞布，用过了，他的使命即已完成，谭家开始盼着他出局了，还造了个冠冕堂皇、仁至义尽的表象。原来他们步步为营，他这一路都是险象环生，他能跟彩凤有一个孩子，这已经是大大篡改了戏本，偷盗了不属于自己的东西。

但是，天下没有这样的道理！彩凤是他的女人，她肚子里有他的孩子，他们是合法的夫妻。离婚？不可能！这婚，别人做不得主，老天都做不得主，只有他们自己做得主。

老天做不了的事，于秀英做得到。

于秀英开始绝食。几天来躺在床上粒米不沾，岿然不动，对别人的劝解与开导毫不妥协，她表现出英勇不屈的战斗力和慷慨赴死的决心，十分顽强。

尹荣生在水田里扯秧，李大猫丢个秧把子到他面前，泥水溅了他一身。取笑道，尹荣生，还没搞定你岳母娘？嗨！你就是太脓包了，真不像个男人。若是我这脾气，我带上她女儿跑路，让她捡着石头打天去。

有人说，尹荣生，你怕啥？她就是欺负你老实，你倒把腰杆子杵起来，硬给她看看！

尹荣生弯着腰快速扯秧，扯几手扎成一束，挨着水面轻轻往后一扔。他动作越来越快，慢慢扯到别人前头去了，这样别人就看不到他的脸了。他成了个没脸的人。

与此同时，谭彩凤正与已绝食三天的母亲对话，你想要我一个人过一世吗？

于秀凤气息奄奄，声音微弱，彩凤啊，我们这条件，找个什么人不易得。

我不会再找的。

也行，你就带着大鹏过也行，比倒贴尹荣生强。

你怕倒贴，我带大鹏上他家去。

放屁，你是挖我的心！于秀英突然气势大振，再说，大鹏不是他家人，他们会怎样对大鹏？

……大鹏留给你们。

放你的螺旋狗屁，大鹏怎能没有娘？我们死了哪个收尸？哎呀呀，哎呀呀呀，你是嫌我死慢了，你快拿根绳子勒死我！

谭彩凤明白的，她斗不过她的父母，尤其是她的母亲——她何不去做皇帝，大概成就不会小。五年前，她将别人摆布得生不如死。五年后，她换了手法，她摆布她自己，她真的敢死给她们看。她有本事逼走尹荣生的，绝食不成，她还有万千种方法，不是今天，就是明天，谭彩凤料得到一定有那天。只要尹荣生一天没走，她母亲就一天不会消停，生命不息，战斗不止，永远有那样旺盛的永不枯竭的精力，永远有那样惊心动魄的摧毁的力量。

谭彩凤看着身旁的大鹏，大鹏的命运，让她不敢想象第二个孩子的命运。最后，仍然不过是，她又多一个没有父亲的孩子。她此时终于明白，一个人活长一点，只会胆子更小一点，越是明白，越是胆怯。她用手指抠住桌面，竟抠落一块漆，硬硬的白色小块，用手指去捻，瞬间粉碎。她心里一痛，双泪长流。

这故事漏洞太多，实在不合逻辑，我是不会写这个故事的。我合上笔记本说。

漏洞多的才是生活，件件合逻辑的，那是戏。母亲说。

我摇摇头说，我要改写故事结局，谭彩凤带着大鹏去了尹荣生家，大鹏成了瑶池最厉害的雕匠。

母亲也摇摇头，你能改写小说结局，但无法改写现实生活。

那天晚上的事，你还记得吗？姨妈问我母亲。

母亲长长叹了一口气说，整个瑶池镇的人都记得。

那天晚上，谭彩凤对尹荣生说，孩子堕了。

尹荣生彻底崩溃了，多年来积压在心里的不满和怨恨在他的身体里急速奔涌，他从前能忍，那是因为妻子跟他站在一条线上，现在，她倒戈了，倒戈相向！她同他们合起伙来了！

他的孩子没了，她们不要他的孩子，她们，根本不承认他的身份。

全军覆没，孑然孤立！尹荣生的心一路下坠，一坠到底，扑倒在屈辱与悲愤里。

他突然转身，扛起一床被子——那是他的证人，跑出了大门。

他扛着这条被子，从门前的田垄间跑过，从村口的水井边跑过，从镇上的公路上跑过，跑到老祠堂前，跑到村湾里，跑到乡邻的窗下，一遍一遍，他一遍一遍高声哀嚎，别人的孩子留着啊，自己男人的不要，狠心的娘女，不把我当人啊……

那声音悲惨，凄厉，随着夜风在瑶池镇的上空飘摇，撞击，彻夜未停。

我们都被他喊醒了，你外婆堵住门，不许我们去看人家的丑。姨妈说。

我听着那声音，眼泪都流出来了。母亲说。

后来呢？我问。我发现自己声音哑了。

后来，尹荣生走了。她们异口同声回答我。

屋里静下来，屋外却白光一闪，天幕炸裂一道口，轰隆隆地雷滚，雨骤然扑下来。

这雨应该下在四十年前。我说。

正好相反，那夜倒是个响晴的夜，安静得不得了。

再后来呢？我又问。

再后来，大概九几年吧，听说尹荣生死了。在矿上采石，放炮走火，炸了。

窗外白光闪了闪，一阵令人窒息的沉默。沉默。

我突然想起来，问道，尹荣生不是学了雕刻吗？怎么挖石头去了？

妈妈说，他走了以后就再没拿起过雕刀，没做过一天雕匠。瑶池从来没有过一个姓尹的雕匠，后来也没有。

"啪"，那声蓄谋已久的雷，终于爆发般地炸开了，好像全世界都跟着摇了一摇。

大鹏十岁这年的冬天，瑶池镇下了一场大雪。

我有跟你说过瑶池的雪景吗？对，我说过了。但是，这一年的雪下得离奇，先是漫长的雨天，连月不开，然后是鹅毛大雪不绝，整个瑶池镇上下一白，河流封冻，积雪屯门，杳无人迹。大雪断断续续下了半个冬天，终于停了。当久违的太阳在瑶池上空破云而出时，镇子沸腾了——人们发现，谭家祠堂前的禾场上，出现了一组冰雕。

谭大鹏用半天的时间，塑出了一组园林冰雕，有假山池沼，有楼台宝塔，宏伟壮阔，精致入微，尤其令人震惊的，是那尊真人般大小的地藏王菩萨，形神俱备，在阳光下反射出淡淡的粉色，似乎有着真实的血肉，就要说出话来。

大雪唤出了一个雕刻神童。

傍晚，谭彩凤来了。

谭彩凤又一次走进瑶池的大雪。她迟疑、缓慢，朝那组冰雕一步步走去，站在人们所说的"显灵的菩萨"面前。

温暖的阳光使冰雕逐渐消融，线条更加圆润柔和，表情逐渐模糊——一张空白的脸，喜怒难猜。谭彩凤呼吸艰涩，她久久盯着菩萨，一阵刺骨的寒冷倏然侵入她的身体，使她震悚。她似乎看到白雪下，藏着一双沉默却洞悉一切的眼睛。她似乎，不，她真的看到菩萨的脸在变形、扭曲，朝她露出荒诞而讥诮的一笑。

这是 20 世纪 70 年代末的一个傍晚。我跟你说说瑶池镇的傍晚吧，你要是看过瑶池镇的夕阳，你就会知道什么叫红。那夕阳的红，是呕心沥血的红，摧枯拉朽铺满大半个天空，把山头染红了，把房屋染红了，把瑶池的河水染红了。你要是这时抬起头来，你的眼睛里就会烧起两把小火苗，你要是对着夕阳流泪了，那泪水里就会照出一个殷红的瑶池。

这个傍晚，庆大娘家里来了一个客人。谭彩凤给自己说媒来了。

谭彩凤说，穷一点，老一点，都没关系，只要远一点。

庆大娘说，远一点的，真还有一个。老倒不老，就是真穷。

谭彩凤说，行。

谭大鹏正在雕一只喜鹊。他将木头进行修整调校，放了图样，拿一把大平口雕刀沿线样刻出毛坯，剔除掉多余部分，再用弧口刀沿雏形刻画，接着再次勾画局部细节进行细雕，然后深入精刻，慢慢调整修改，直到那喜鹊的羽毛根根抖擞起来了，那微张的喙间就要唱出动听的曲子了，他才送去给母亲看。他把喜鹊放到母亲眼前，她的眼睛颤动了两下，突然双颊赤胀，目光如炬，她抢过那只喜鹊，一把将它丢出了窗外。

这一年的冬天，谭大鹏用一组精妙的冰雕，向世人昭告了他的神童身份，显示了一个非凡雕匠的天赋异禀。也就是那一天，他的母亲想走了。那一组冰雕给谭彩凤添加了额外鞭笞，拓宽和加深了她心中的怨恨与悲伤。

半个月后的一天，谭彩凤给大鹏做完老虎鞋，收了最后一个线口。她觉得可以走了。她这样一想，把针线放回簸箕，就走了出去。

谭彩凤走到祠堂门口，看见了谭大鹏，她走过去，在他面前蹲下来，给他整了整衣服，把他的手握在掌心里。她蹲得有点久，站起来时，眼前无数个绚丽的圆晕，一突一突地跳，日头倒显得模糊了。然而"谭氏宗祠"四个字却异常鲜明醒目地刺入眼睛来，她看着那几个字，嘴角泛出一丝冷笑。她想，哪天总会有一把大火，烧了它。或者有一场大雨，淹了它。一把大锹，平了它。谁知道呢，什么东西不是一戳就灭了吗？

她对大鹏说，答应妈妈，以后不许再拿雕刀。

大鹏呆住了。

谭彩凤说，你要是还想见妈妈，就听妈妈的话。

大鹏点了点头。

谭彩凤再次叮咛，记住了？

记住了。

记住什么了？

不许拿雕刀。

她给大鹏紧了紧衣服，摸摸他的头说，玩去吧。

谭彩凤转身走了。她一步一步，平静而坚定地往前走去，没有回头。

大鹏站在那里，看着母亲的身影越来越小，逐渐隐没在烟尘里，再也看不见了。他在祠堂门口坐下来。草长莺飞、衰叶连天、白雪飘零，一年一年。他，还坐在那里。

故事就是这样结尾的。

我知道，你们想听一个好故事，大团圆的那种。可是，真的，瑶池的故事大都是这样结尾的。

150

第二辑

恍如昨日

恍如昨日

宋保宁今年六十七，湖南人，20世纪70年代随舅父赴莞谋生，捞了近五十年鱼，三年前退休。退得有点早，因为风湿太严重之故，两条腿是天气预报，小痛下小雨，大痛下大雨。

这个夏天雨水多，村子浸泡在雨水里，闻得到咸咸海气。大雨浩荡，宋保宁半夜里嗅风，以为自己还在海上，船只嘤嘤前行，水声哗哗。他下意识去找灯塔，外面漆黑一片，唯水光斑斓，小院披着一身流漉，像才从海里打捞上来。

五年前换到乡下，择小院栖居。湖南已经回不去，亲友寥寥，回忆也疏淡寂寞。儿孙一大堆在此生根发芽，拔出来是断皮连筋，谁能顾他的荒唐乡愁。人生走到这里，还有什么必要大变动呢？

宋保宁出生时早产，不到四斤的小红婴只有皮没有肉，满小脸都是撑不开的褶子，父亲给他取名保人。湖南"人"和"宁"是一个音，伯父宋太行是教师，入学第一天在他的书上端正写下"宋保宁"，跟他说，这是你的名字，你好好读书，将来做大官，保一方安宁。

他身体瘦小，胃口却大，总是抱着洋瓷碗去公社大食堂等饭吃，遭人耻笑。母亲悄悄拔野菜，夜里用藏起来的半只锅熬熟给他吃。不消化，便秘，母亲用手指一点一点给他抠，他哭，母亲也哭。宋太行教导弟弟弟妹，让保宁读书！读了书就有饭吃。

宋保宁去几十里外的高中就读，冬日天冷，用枯草塞入胶鞋内保暖。胶鞋也不知穿了多少年，上面用烧软的轮胎皮打了很多补丁。唯一一双解放鞋是伯父买的，伯父把鞋递给宋保宁，保宁啊，读万卷书，行万里路。伯父盼着你出息呢。

从家里带去的红薯和咸菜，根本填不饱肚子。到了夜里，满宿舍的同学齐声喊饿，结伴夜里偷偷出去，在田地里挖几棵白菜，去到荒地墙根生了火，用脸盆煮着吃。

大家在墙根下一边生火一边谈笑，谈理想，谈人生，也抱怨贫瘠的生活，却不知道好的生活到底是怎样。想必山外是大好的花花世界，然而无从猜测是怎样的大好。

秦林问宋保宁，你想读哪个大学？

我听我伯父的，你呢？

北师大，中文系。秦林飞快地回答。

火光照在他脸上，那是一张神采奕奕的脸，照得见来日佳美。

结果没等到他们毕业，全国停止高考。宋保宁当时并不知晓自己失去的可贵，反正谁都一样，不知明日会如何来。

和所有人一样，宋保宁步入农业生产大军。种茶，种豆子，种红薯，修田垄渠道，打井修水库，建人民公社。他跟随在建设家乡的队伍中，推着独轮木车运送沙石，行至地头，领一支竹签计算工分。在那个工分是命根子的年代，他家劳动力最少，生活最为窘迫，靠生产队的年终周济勉强度日。

他问伯父，山外面是什么样的？

外面的外面，世界大得很。

我想出去看一看。

宋太行沉默半响，说，我们的外面，只怕也是一样。

宋保宁所生长的那座山村里，出莽夫，出醉汉，出拦路抢劫的土匪。就是没出过英雄，也没出过文人。秦林文字写得极好，发誓要成为一个诗人，最终却籍籍无名。那些年别人是怎么过的，谁都不关心。1985 年宋保宁回湖南，参加高中同学聚会，见面却是鲜衣怒马后的人走茶凉，并没有宋保宁远方游子深夜怀念的亲近热切。那一刻他意识到时光最大的力量，就是把有变成无。

秦林也来了，大家给他敬酒，叫他诗人。他端着酒杯，酒杯后是一张悲苦愁郁的脸，但是他看不见自己的脸，他的脸正好长在他看不见的地方。他大声说，我不是诗人，我不写诗，那些让文字落草为寇的事，不是我干的！

他大概吃了太多的苦，那些苦，已根植在他的血液里，纵是滚滚流年，也冲不走洗不掉。

当晚大家告别，秦林走得急，他并不回头，伸出一只手朝后挥了挥，算做告别。他大踏步趔趄朝黑夜里走去，风吹得他破败的白衬衫鼓如暮年船帆，在暗海里孤独而决绝远去。

宋保宁看着秦林背影，心里很灰凉。那是他最后一次看到秦林，他不知怎么当时就已预知那是他们的最后一次见面。直至今日，秦林消息杳无，像在这个世界上消失，比存心这样干更彻底，更干净。

那年宋保宁35岁，男人的黄金时期，却已开始是减法。

张秋阳是疍家妹，土生土长的新湾渔女，矮个子，大脸庞，阅历贫瘠，唯腰身丰满。跟随父母的公婆艇出海，船上风大太阳大，晒出一身黝黝黑色。二十四岁算不得年轻了，她决定不再出海，留在岸上晒鱼干，也留在岸上觅郎君。

三公带了男孩过来看，男孩往低矮的门框里一站，屋里暗了下来。张秋阳在这暗里抬起头，远处的夕阳给男孩镶了一道金边。她就认定他了，她觉得他站在那里像一尊佛。

宋保宁可没看上张秋阳，回去路上三公问他怎样，他迟疑不敢开口，那样壮实的姑娘，那样黑，光脚板走路都地震灰扬，只比他大两岁，却有一张好像从未年轻过的脸。她看着他，一点也不害羞，像看着刚捞上来的一网鱼，那种无情无绪无所畏惧震慑了他。

隔日一早，张秋阳抱了一只泡沫箱来，里面冰着新鲜海胆。舅舅留她吃饭，她挥挥手，不了，我先走了。她看了一眼宋保宁，笑了笑，牙齿很耀眼。

她那样大胆，自己就跑过来了，宋保宁都为她感到羞耻。她穿着一件淡红的衫子，腰间围着黑绒绣红莲的围裙，比那日好看些，也年轻些。

可是她一脸大胆的神色，他从没见过一个女人这样肆无忌惮地看一个男人，好像他不是一个男人似的。

他对舅舅说，我不想娶她，我不要她的海胆。

舅舅点点头，那你送回去。

他焦躁半天，傍晚时分，终于鼓起勇气抱了泡沫箱送回去。张秋阳也不气恼，她笑眯眯接过箱子说，我送你回去吧。

他不说话，张秋阳就不说话，两人一前一后沉默走着。经过大片的海滩，银晃晃的鱼干整齐地排列在竹筛上，铺天盖地望不到头，远处是渐远渐黑的苍茫大海，海浪訇訇无休无止，身后那一湾狭长的渔村渐渐隐没在暮霭里，像清水中泼入灰黑色，一大把模糊不可辨了。灯火一点点亮起来，可是都很淡，笼着一团团寂寞的光晕，最后幻出一层冷黄，像浮在半空的一朵远云。

说不出来的惆怅和凄凉。

他对张秋阳说，我要回去了，回湖南。

过了几日，宋保宁只身返湘。张秋阳却来了，还是一脸笑眯眯的，我送送你。

换了几趟车，她也不转身，快到火车站，她追上来两步说，你要是愿意，带上我吧。

宋保宁吃了一惊，心里咚咚直跳，他不敢接话，慌慌张张转身就走。一脚踏进铁轨，挣不出来。远处响起火车尖锐而悠长的鸣笛。

张秋阳奋力拽他，拽不上。跳下铁轨去，用力扳出他的脚，她刚爬上来，火车夹风夹沙轰隆隆地开过去。

在伯父宋太行的安排下，宋保宁高中毕业后当了民办老师。

城里来了一个知青姑娘，安排到学校给孩子们上课。姑娘眉目秀气，穿着白底的碎花裙子，是裙子在人身上飘，也是人在裙子里飘，轻盈得像天上云。姑娘脸红红的，垂着头小声说，我叫小眉，眉毛的眉。

宋保宁不知怎么的就觉得小眉应该叫小眉，再不能叫别的什么名字，别的名字都不如小眉好。

宋保宁很欢喜，脚底腋下皆呼呼生风，心中蹿出欢喜小鸟，直向云端轻盈飞去。

小眉坐在操场中央拉着手风琴，旁边围着叽叽喳喳的孩子，孩子们的喧闹之潮渐渐平息下去，小眉清扬的歌声在春风里浮起来，让我们荡起双桨，小船儿推开波浪……

宋保宁透过窗户，看见小眉身后是学校的百年老樟树，阳光透过茂密的树叶撒在她身上，她像沉在金色的星海里，熠熠生辉，如同整个世界的光芒打在她一个人身上。

宋保宁心里热热的，有些感动。他心里空荡荡的那一块突然被填满了。

有一个男子时常来找小眉，小眉看到他也是很欢喜。那是从城里来的矿山勘查队员，叫周江生，小眉就是跟着他们的队伍一起来的。

冬日的早晨，大雾弥漫，宋保宁看到周江生匆匆从校门口走出去，转眼就消失在大雾里。宋保宁呆立良久，他的心被撕开了一个口子，呼啦啦地灌满了冷风。他的爱情，来不及开花，就夭折了。

可是爱情不会那么迅速就消逝，每次见到小眉，他的心还是慌慌乱跳，一如初见。

周江生来得越来越少，小眉的眉也越锁越紧，她像一个被侵蚀的明月，蒙上了乌云。她那凄凄楚楚的样子，让宋保宁也很难过。

晚上，他正打算休息，听得门轻轻敲响了三下。他打开门，门外站着冻得瑟瑟发抖的小眉。她用哀求的眼光看着宋保宁，你能陪我去矿上吗？

小眉那双眼睛，胆怯而又焦灼。他恨起周江生来，他要是周江生，他一辈子也不会让小眉的眼睛蒙上这样的哀伤。

宋保宁提着马灯，紧紧跟着小眉，伸长手臂把灯光打在她前面的路上。那晚的月光给整个山村披了白霜，凄寒清冷。小眉跌跌撞撞走在田间小路上，她紧紧抱住自己，全身瑟瑟发抖，却一言不发。

终于到了周江生的宿舍，远远看见那扇窗里亮着灯光，小眉加快了脚步，在窗下喊着，江生，江生。

屋里的灯马上灭了。

小眉急了，她开始敲门，里面毫无动静。

宋保宁突然意识到，小眉被抛弃了！

小眉被抛弃了，这简直是无法可忍的事情！宋保宁怒火腾腾，跑过去拍门，周江生，我知道你在里面，你再不开门，我就撞门了。

过了一会儿，门栓响了，快速跑出一条身影，差点撞上宋保宁，这身影半弯着腰，用外套罩着头，急急跑出去了。

那是一个女人的身影。

小眉哇地哭起来。

宋保宁气愤极了，他一脚踹开门，看到周江生在床上半坐着，黑暗里看不见他的表情，他也不用看清他的表情，大跨步跑上去，对准周江生的头连挥三拳。

周江生大叫着翻身下床，与宋保宁厮打起来。

宋保宁在愤怒中将周江生推倒，周江山撞到柜角上，呻吟一声，如一截木头一样倒下了，再不动弹。宋保宁吓了一跳，他的心从嗓子里跳出来了。他出门去，拽起蹲在地上哭的小眉，将她连拖带拽带回学校。

他对小眉说，周江生不是好人，你不要再喜欢他了。

然后他跑到伯父的宿舍里，告诉宋太行，伯伯，我打死人了。

张秋阳带着三个孩子，日子十分艰苦。她家不像别家，她家的三个孩子都去上学，开销比别人家大，钱总是不够用。可是她天天是笑着的，像是什么苦，不过一枚烛火，她轻轻一掐就灭了。宋保宁从没见过这样对生活毫无怨言的人，似乎生活从不曾亏欠她，给她的一切都是赏赐，她都欣欣然地领受。她这样无畏又无忧，是天生的质朴坦荡，宋保宁也很佩服她。

她给孩子们的衣服打补丁，就绣一只海鸥、剪一朵凤凰花盖过，衣服领子和袖口坏掉就镶一道边，那衣服就活泼泼地焕然一新。晚上孩子们睡了，她提着马灯去海边帮忙检查船只，那船是婚后三年宋保宁舅父回湖南时低价转让给他们的，年龄很老了，她不敢疏于修补，她觉得她比丈夫更有经验。宋保宁在给船加柴油，远远地看见那粒火苗，在空旷深沉的黑夜里，忽明忽暗地慢慢飘过来，他心里就极稳妥，手指拢起，打一声高昂的呼哨迎接他的妻子。

海边雨总是说来就来了。张秋阳披着发了黄的塑料布，跑到村口去接孩子们。铁皮生锈的公交车咔咔咔开过来，蹦出她的三个孩子，一哄钻到塑料布下，张秋阳将他们重重拢在臂下。孩子快乐地在泥水里踩跳，撞手撞脚地一路走回来。宋保宁远远地看着，蒙蒙的雨雾里，他的孩子们在一朵暗黄的云下，挨挨挤挤、笑笑闹闹，由远而近，走进他们低矮的木棚房，就像燕子回巢，他心里升腾出一种重重的感动。

念湘十二岁时就跳起来哭闹，要转去市区读书，原因是他不愿意做"吉卜赛人"。张秋阳骂儿子忘祖，宋保宁却认了真，他将念湘和念山送去市区读寄宿，隔两年，狠下心，将女儿念河也送了去。张秋阳这回有点伤心，说，你想离开渔港，我知道你嫌弃我疍家妹。

宋保宁说，都生三个孩子了，你还说我嫌弃。想了想，又加了一句，我若走，你跟我走就是了。

宋保宁很是辛苦了一些年。海风不知是滋养了他，还是掏空了他。他也开始戴疍家斗笠，能光脚走遍沙滩，已经吃惯用鱼丸、虾米、鱿鱼等煮的杂菜煲，或者用鸡蛋加上新鲜的薄荷蒸蟹饼。然而，当他将一条条鱼虾分箱时，他感到力不从心的眩晕，而茫茫海滩上，永远晒着银光闪闪一望无际的鱼，黄皮头、沙丁鱼、秋刀鱼、加力鱼、鳕鱼、带鱼、银枪鱼——他的眼里只有鱼，他的世界里只有鱼，还有什么呢？

还有张秋阳的咸水歌。

张秋阳的咸水歌数一的好。渔村有人家结婚或者做寿宴，张秋阳和昔日姐妹们便被请去唱歌。她们的大辫子垂至腰际，系一色的红绒绳，腰间穿葱绿围裙，上面绣粉红的牡丹和五彩的蝴蝶。那样的张秋阳又活泼又生动，那一刻她是闪闪发光的。

歌声一起，"好你妹啊啰嗨呀""好你弟啊啰嗨呀"，歌声喜庆，洪亮又婉约，像是一阵一阵潮起潮落，不知为什么，宋保宁听着听着，像是海水流进心里，有些感动，也有些酸涩。

宋保宁喝点酒，慢慢走回去。他在海湾里站着，对着海水唱家乡的花鼓戏：我这里将大姐好有一比呀，我把你比织女不差毫分哪……走啦嗬嗨，行啦嗬嗨……他嗬嗨嗬嗨地唱了半天，灌了一肚子的冷风。呛得好一阵咳嗽，喉间发紧，双目润湿。

张秋阳唱遍了所有的咸水歌，再翻不出新花样了。

而日子照旧苦。

天不亮，宋保宁就出船。那么多人，捕了那么些年，渔获渐少。跟他出海的来哥指着海面上的斑斓浮油和厚重泡沫——浮油不知怎么那么多，红黄蓝绿妖妖发光，泡沫也不知怎么那么多，一层覆一层像绵绵的云落在海上。来哥叹气说，我在这海湾住了四十多年，这海不是从前的海了，我们只怕要上岸了。

来哥决定弃船上岸，结束海上游牧，告别江海浮生。宋保宁也日益力不从心，他的船年代久远，已经不给发渔船检验证，限制出海。买新船呢，近海无鱼，可是远海捕捞耗费大，路程艰难，他一人独力难撑。况且一艘大马力渔船价格高昂。宋保宁陷入选择的困境。

他想携妻挈子回湖南了。

然而，突然地形势就好了，很多外地人涌向南方，城市热闹起来，海边也热闹起来。海鲜市场有了合作社，卖不掉的鱼可以送到合作社接受保底价，顺着这大好形势，宋保宁做了鱼商，生活开始活络起来。几年后，与人合伙买了一条玻璃钢渔船，雇人出海，自产自销，生活开始高歌迈进。

他在市区买了一套房子，便于孩子们上学。

忙还是有些忙，谁不忙呢？忙起来就没时间去想该弃海上岸，还是继续出海了。也就没时间去回忆自己是怎样走到今天了。

宋太行掌起灯，细细照看躺在地上的周江生，伸出手去探鼻息。

他回头朝宋保宁道，快，送卫生院。

周江生并没有死，颅内出血，晕过去了。

可能只是暂时晕过去了。

也可能是长长久久地晕过去了。

宋太行携了侄儿回家，宋保宁母亲先哭了起来，担心儿子会被抓去关起来。她急急收拾包裹，对宋保宁说，你快跑，跑了别人就抓不到你了。

宋太行说，跑哪里去！事情也不一定那么严重，说不定周江生明天就醒来了。

要是醒不来呢？宋保宁母亲追问。

醒不来……保宁就该担起责任。

宋保宁母亲坐不住，说，不用考虑那么多了，不管怎样，让保宁走，先走了再说。本来，保宁也当出去谋生活去。

当夜，宋保宁被母亲带到舅舅家。舅舅从东莞渔港回来探亲，母亲央他一早就出发，带保宁去东莞。

宋保宁跟随舅舅走在雨后泥泞的山路上，呼呼寒风从东刮到西，又从南刮到北，他感觉自己像空荡荡的纸片，不知道要被刮往什么方向。宋保宁第一次离开家，却是此种情况，他悲从中来，无法承受这生命急转的风云，扑簌簌地落下泪来。

宋保宁第一次坐火车，蜷缩在过道里，抱着双臂坐在地上，陷入无止境的颓唐与沮丧中。鼾声一阵一阵如同十里蛙鸣。光线慢慢暗下去，再慢慢亮起来，人声人语开始苏醒，像清晨的池塘里，鱼一条一条地浮上水面冒泡。

新的一天开始了。宋保宁由此知道，原来人生的每一天都是不可预知的，一切的计划或者安排，只要那一时刻没有到来，就会充满变数。

宋保宁第一次站在海边，是十九岁。

两个月后，他收到了家书，周江生身体并无大碍，但家里嘱咐他不能回去，秋后算账，秋后是永无止境的秋后。小眉怎样了？信里只字未提，宋保宁站在海风里，想着小眉在阳光下拉着手风琴唱着歌的样子，鼻头酸酸的。

二十二岁的宋保宁回到了湖南。

父母站在村口望，他们瘦瘦小小的身影，落日迷蒙里像两张枯黄了的秋叶，单薄，没有重量。宋保宁双目涩胀，他觉得高兴，又怅惘，心头涌过一阵热流，清洗了过去，也清洗了自己。他觉得自己的人生又急急转了个弯，朝不可预料的新的方向去。

第二日去村里转了一圈，大家都出工去了，人声寥寥。不知不觉便走到村小学，里面疏疏朗朗的读书声，一时响起，一时又落下去，忽而有，忽而无。他坐在校门口，拿块石头在地上画，画出深深刻刻的纵横线条，那些线条最后连成了一个"眉"字。

宋太行告诉他，小眉跟随勘查队回城去了，矿上还有未走的勘查队员，也许知道小眉的下落。

宋太行迟疑了一下说，小眉是跟周江生一起走的。

像是一个霹雳打在身上，五脏俱裂。宋保宁站起来，觉得整个世界晃了一晃，他掉入空前绝望的深谷。他走出去，看到校园中间的百年古槐，于深秋里落尽树叶，坚冷清明地告诉他，小眉已经是过去了。

那个金光熠熠的夏天，永远地过去了。

队上有一个推荐读大学的指标，宋太行带了侄儿去队长家提出了申请。队长说，保宁会念书，平日劳动表现也积极，家庭成分好，我会大力推荐的。

宋保宁激动地重写了五次申请书，恭恭敬敬交给了生产队长。

出集体工是大家很高兴的事，因为可以吃两顿饱饭。秋天晴日朗朗，天高云晶，山河壮美。宋保宁跟随大伙出发，路途中谈及生活种种，这一切都是那么可喜，那么可亲。

中午，大家架起大铁锅开始做饭，宋保宁去山脚捡柴。深秋的农村有特别的美，那连绵的山峰往深色里沉了下去，墨绿的底色里浮出浓淡相宜的各色黄来，柠檬黄、仔姜黄、柳藤黄、沙漠黄、石黄、金黄……再缀以深浅不一的各色红，朱唇红、宝石红、火焰红、铁锈红、酒红、枣红……远望，花非花，叶非叶，皆寂静无声，沉稳安然。是一种孤独的宏大，让人生起悠远的畅想。

宋保宁看着这大好的河山，脚步踩在踏实的土地上，觉得生活最笃定没有过了。

何况心中还有理想。

队长跟了过来，拍拍地上说，保宁，过来歇会儿。他点燃旱烟杆，犹疑了会儿说，保宁啊，你是一个好人，按理说呢，今年的大学指标非你莫属……

宋保宁心头突突直跳，他知道，有一团火，要被熄灭了。

我也没办法，你的申请区里没有通过。我还找人理论了呢，我说保宁是我们队上的不二人选，出身好，学问好，最厚道……可是，谁架得住别人在那里告了一状呢……

告我什么？

哎，还不就是那件事……打人那事。

……你知道是谁告的吗？

……

你说嘛。

……起先我也不信，回头一想也就明白了，她想跟着他嘛，死心塌地的，你说她能站哪边。你也别怪她，肯定是被周江生逼的。

宋保宁眼前一黑，直直往后倒去。

张秋阳洗了衣裳去晾，无端地脚一崴，扑通重重摔下来，脑袋里像闪了一道电，瞬间亮起又瞬间黑暗。

宋保宁扶起她一看，你嘴巴怎么了？

嘴巴歪了。

医生说是中风。张秋阳不相信，自己那么健康，一生都没吃过一粒药丸，怎么是中风呢？不就是崴了一下脚吗？

可是嘴巴是真歪了，开始言辞不清，涎水长流。她随时携带一方手帕，手帕总是湿的。有一天照镜子，觉得自己很丑，留下两行泪来。

这年张秋阳六十四。

宋保宁安慰她，没关系的，你别怕，你至少还能陪我二十年。

这话鼓舞着张秋阳过了两年，第三年再次中风。从此要靠轮椅出行，双手颤抖，自理艰难。宋保宁喂她吃饭，她吃着吃着就呜呜哭起来，活到这个岁数，张秋阳才知道眼泪原来是咸的。她心中悲恸，怎么也没想到，自己比丈夫早那么久垮下来。

宋保宁很难过，张秋阳跟着他吃了很多苦，她从前那么热烈激扬，哪知老境如此颓唐。她一生不曾慌张，老了却很急躁，渐渐脾气不太好，支使宋保宁做许多劳而无功的事，事后又反悔，反悔一次哭一次。宋保宁知道妻子伤心，情郁于中总要发之于外，他便事事兜以耐心。宋保宁提出要去乡下买个小院，那里空气新鲜，轮椅出行也方便。从前她认定他，一往无前，如今她老了，他想带她过几天安静的好日子，尽管一生好日子寥寥，她若回想起来，总有一段算得上。

孩子们反对，大堆的理由。他心里苦笑，我自己的钱呢，我愿意我怎么花。

院子买下来，种花种树，一派好日子的景象。宋保宁推了轮椅出去散步，一遍一遍给张秋阳介绍，这是贵叔啊，他做渔船模型的，上过电视的……这是好婶，你吃过她的鱿鱼团子。阿庆啊，念中学了……第二日，再跟她说一遍，这是贵叔啊，这是好婶……

张秋阳逐渐失去记忆了，先是不记得从前的事，后来连昨日的事也不记得了。

宋保宁有时也黯然神伤。站在院子里，看橙日在一角黑檐后，晃晃荡荡地坠下去。不是日头荡，是起了炊烟，烟雾一晃，日头也晃，一天将尽。他感到憋闷，张着嘴呼吸，凉风瞬间堵了满满一口，肠胃都寒透。许是台风又要来了。

他从来不去想从前的事，似乎还没来得及好好回想。近来，好像从前都是昨日，历历在目。

一辈子怎么就那么短呢？

乡下的第一个中秋节，孩子们都来了。他们虽反对父亲当初乡下购房，但父亲买了，他们也就接受了。那一日，大家吃了晚饭，桂花树下吃了月饼，都很高兴。张秋阳坐在丈夫专门为她买的睡椅上，看那天上的圆月，清清静静的，又澄澈又明亮，她心里也跟水洗过似的，都是欢喜。

那晚孩子们都留了下来，张秋阳很高兴。她要宋保宁搬出一只箱子来，从里面翻出宝贝给大家看，念湘运动会得的奖状，念山在报上发表的文章，念河给她买的玻璃发卡，一箱子的旧时光，都被张秋阳小心叠放。如今打开，那些记忆如鱼得水，瞬间新鲜活泼起来。她一一展示给大家看，神情温暖安稳，这辈子，像流水翻越了山冈，至此打了一个回旋，终于歇着了。

张秋阳从箱底下拿出厚厚一叠宣纸，张张用毛笔书写"张秋阳""宋保宁"。

张秋阳没读过书。刚结婚那段时间，宋保宁教她写名字，你去银行取钱要签名的。

她说，你签就好了，我不管这些事。

宋保宁玩笑道，我要先死了呢？

她啐他一口，呸呸呸，我比你大，要死也是我先死。

宋保宁温柔下来，不是为签名啦。会写我的名字，你就找得到我。会写自己的名字，我就找得到你。

张秋阳一笔一画学得很认真，字越写越好看。此刻她照着纸上的名字费力地念，宋，保，林。张，秋，祥。几度中风，她已经不能正确读出她自己和丈夫的名字了。

宋，保，林。

宋，保，林。

宋，保，宁。

终于念清楚了，张秋阳如释重负，放心睡了。大家也都去歇着。宋保宁看着窗外那轮明月，想起船上看过的无数的月夜，那月亮悬在星辰密布的天上，倒映在漆黑的大海上，晃成一道一道蜿蜒的银波。那绝对的黑，绝对的白，没有见过海上明月的人是无法想象出来的，彻底、纯粹，而孤绝。

今晚这月夜，是无数月夜中的一个，可是，今晚这月夜，永远也不是过去那无数月夜中的一个了。

第二日他醒来，推推身边人，没有反应。他的手在空中迟疑了片刻，喊了两声张秋阳，还是没有动静。他轻轻放下手来，抚住张秋阳的肩膀，热泪滴到她的脸上，他悄无声息地哭了。

孙子和孙女起床了，在院子里发现大蜗牛，笑着喊着，一派天真。他一晃神，竟以为时光回去了几十年，是十多岁的三兄妹在窗外说话。

他轻轻对张秋阳说，我从没嫌你是耷家妹。

宋保宁今年 67 岁。

张秋阳 67 岁的时候已经走完她的人生了。

他还想再走一走。

静云小姐

时光已经有些晚了，离林家雕阁画楼、钟鸣鼎食的好时光是很远了。

但是既然时下整个北平都是如此，乃至整个中国都是如此，就没有太多遗憾的了。

林家祖上做过朝廷高官，即便今非昔比，但祖业大有余承，人脉广有积攒，哪怕后三辈啃着前三辈打下的江山，林家仍是城中大户。林深月是典型儒商，他经营的福林面粉厂是百年老号。林太太只要端坐在林老爷身侧，不用说话就活得很好了。

小姐静云呢？静云小姐长得很好看，大家都爱她。当然，即便长得不好看也没关系。

林家没有其他子嗣，故事有些孤单。不是所有故事都很热闹的。

赵妈总是说，静云小姐真有福气。赵妈说这话，半是伤感，她女儿宜兰没有这样的福气。

赵妈本来嫁给商人做了小，没想几年后夫君亡故，大太太原本就妒恨她，公婆也怪罪新妇克夫。碰上这大的灾变，加上周遭指责，赵妈心里痛苦，带着三岁的宜兰回娘家。哪晓得回来更是凄惨，哥哥嫂子冷脸冷色，爹娘也唉声叹气，赵妈抹干泪，领了宜兰来林家帮工。宜兰从小挨羞受辱，她不知道什么是福气。

宜兰跟静云同年，一起长大。静云天天穿新衣，簪新花，把不要的给宜兰。赵妈做小伏低惯了，悄悄对宜兰说，你别忘了身份，小姐的衣服，岂是你能穿的。你穿了，也还是丫鬟。

宜兰说，我不是丫鬟，我跟静云是好朋友。

赵妈说，你得牢牢记着，主子是主子，下人是下人。

宜兰一跺脚，我不是！

林太太让宜兰陪读，修了高中，帮她在出版社找了份工作，做校稿员。她在报社听文人骚客们谈笑男女情事，回来悄悄讲与静云听，两人捂脸偷笑。

宜兰说，他们的笑话，我不太懂，但他们说女子要解放开来，大胆追求自己的幸福，这话我真佩服。

静云说，当然，婚恋自由，包办婚姻是历史闹剧，也是人性悲剧。你看你娘，当初若有志气不给人家做小，今日不是这样的。

宜兰脸上红一阵白一阵，争辩道，我娘哪里愿意，不过是被迫罢了，你不知道穷人的苦。

穷人的苦，源远流长，谁说得清，静云更不懂得。她只佩服林徽因，大学毕业后想追寻她的脚步去英国留学。吓得林太太连念阿弥陀佛，撺掇丈夫物色女婿，留住女儿。林家择婿，开始举办各种沙龙派对，一时间家里衣香丽影，宾客如云。

静云恼恨父母的安排，她对母亲说，你们再逼我，我就离家出走！

林太太说，我们帮你挑，自然是挑最好的，你还小，哪里懂得看人。

静云道，我什么也不懂，我就会看人。你看那些人，谁不是仗着父母在外追花逐月，吃喝玩乐，你们不要害了我。

林老爷明白女儿的心思，对太太说，我明日带个好的来，她定喜欢。

来的是嘉华。静云看他面无表情杵在那里，当真一节木头，忍不住笑出来。被她一笑，木头说话了，你笑什么。

竟是这样无趣的人。静云不笑了，骄傲拂袖而去。

夜里林太太捉着静云的手，静儿，如今时局混乱，你爹在东北的粮食基地已沦覆，工厂也不过是个空壳子了……你为你父亲想想，他得找谁来撑着，要是你哥还在……林太太悲从中来，痛哭失去的儿子，一发不可收。静远二十岁那年出国留学，因轮船失事而亡，林家一下子翻了天。林太太视出国为洪水猛兽，怎么可能把唯一的女儿送去兽嘴。

静云心里为难，既不说同意，也不说不可。

嘉华来林家也多，却不一定见静云，与两老说说话，坐一坐就走，不像为静云而来。一日静云夜里回来，见客厅里的描金翡翠台灯下，嘉华与父亲对弈，一团橘黄的光笼着他俩，一瞬间她想起了哥哥静远。恰巧灯光一闪一闪，就灭了。林太太去叫人来修。嘉华说，不用，我看看。

林老爷和夫人端着狮首三足烛台照着他，那一团烁烁的光环中，三颗头颅凑在一起。

觥筹交错司空见惯，这样的安静温馨不多见，小团圆一般。

静云与嘉华订了婚。

嘉华比不得别的少爷公子，他的事业是自己独力打下来的，全部的身心投入其中，很少时间陪静云。他拙于言辞，喜静厌闹，并不附和静云那些风雅，也不故意讨她欢心，无乍见之欢，不能预料是否久处不厌。才开始，就像走了半辈子。

静云很失望，她对爱情的憧憬，不是这样的。

已经输掉了一半。静云哀伤地评论自己的人生。

宜兰见静云闷闷不乐，带她和报社朋友们去游湖。当时的文人时兴游湖饮酒，结社吟诗。其中有个叫郑寒的记者，静云很佩服他的博学渊识、幽默风趣。那时候的男子普遍早婚，郑寒也是如此。宜兰悄悄告诉静云，郑寒家里的太太才貌逊他一筹，地位却很高，据说是管他很严的。静云见过一回，那郑太太保持着平淡的微笑，射向静云的那一眼，像一只拳头打在她眉骨，静云只觉得眼睛突突跳，脸上发烧，手指却冰凉。

心灵互通的，不可克制地好上了，越是不能，越是惊心动魄地迸发。郑寒的深情让静云又害怕又感动，郑寒说，你没有爱错，我会珍惜你的。真是诱惑，她在他温柔的话语与灼烫的拥吻中败下阵来。他不能离了婚娶她——可是多么好，他不是因为要娶林家的小姐而爱她。在她已经绝望的人生里遇见这样一个同声同气的人，有过这样一个美丽的情感降临，她觉得这一点就很够回味了。

有一夜与郑寒约了会，她蹑手蹑脚从后门溜进来，听到桂子树下有人哀哀地啜泣，一小团火光在跳跃，照见泪落披纷的宜兰。静云吓了一跳，宜兰，你惨啦，我娘不许人在院子里烧纸的。用脚噗噗去踩那火，震得烧残的纸片急急飞，带血黑蝶一般，竟是蝇头小楷的信笺。她心中疑惑，回头一看，宜兰早不在那儿了。回廊深深里，只有窗户上的雕花投在白墙上，横着一节一节曲折的枝影，悄无声息。外头倒有萧萧的风声。

她才想起好久没见到宜兰了，想着要去问问她，但是很快又忘记了。郑寒牵着她的手去爬山，去游湖，兜风听雨看云赏月，美好浪漫的事情一件也没落下。那种狂热与迷乱压过来，酥软的、眩惑的、微痛的、半醺的，意乱情迷。一半的甜，一半的苦，十分的烘热与动荡，一塌糊涂的遗忘，一塌糊涂的沉沦与索取。对方眼里的自己，神魂颠倒。

她这样绝望地爱他，堕入一个感动人心的网。

又害怕，又勇敢。

没有一点点的空隙容得下他人。

静云傍晚回来，在门口看见嘉华，他靠着车等她，不知等了多久。见到静云笑笑说，回来了，快进去吧，等你吃饭。

伤害善良人从来容易，他看上去那么孤单，那么疲惫，静云不敢看他。

到底瞒不住，却不是嘉华，是郑太太那里闹起来了。静云害怕，抱着郑寒流下泪来，她说，我这样自私贪婪，会不会受到惩罚。

郑寒安慰她，别怕，我会一直在你身后。

静云举着一颗透明的心，举着一个女人的无助与笨拙，越爱越痛，反复煎熬和挣扎。郑寒慢慢感到不安，静云这种深重的罪恶感，像是他诱拐了她，责任重大。

郑寒与很多的异性走得近，静云从前只是沉默，可如今关系走到了这一步，她不能不生气，不生气相当于鼓励。一帮朋友出游，有一个叫张珊的，攀住他说话，含羞带媚的，我最是小女孩脾气，这也是没法的，我天生心软，又傻，不懂得跟人争。

郑寒温情答道，这样的性格最可爱了，女人不能太聪明。

张珊歪着头，嘟着嘴，一副娇弱委屈，她最晓得自己这样能迷住人。人家都不懂我，说我长不大。为什么要长大呢？我什么都不懂，从不贪图太多，只要开心就好了。

她那样虚假卖弄，技巧娴熟，他也亲近她，偏偏愿意上她的当，简直让静云觉得受侮辱。郑寒故意让静云看见，心里捉到报复的快感，报复她不合时宜的罪恶感，报复她管制他，端着一个妻子的姿态。静云发起火来，人前不能露声色，事后忍不住电话追问，言语渐渐刚烈。郑寒吃了数次吓，渐渐害怕起来。她的认真与敏锐，一点也不肯将就，不肯装傻，她对爱情抱定的完美主义，她的严重的爱——

严重的事故。

不必娶回家的女人，千好万好抵不过麻烦少。不爱的爱情，才不会变坏。静云不知道。

她仍拼命支撑自己，不相信他们会这样完的，世上没有这样的事，前几天两人还抱紧得像缝在一起，他一天也要偷偷见她几回，哪里会说分就真分的？

直到她端端看见，张珊坐在他的车里。

突如其来。她猝然被击倒，完全没有准备。任何意外要发生，没有人是准备好的。

郑寒也看见了静云，他被她当场揭穿，无处销赃。那么大的一个人，他往哪里销赃。已经欲避不能，瞒不过，逃不过，只能认了，挺直脊梁，从静云眼皮底下过去。

再也无法回头。

静云被一棍子从云端击落，掉到砰砰炸裂的石灰里，她一秒化了烟。浓烟滚滚里，她似乎看见他拥吻张珊，他短短胡茬扎在她的胸口上，她尖尖指甲嵌入他的肌肤，激烈缠绵中撞到方向盘，发出短促的汽笛，像甜蜜的呐喊——

其实根本没有，只是天崩地塌间，流光如电，脑海中幻化出从前的画面。推陈出新，她被替代。

全世界偷梁换柱，万物流离失所。

她去拽掖在镯子下的手帕，也不知是镯子太紧还是没了力气，那手帕怎么也拽不下。她步步趔趄，一头撞到路边墙上，可是这痛，不够，根本不够掩盖她心里撕裂的那一块。泪眼婆娑看着那车开远，驶到一排排参差的楼影下去。

非常无助，她的委屈不能为外人道。在极度的痛苦中她去找宜兰，在宜兰面前撕开胸膛，血淋淋剥出一个卑微不堪的自己，哭得像一条泉水。

宜兰静静听完，惨然一笑，林静云，你也有这样狼狈的时候。

静云吓了一跳，噤住哭，她第一次听见宜兰连名带姓叫她。

宜兰双目潮红，声音像冷铁，那么多人爱你，为什么你偏偏喜欢他！你不知道郑寒原来是爱我的吗？

静云震惊，她破碎的心里，再插入一柄剑。

怎么可能！

怎么可能！

怎么不可能，宜兰不必骗她。世上爱情有很多种，只不过她偏偏遇见了这一种。

腹背受敌，箭箭穿心。刚才是万念俱灰，现在，连灰也没有了。她凄然道，你想嫁给他吗？他可是有太太的。你愿意像你娘一样吗？

宜兰冷笑，你也知道郑寒是有太太的，那你知不知道林静云是有丈夫的！

震惊、羞辱、悲伤，将静云打倒在椅子上。昏昏里听见宜兰一字一句说，你听好了林静云，是我有意介绍他和张珊认识的。

天地急急转，房屋急急转，掀翻一个世界。

静云在这刀迫剑索的苦役中，惨然一笑，你那么恨我！

宜兰道，那么我该恨谁？我什么都没有，我只有郑寒。他见了你，就把我丢了。你说，我该恨谁？

静云连连摇头，她发起抖来，她害怕，不知道还有什么等着她。语无伦次，不是这样的……我不知道……

宜兰冷笑，你若还记得我，当然会知道的。你眼里没我，懒得管我，才会不知道！

洪荒世界，眉目不清。崩溃。静云伤痛欲绝，她大哭起来，他说他心里只有我，他说他从来没有这样用心爱过一个人，他说我们还有好长好长的路要走的……

宜兰脸色惨白，捞起桌上的手包，用力砸过去，金属链在空中发出惨烈一道光，重重砸在静云脸上。因着这一鞭，哭声戛然而止。宜兰恨极了，连声怒喝，你也信！你也信！

静云脸上火辣辣地疼，她捧住脸。一张突然硕大无朋的脸，全然麻木。口腔里泛出咸腥来，热的，一满口，她吞下去。她想起多年前，她养了一只绣眼鸟，心爱至极。宜兰觉得鸟可怜，把鸟偷偷放了。她当时也是这样，痛愤之中把鸟笼砸在宜兰头上，宜兰顶着半额血水哭。事后静云后悔，送宜兰一盒绿豆糕，两人重归于好。

静云哀哀笑起来，你要把我欠你的，都还给我吗？

宜兰积攒的屈辱与心酸，化成尖锐悲愤的一句，我的命不如一只鸟！我的痛苦只值一块绿豆糕！

世事越明白，越凄怆。

真相大白。

真相从不大快人心。

外面滴滴答答下起雨来，愈下愈紧。一道雨声的屏，隔在她们两个之间，隔在过去和现在里。嘈嘈杂杂，轰轰然然。屋里暗下来，渐暗渐沉的光线里，浮出两张苍白的脸。刚才说了什么？说过什么？都是乱雨。窗外一树木芙蓉，和着大雨簌簌落，流成一条红的河，像半摊血泪交织。

宜兰流下泪来，她到现在才流泪。她说，静云，我多么愿意输这一局，我多么希望他不在我意料之中。

静云悄悄哭了几天，有日抬头看见镜中的自己，像暗夜从水里打捞上来的女鬼，自己把自己吓一跳。她恍恍惚惚走到山上去，夏天还未过去，秋天已急急登场，凉雨打得一山空翠，大头山花纷纷坠地，似乎知道自己没人惜，干脆绝了，还尊严些。那烟青色的天穹下，挺挺站立的松柏，遥若一排老人牙齿。庙在牙齿中央，秃秃浮出四角翘翼。何人缠了红绸于梁上，一下一下呼啦啦地飞。飞。

她心下凄然，想把自己也挂到那庙角上去死一回。然而现在做不到。

现在想死，哪来的脸去死。可即便不死，已狼狈得比死还难看。

她拿出他们之间的信件，全身发抖着撕了，一页一页投进火里去，为过去悲壮送葬。那纸燃尽，化了黑蝶飞起来，在空中一扑，一扑，像人的心跳，努力的，又软弱苍凉的，外强中干。想起那夜宜兰在桂子树下烧信，她握紧拳头，指甲深深插进掌心去。

生无可恋。静云大病一场，委顿数月，嘉华看出静云的难过，对她说，静云，我知道你不快乐，可我不知道怎样做你才快乐。你若不想嫁……我不娶就是。

静云吃了一惊，愧疚烫得心头发痛，她是自作自受，嘉华何错之有。她说，嘉华，你知道吗？我家早比不得从前了。

嘉华说，我知道。

你还想娶我吗？

想。

静云想哭，可是即便再想哭，也不能哭的时候太多了。她说，嘉华，你带我回去吧。

跟尘世间的大多数夫妻一样，相对三天不新四天不旧，一日便是一生，没有惊喜从天而降，没有意外扑面而来。四平八稳。一年后生了铮铮，全家欢喜，自不待言。如鸟安于巢，如人安于枕，日子缓慢，日子和平安定。

但日子还是过去了。

静云听佣人说外头闹得更凶了，到处是日本人，听说有学生出来骂政府，又说好些人移居到别处去了，可是当官的也还是很威风，少爷们还在到处买烟土。日头还是强作抖擞，一天一天升上来，来一天算一天。

静云去看戏。台上虞姬道，云敛清空，冰轮乍涌，好一派清秋光景。

众将士齐叹，苦哇！

突然听得有女声大喊，还我河山，把日本人赶出中国去！

当下整个戏院炸了，乌乌泱泱，不知发生何事。静云探出包厢栏杆一看，只见宣传单漫天飞舞，警察正往楼上跑来。不及回神，包厢闯入一人，静云大惊，竟是两年不见的宜兰。宜兰一看是静云，转身就跑。

静云叫住她，脱下大衣披于她身上，平静地说，快坐下，去个洗漱间，怎么去那么久。

宜兰迟疑着坐下来。台上红裳翠盖，伶人脸上两瓣桃花开在白雪里，像要振翅飞出来。满台笑的笑，哭的哭，嗔的嗔，绣鞋上的绒球一颤一颤，一瞬间就颠过了千山万水。

然而这里端端坐着两个不说话的美人，和一个不知情的看戏迷了魂的小丫头，一点声息也无，只有台上的艳光一波一波闪过来，使得她们的面目一忽儿模糊一忽儿明了。

良久，静云说，我们第一次一起看戏，才十岁。

宜兰说，人要永远是十岁就好了。

啊，人要永远是十岁就好了，可是不能的，世上没有这样温柔的事。

绣鞋上的绒球一颤一颤，一瞬间就颠过了千山万水。

千山万水，戏里不过两三十步，戏外恍恍好几年。

过了很久，静云说，这样太危险，跟我回家吧。

宜兰说，你出去看看，外面饿莩遍野，包身工遍地，租界林立，洋人横行。你们公子小姐天天跳舞看戏，论鸳鸯蝴蝶派，这是把民族存亡的大义抛于脑后，怎么能掩盖得了挣扎在生死线上的底层同胞的无尽苦难。

静云呆呆地看着宜兰，心灵受到极大的震动。她不了解外面的世界，可她了解了现在的宜兰。

静云去送宜兰。走了一段，宜兰说，后来，我看见过张珊。

静云笑了笑，我已完全没兴趣知道了。

两人相视一笑，千斤恩怨，到底鸿毛飞散，收拾旧河山，往事莫提。

宜兰说，静云，嘉华是好人，我知道的。

静云点点头，我也知道。

她们靠着天桥栏杆俯视街道，那条从前都是红砖房子的逼仄的街上，半空纵横的电线下，跑过两个童花头的小女孩，笑着闹着，跑过去，那笑声一卷一卷，直上天空，天空白云万里。

那样的过去就连现在想起来，也仍要笑的。

宜兰走了，静云不知她去了哪里。她不知道她们还能否遇着，然而一生很长，盘根错节，该遇见的天各一方，不该遇见的狭路相逢，谁能讲得好。

日本人进了关东后，工业链迅速瓦解，黄金时代结束。大势已去。林老爷在北方的粮食基地全部沦丧，面粉厂生产维艰，散尽大半家产补救，无果，他以厂基与机器向国外资本进行抵押贷款，结果洋债缠身如坠黑洞，最后工厂遭拍卖，盛极百年的福林面粉厂正式剧终。

嘉华的喜盈纱厂也未能逃过此劫。林老爷劝导女婿，赶快处理掉工厂，避免全盘皆输。嘉华年轻，想到还有漫长的一生要过，哪肯歇手，结果进退维谷，越陷越深。

嘉华夜里回家，颓然陷入沙发，半句多话也无。数月时间，竟生出白发。静云夜里醒来，身边空空。她起床去客厅，看见嘉华于沙发上坐着，黯然神伤。静云安慰道，别怕，即便什么都没有了，你还有我。

嘉华怆然道，我怎能让你跟我吃苦。

静云说，我不怕吃苦的。

嘉华苦笑，哀伤地说，那是因为你没有吃过苦。

嘉华不敢想，假若真到那一天，贫贱夫妻百事哀，两人三餐不继，相对泣血，最后互生怨憎，感情变坏，劳燕分飞，情何以堪？

静云开始积极学习，管理工厂，嘉华见妻子劳累，更是愧疚，对自己的无能为力勃然大怒，脾气一日不如一日，诸事都触他生气，终于病倒，竟缠绵很久不得痊愈。他不能料到如斯结局，支撑他的，都塌了。有一日他语气悲凉，静云，我这病若还不好，就不治了。留下点钱，给你和铮铮过日子。静云捂住他的嘴，眼泪滚滚而下。

年底，静云亲自去催账，于约定的地方等了半日，等来一场暴雨，对方却避而不见。静云无法，寻着客户地址找过去，迷路于纵横街巷。正仓皇间，腹部阵阵隐痛，她依墙站定，全身抖如筛糠。她突然很害怕，怕自己会死掉。她现在非但不敢死，她也不敢病。想起以前为了爱情想死的静云小姐，恍若隔世。

陌生城市，华灯已上，照出水汪汪一地斑斓碎影，车辆卷起半米高水浪打在她身上，毫不留情。风雨中都是急急归人，只有她，不知自己在哪里，也不甘心回家。她从来养在深闺，清高傲慢却不谙世事，哪里做得了这许多事，哪里肯抛头露面去求人，不过是风云急下，生活半点不由人，将她往完全陌生的路上逼。可她到底娇养惯了，不能立刻就坚强起来。心有余，力不足。坐于路边花坛，无论如何不肯哭，还是哭了。

夜里回来，不敢回家，先去找父亲要钱，对父亲说，我不能告诉嘉华我没接到账，他会难过的。

林太太将静云换下的湿衣服给她看，静儿，你身上来了，裤子全红了，你都不知道吗？

静云故作轻松道，这是小事嘛。

林太太大骇，面前这个小妇人，横冲直撞与生活顽抗，对待自己的潦草让她心酸。从前那个静云不见了，眼前这个，触目惊心。

静云借钱补账的事被嘉华知道了，他十分生气，一拳砸在穿衣镜上，玻璃碎一地。他朝静云道，我就这么没用，要你们合着伙来哄？我如此连累家人，不如死了算了！

他捡起玻璃，朝自己身上刺，都被静云挡下，手臂数个窟窿汩汩冒血。她痛，强忍着，不敢叫出声。

静云紧紧箍住嘉华，你死了，四个老人怎么办，铮铮怎么办，他们多可怜！

嘉华冷笑，你怎么不说你怎么办，你正好解脱对吧。

静云摸一把泪，仍然箍紧他，我不怎么办，我想好了的，你死，我不能跟着，我得带着他们五个。

嘉华豁然醒悟过来，毋说破产，就是破命，在这乱世里也太普遍了，谁都无力回天。只要不破心，日子就还长着。生活就是这样，每天泄露一点天机。好，歹，都是天机。容不得不甘心。若总是今天收拾昨天的烂摊子，一天也不必过。

嘉华不让静云再去工厂，她便开始学习家务。她做菜，嘉华流连在厨房门口，有一搭没一搭地说话，见她用刀背刮鱼鳞，拉锯似的，扑哧一笑，你从前吃个虾，也要佣人帮你剥壳，怕伤了指甲。

静云自嘲，难怪宜兰不陪我了，她恨我不自己剥虾。

嘉华接过刀帮忙，她怎么舍得恨你，她恨的不是你。

静云猛一抬头，啊，他知道！

原来他都知道！

原来他都知道！

嘉华仍然背对着她，有萝卜吗？想吃鲫鱼萝卜汤，小时候最喜欢这一道。

他说错话，所以说出这些话来掩饰。因为尊重她的秘密，怕她难堪，反而给她打圆场。

静云说，好，我就去买。声音哽住，像被突然掐了尾巴。

掐了尾巴，可以长新的。

因日本人过了关东的缘故，城里气氛一日不同一日，过年也格外空寂冷落，徒留数十盏惨淡灯笼，在风中显出曲终人散的萧瑟。隔日静云上街，看到学生游行，大条幅上书：抵制洋货，振兴民族企业。她心情激动，受到鼓舞，回来对嘉华道，工厂撑不下去，我也不卖给日本人，我们把它捐给国家。只要我们一家在一起，怎样都好。

嘉华看着眼前的静云，从容笃定，让人心安。他同意妻子的决定。林太太伤心道，可怜我的静儿，白白吃苦了。林老爷却大赞女儿女婿有侠士之风，他对夫人说，单这一件，静儿胜过我。

静云安心相夫教子，她洗衣做饭，拖地抹桌，安然若素。于菜场买菜时，有人惊呼，这不是静云小姐吗？

静云坦然笑笑，是呀，我是静云。

政府节节败退的消息不时传来，北平告急，林老爷遣散了下人，收拾细软，举家往济南去。

一路难民如蚁，哀鸿遍野。静云坐在拥挤的车厢里，看着日暮秋风起，萧萧苍水寒，想起浮云往事，不禁心神俱伤。嘉华一手拢紧铮铮，一手拢紧她，在她耳边说，别怕，反正是一生，反正是你和我的一生，怎样都好。

静云靠住嘉华，她觉得生命中再无可怕的事情了。

女孩栀子

李小虎在村口石桥上，和他的属下们一字排开，对着河水撒尿，看谁的弧度最大。栀子觉得整个夏天都烧到她脸上了。这不是最可恶的，最可恶的是他当着大伙儿的面，嘲笑栀子黑底大红花的衬衣。

张栀白，真白痴，穿件花衣像蓉姑。

蓉姑是村里的疯女人，老得没牙了还爱穿花衣。大家笑了，连沙沙也笑了。

如果沙沙不笑，栀子还能像往常一样目不斜视地走过。但沙沙笑了，她心里就跟吞了一座火山似的难受。沙沙是刚从城里转学来的，漂亮得像节日的彩旗，沙沙坐在她右边，她的心脏就欢快地跑到右边去了，沙沙送了她一块巧克力，她的心脏就欢快地跑到嗓子眼里了。沙沙将阳光都化成了糖水。

栀子必须在沙沙面前挽回尊严，她回击李小虎，欺负女孩子，不要脸。

你说谁不要脸呢。李小虎跑过来，扯下栀子的书包，一脚踩在上面。

栀子不堪一击，哇地哭起来。

地里忙碌的大人纷纷朝这边看。

李小虎妈妈过来了。小虎，你给我回去。

李小虎说，就不！

栀子看见妈妈也过来了，远远地叫她。栀子怕妈妈生气，装没听见想溜走。

栀子！这一声很冲，栀子只得转过身，装作刚听见。

你在干吗？栀子妈已经到了跟前，用狐疑的目光瞪她。那目光像一块粘在玻璃板上的口香糖，怎样掰也掰不下。

没干什么。可是她露在凉鞋外的脚指头已经紧张得拱成五指峰了。

李小虎被他妈提溜着耳朵，痛得龇牙咧嘴，就是不肯说对不起。

栀子想赶快停战，阿姨，算了吧。

小虎妈说，你看，连栀——子都比你懂礼貌。

栀子以为小虎妈夸她呢，却听见妈妈冷冷一笑，一脚踢开了李小虎的鱼桶。鱼桶痛得叫了一声。

小虎妈的脸拉下来了。

栀子妈回头对栀子道，谁要是欺负你，你就光明正大打回来，要是鬼头鬼脑阴阳怪气，看我不揍你！

栀子知道妈妈放过她了，马上收拾好书包，跟在妈妈后面。

小虎妈在后头闷声闷气地说，你才阴阳怪气呢。妖精！

栀子看不见小虎妈的脸，但她感受得到。

那是充满鄙夷的一张脸。

栀子觉得小虎妈骂妈妈妖精，是因为妈妈跟她们不一样，她站着就站得直直的，坐下就把脚并得拢拢的，走路把胸脯挺得高高的。同样是地里田头的农妇，她偏偏跟别人不一样，有谁会喜欢一个异类呢，人只接受跟自己一样的人，一样好，或者一样坏。

栀子妈不是荷花荡的人。栀子有时跟妈妈去外婆家，要坐好几个小时的车。可是妈妈每次回去，外婆总把她骂得眼泪汪汪的，说她不听话，自作自受。

外婆说，我本不同意的，你不听，现在后悔了吧。

外公说，要嫁可以，把栀子留下，我养不起栀子吗！

外婆说，你老糊涂了吧，你能养多大。

外公拍拍桌子，杯子跳了起来，他说，总比给张继承强！

外公外婆又把对方骂一顿。

栀子发现人即便长大了也要挨骂，变老了还要挨骂，心里就有些悲观。

后来，栀子妈很少回去了。

在外婆面前眼泪汪汪的栀子妈，在别人面前可凶得很，她对栀子最凶。

栀子，死哪里去了，带弟弟出去玩！

栀子，你聋啦，叫你收衣服没听见？

好啊好啊，栀子，你又考不及格，丢不丢人！

栀子眼观六路耳听八方，生怕惹妈妈生气。她跟所有小心翼翼生活的人一样，有一个共同的特点，很会观察脸色。她察言观色的习惯似乎比她年龄还老，已经很有经验了。但她还是不晓得妈妈为什么不和大家交朋友，不领受大家的情意。栀子妈长得很好看，横看竖看都好看，可她就是不好好给人看，也不肯好好说话，别人说话，她就冷笑，好像谁都很可笑，谁都别想欺负她。

她那样子真让人生气。

难怪爸爸很少回家。

难怪大家都不跟栀子交朋友。谁会跟一个妖精的孩子交朋友呢。

栀子跟着妈妈去赵二叔的店里买肥料。赵二叔说，可不轻，嫂子当心，可别把腰给折了。赵二叔朝妈妈飞了一下眉毛，那眉毛像是埋着可进可退的秘密，栀子妈稳稳接住那飞出来的一边儿眉毛，并稳稳地将它弹回去，又妩媚又泼辣，有你这杆老腰，我还怕它重？

赵二叔哈哈大笑，扛起肥料就走，如同一个凯旋的大将军。栀子妈在前面走着，扭动着她圆圆的腰身，像一只成熟的葫芦。栀子突然觉得葫芦长得太丑恶，她以后都不想吃葫芦了。

栀子爸的诊所取名悬壶斋，干干净净的，弥漫着药草深沉而冷静的香气。药柜上那些暗红的小抽屉，镶一色铜环小拉手，发出幽幽的光泽。柜顶白底蓝花的大肚瓷罐，有千峰映月，高山流水，也有送子观音，松鹤延年。栀子妈不许栀子来店铺，可栀子太喜欢这里了，只要往这里一站，就觉得自己的腰板直直的了，她可是张医生的女儿！

大家都说张医生是个好医生，单讲他那张脸，是张永远笑着的脸，世上有谁会和一张笑脸置气呢。

只有城里来的沙沙才会生他的气。

沙沙病了，沙沙妈要栀子带她们去悬壶斋。沙沙去了里面的检查室，栀子就领着沙沙妈参观诊所。她献宝似的给沙沙妈看巴掌大的灵芝，说，卫生院也没这么大的灵芝，我去看过了，才拳头大呢。她又吹嘘泡在药酒里的海马，这是海马，你看，这是世界上最小的马！它在海底跑起来，比大马还快。

突然，沙沙发出一声惊恐而愤怒的尖叫，她们跑进去，沙沙妈问，怎么了？

沙沙满脸通红，咬着嘴唇不说话。

栀子爸宽容地笑着，我给她检查肺部呼吸情况，小女孩，害羞了。

沙沙妈惭愧地道歉，不好意思，张医生。

栀子爸宽宏大量地摆摆手，女孩子嘛，都这样。他指指栀子，我家的也一样。

栀子不知道是什么也一样，但还是觉得抱歉。只要沙沙生气，她都觉得是自己的错。她真想抱抱沙沙，否则不知道怎样表达自己有多喜欢她。

路上遇见李小虎妈妈，邀请他们进屋吃糖渍莲藕。

小虎妈眼睛眯眯的，像石缝里的两条鱼。她说，沙沙嘴巴上能挂油瓶了，谁惹你生气了？告诉姨，姨打他去。

沙沙妈笑笑说，病了，咳嗽。

哟，那得去张医生那里看看。

沙沙听到张医生三个字，更生气了，脸更红了，嘴巴噘得更高了。她那小小的鲜艳的唇，都成了快要掉落的熟樱桃了。

沙沙妈给她探探额，是不是发烧了？

沙沙烦躁地把她的手甩开，沙沙妈轻轻地干咳一声，她只得坐下来。

小虎妈把芝麻豆子茶端上来，说，我们这乡下，医术肯定没你们城里好，不过张医生是我们这里最好的医生了。有一年，砌匠孙大福从梁上摔下来，能说能动，未见一滴血，他还买了猪头肉打算回家吃包谷烧呢。张医生给把了一手脉，叫他家人赶快送县医院，片刻也不能等。结果你说怎么着，嘿，肚子里内脏摔碎啦。

不是内脏，是脾脏。栀子马上更正。

对对对，脾脏都碎啦，要是迟去半小时，命都没了！

沙沙妈惊呼起来，哎呀，多亏张医生，救了他一命。

栀子偷偷看了一眼沙沙，见沙沙倾耳听着，心里很高兴。她发现大人们都有不计前嫌的本事，前几天小虎妈还骂妈妈是妖精呢。栀子觉得今天的小虎妈太好了，以后经过她家菜园，一定不会偷偷掐掉她的黄瓜花了。

小虎妈想要城里人知道她们乡下人是多么的仁义，说，要是有人没钱看病，就去找张医生讨两包止咳散，也是没问题的。

栀子马上补充，红药水也不要钱。她说话的时候挺了挺胸脯，骄傲极了。

对对对，小虎妈说，张医生走路都怕踩着蚂蚁，是出了名的菩萨心肠，好人呢。

栀子好像吃了其他人从来没有吃过的糖果，又甜蜜又得意。沙沙脸上的红晕渐渐淡了，她乖乖地坐着，端着芝麻茶轻轻地吹，热气喷在她的睫毛上，像是连茶被感动了，睫毛也被感动了。

小虎妈意味深长地看了栀子一眼，说，可惜……

她凑近沙沙妈，有一种交头接耳的样子。栀子最害怕交头接耳的人们，她们把嘴巴靠在一起，坏事就发生了。

沙沙妈转过头来，你先回去吧。

沙沙马上站起来，拉着栀子的手就走。栀子感动死了，这是沙沙第一次拉着她的手，她心里有一双翅膀扑啦啦地振动，像要飞到天上去。

小麦压低声音，我姐昨天屙血了，我妈说，屙血了就是大人了。

栀子张大嘴巴，长大了都要屙血吗？

沙沙嘘了一声，示意她们别那么大声，说，屙血了就不能让人碰，碰了就会大肚子，就会生娃娃。栀子发现她们也交头接耳了，原来人长大的第一个标志就是会交头接耳。

小麦说，我姐说，男孩子坐过的热凳子也不能坐，坐了也会生娃娃。

沙沙突然站起来，那以后还能不能看病？

栀子吃惊地道，为什么不能？

沙沙看了一眼栀子，欲言又止。

小麦恍然大悟，说，看病要碰身子的，栀子爸就碰过我这里。她指指自己的胸脯。

栀子急红了脸，马上争辩，那是看病，看病都要检查身体的。

小麦道，可是你爸还碰了我尿尿的地方，我尿尿的地方又没病！

栀子猛地站起来，用力推了小麦一把，眼泪都快掉出来了，她叫起来，你们不懂！

小麦也叫起来，你干吗打人！

沙沙生气了，对栀子道，张栀白，你真讨厌。

栀子听到沙沙叫她张栀白，知道一切都完了，沙沙叛变了，这真是这个夏天最难过的事情。

沙沙回城时带来了一个漂亮的娃娃，那鲜艳的裙子像天上的彩虹。她多宝贝那个娃娃啊，抱出来给大家看，所有人都可以排队摸一摸。可是她不许栀子摸，一点也不掩饰她的冷淡，她说，你要是喜欢，要你妈妈给你买去。

栀子看着沙沙的样子，心里难过极了，她昨天还去捡了半篓蝉蜕，想用卖蝉蜕的钱买礼物送给沙沙，她觉得沙沙完全担得起她热烈的情意和慷慨的馈赠。就算全世界都不把她当朋友，只要沙沙在，她就觉得自己还有尊严有脸面。可是沙沙不再把她当朋友了，她就成了天底下最可怜的人。

她像刚得到一件宝贝又马上失去了这件宝贝一样沮丧和难过。

李小虎说，她妈妈才不会给她买，她妈妈的钱都买了赵二叔的腰子了！

栀子说，你胡说，我妈才不喜欢吃腰子。

李小虎笑得像个鸭子，嘎嘎嘎，你去问问你妈，嘎嘎嘎，是不是吃了赵二叔的腰子了。

沙沙说，你妈是红颜恶水。

栀子说，她又没恶你！

大家哄然大笑。栀子绝望极了，那绝望比一颗心还大。她咬咬牙，转身回去了，生气地躺在床上扭麻花，都快把腰扭断了。

第二天，她刚出门，沙沙跑过来，横在路中央，朝她喊，张栀白！

栀子站住了，脚指头在鞋子里一曲一伸，拱成了高高的五指峰。

沙沙大声质问，把我的娃娃还给我！

栀子说，我没拿。她背过身去，拿粉笔条儿在墙上写字，泥融燕子暖，沙飞鸳鸯睡……

你拿了，我知道你拿了，你还给我！沙沙快哭起来了，大眼睛里汪着一泡儿泪。

栀子像根本没听到沙沙的话，她的背影很坚决。

沙沙大声哭起来。

栀子妈出来了，轻声轻气地问沙沙哭什么，她的话里像含着蜂蜜，那样甜，栀子的泪就掉下来了，她也不知道自己委屈什么，可是那委屈就像一条河水，滚滚地淹没她了。栀子妈扳过她的身体，那张脸变得很凶很凶。难怪人家叫你恶水呢，栀子想。

说！你又做了什么坏事儿了？她用力在栀子头顶上拍了一下，栀子像不倒翁似的前后晃了晃，没有倒下，鼻子里却热热地流出什么来，她一擦，一手背的血。

栀子被妈妈提溜着耳朵回家了，她感觉自己变成了一只长耳朵的兔子。她的小床，小桌子，装卡片的月饼盒子，都被妈妈翻遍，一塌糊涂。栀子靠墙站着，一声不吭。

栀子妈什么也没找到，她痛心疾首地指着栀子，你就变坏吧，你这个坏小孩！

傍晚，栀子溜到湖边，开始慢慢儿走，忽然加快脚步跑起来，跑到荷花荡的柳树精下。那是一棵长了很多很多年的老柳树，大概有蓉姑那样老，大家都说它是一棵柳树精，到了晚上，它养的水鬼会浮出来拖人脚，早上大家就会看到水面汩汩冒泡，那是水鬼在打饱嗝，也许是打屁。所以它被雷劈掉了半边，露出撕心裂肺的一个坑，像一张丑恶的大嘴巴。栀子平时可不敢去那里，沙沙也不敢去的。

她听见自己的心脏怦怦地跳，她想起被爸爸杀掉的米多多，它痛苦地在地上抽搐，眼睛里充满了恐惧，肚子一起一伏，剧烈地一起一伏。

她现在跟米多多一样。

那天下午，天要热死人了，栀子头昏脑涨地回家，听见后院传来惨烈的狗叫，像被扯住了肠子那样痛苦。栀子打开门，被眼前的一幕吓住了。

她看见米多多被放倒在刷衣服的水泥台上，爸爸手里握着一把长长的剔骨尖刀，手起刀落，尖刀稳稳扎入米多多身体，鲜血飞溅，喷起一片潮湿的红雾，龇了她爸爸满头满脸，那张突然陌生的血脸上浮现出一种奇怪的神态，像是无比愤恨，又像无比痛快。他带着那种阴暗诡谲的奇异神色，一刀一刀，又快又准，不停地扎在米多多的肚子上。米多多成了血多多，它绝望地张大眼睛，眼珠子像要飞迸出来，肚子剧烈地一起一伏，一起一伏，像是有一个新的米多多，就要从这具痛苦的身体里脱壳而出……

栀子从树洞里掏出了娃娃。昨夜下了雨，树洞里的雨水把娃娃泡得难看极了，金色的发卷上粘满树叶和碎屑，一边的睫毛掉了，垂在眼睑上，颓败而诡异。栀子走到湖边，草地湿湿滑滑的，晚风里浮着鱼腥气，还有湖底泥土的气味儿，那是一种破败的酸腐，像被遗弃的怨气。大家不要的东西，脏的烂的，都被扔到这里了。包括米多多。

米多多被栀子爸绑了一块石头，它就沉到湖底去了。

没有人知道，修车铺的大黄狗去了哪里。

栀子一激灵，像突然挨了一针，身上皮肤绷紧了。她把娃娃抛进了湖水。可是它浮在水面上，随着风儿飘飘荡荡，悠悠袅袅地旋转。栀子拿树枝将娃娃勾回来，解下娃娃的蝴蝶结，把一块石头绑在她身上。

娃娃慢慢沉下去了，那双大大的眼睛，越来越深邃，越来越阴沉，她一眨不眨地盯着栀子。这一刻有一万年那么长。

栀子觉得那双眼睛愁苦极了。

栀子爸难得地回家了。栀子妈说，栀子，跟你爸说，明天要收玉米了。

栀子回头看看爸爸，爸，妈说明天要收玉米了。

栀子爸说，跟你妈说，明天我有事。

栀子又回头看看妈妈，妈，爸说明天有事。

栀子妈的声音猛然拔节长高，什么破事！他能有什么破事！

半夜里，栀子被一种奇怪的声音惊醒。她悄声起来，贴着门缝看，那晚的月光很好，屋里分明得如同黑白剪纸。栀子妈披头散发，拳打脚踢，栀子爸一手挽住她的头发，轻松制服了她。

栀子妈声音打着颤，你这个骗子，你也配结婚！

栀子爸狠狠踢她的膝盖窝儿，她就重重倒在地上了。

栀子妈哭道，有种你打脸啊，怎么，怕别人知道你是个畜生？

栀子爸背对着门，栀子看不到他的脸。他用手肘将栀子妈抵在床沿上，用力扇她的后脑勺，他月夜下的黑影，像是一座山峰倒在了栀子心里。

栀子张大眼睛，太阳穴突突地跳，似有一瓢热油兜头浇下，连皮带肉烫起了泡。她带着这一身足够痛死的燎泡，爬上床去煎熬。她撞破了一个秘密，她还不知道这是个怎样的秘密，但她觉得这是个很大很大的秘密，大到她根本不应该，也不能够应付。现在她揣着这个秘密了，这个秘密比大了肚子更让人难堪。

她不确定爸爸是否听到了她的惊叫，但她感觉到自己的惊恐胜过十年来的所有惊恐，而且在日后不断发酵，膨胀得比当日更加巨大。每想起一次，她都能听到心里破碎的呼喊。

那是对爸爸这个形象已趋绝望的呼喊。

这么多年来她对爸爸的绝妙崇拜和深沉期待在这个夜晚几乎被涤荡干净了。

栀子妈出来了，她坐到张果果的床上，佝偻着身子似乎在干呕，像要把肚子里的脏东西呕得一干二净。栀子将眼睛眯开一条缝，她看到妈妈的脊背像一张僵硬的弯弓，悲苦而绝望。

第二天栀子妈挑着箩筐去收玉米了，她完全没有哭过的痕迹，她像往常一样说，看好弟弟。

日头的影子很短的时候，李小虎带着他的属下们跑过来，张栀白，你妈妈在吃赵二叔的腰子，你还不去看看。

栀子尖叫，放屁。

沙沙已加入李小虎阵营，说，你去看看就知道了。

栀子跑到村口，看见远处的玉米地里，赵二叔正在帮妈妈收玉米，她们的身影在火热的暑气蒸腾里，成了恍惚的两个小小墨点。

栀子道，大惊小怪，赵二叔帮我们家收玉米，又怎么了！

赵小虎说，你妈是妖精，勾了赵二叔的魂。

大家笑得快要断气了。栀子感觉他们的笑都化成拳头，打在她身上。她装作毫不在意的样子，拨开他们雄赳赳地往回走。在她身后，小伙伴们欢笑和嬉闹的声音震天地响着，好像能飞到天上，将万千云朵打成雨滴落下来，将她淋成落水狗。

经过李小虎家的瓜田时，她看见拳头大的西瓜冒出叶蔓，披着密密的绒毛。她回头看看，大家都下河摸鱼去了，桥上一个人影也没有。她弯下腰将西瓜一个个摸遍，飞一样跑回家了。

她有点痛快，也有点惊讶，她再一次干出坏孩子那样的事情来了。

摸掉毛毛的瓜，再也不会长了。

跑回家的栀子很远就听到了张果果的哭声。

张果果从灶台上摔下来，嘴唇撞破了，血流到嘴里，一哭就是血盆大口。

栀子妈挑着满满一担玉米回来了，她显得很疲惫，抱着哭泣不止的张果果，黯然神伤。惊魂未定的栀子主动去卸玉米，栀子妈突然暴怒起来，脱掉鞋子砸到她身上，声音有一个霹雳那么响，张栀白，要是你弟有个三长两短，我剥了你的皮！

眼前打了一道闪电，栀子握住眼睛，慢慢蹲下去。她呻吟一声，妈，痛！

栀子妈叫道，痛痛痛！你也晓得痛，你弟就不痛吗？

晚上，栀子妈在栀子床头坐下，用手探探栀子，声音像蜜糖一样软，还痛吗？

栀子呆呆地看着妈妈，妈妈离她这么近，竟让她有些糊涂起来。她不敢回话，她怕自己说错话，妈妈又生气了。

栀子妈叹口气，将药涂在栀子眼角上。药很辣，栀子的泪水流下来了。妈妈还是爱她的啊，要不是张果果！要不是张果果！要是没有张果果，妈妈一定不会生她的气，一定是很爱很爱她的。泪水滴答滴答，落在竹席上，成了一片伤心的小汪洋。

栀子妈说，栀子啊，你要懂事，要带好弟弟，妈妈……她突然哽住了。栀子诧异地看着妈妈，她泪眼迷茫，那是一双愁苦极了的眼睛。

栀子见过那样愁苦的一双眼睛。

栀子妈要栀子带弟弟去阿婆那里住几天。

阿婆刚从湖岸赶鸭子回来，对栀子说，你看，我脚板跑穿，哪里有工夫带小孩。她有什么忙不开的！

栀子想说，她被爸爸打了，还收玉米呢。可是话在舌头上遛弯儿，只出来半截，妈妈收玉米呢。

阿婆鼻子里一声一声都是戏，哼，女人家，锅头灶尾，针头线尾，田头地尾，这是本分。她见栀子巴巴地站着，说，是不是又吵架了？一吵架就把你们往我这里丢！哼，张继承愿意给她养孩子，让他养去呀。

栀子想，什么叫愿意给她养孩子！妈妈的孩子不就是爸爸的孩子吗？栀子走到墙角，对着胭脂花生气，把那一簇簇小花恨恨地撸下来，手板染成了红色。

阿婆说，好好的日子不过，结婚都八年了，架还没吵完。

栀子想阿婆真是老糊涂了，我都快十岁了，爸妈怎么才结婚八年呢。但是她此刻很生阿婆的气，懒得去纠正她的错误。

禾场上热极了，一股一股的热浪往裤管里钻，轰轰的，汗水沿着腿往下流，就像一条条小蛇在蠕动。栀子不仅生阿婆的气，她也生这个夏天的气。心里有个猫儿在扑腾，把她的十岁扯得稀巴烂。

阿婆看栀子对着围墙站着，眉心里堆着乌云，她叹了口气，放低了声音，这里晒，你带弟弟去玩吧，玩完了回来吃饭。

栀子把小船的缆绳解散了，她试探着下水，水热热的，像是有温度的动物在舔着她的腿肚子。她把张果果抱上船，竹篙往岸上一点，船就悠悠地往湖心荡去。

栀子很小的时候就跟着妈妈去采莲蓬，多小呢，栀子记不清了，那时还没有张果果呢。栀子妈穿着碎花的衬衫，衬衫薄薄的，透过阳光看得见鼓鼓的胸脯。她戴着竹斗笠，缝隙里筛下密密的金辉，万千的光芒在她脸上跳跃。栀子觉得那是妈妈最光彩的一段生涯，也是自己最辉煌的时候。

栀子爸那时还常回家，也帮着收玉米，收莲藕。他拿竹篙一拨，船就滴溜溜地转起来，栀子妈惊慌慌地摇摆着，像荷花一样簌簌地荡漾。她眼睛一媚，故作生气，要死啦，慢点！

栀子觉得她媚爸爸的那一眼，是逢山开路遇水架桥，是狗尾巴草挠在脸上一样的痒。

她多希望爸爸能永远帮妈妈撑船，那是一种多么辽阔的生活啊，妈妈的媚眼儿一定能把湖水撞个窟窿。

爸爸以前很喜欢栀子。妈妈照顾刚出生的张果果，爸爸就照顾栀子，帮她洗澡，跟她玩挠痒痒的游戏。可是有一天妈妈突然生气了，她明令禁止爸爸抱栀子，不许栀子去诊所找爸爸。栀子就是长大了，也还会记得当日妈妈的神态，像整个世界都欺骗了她一样的怨恨，她的眼睛里射出比钢铁、比刀锋还要坚硬而冷酷的光，她说话就跟骨头断裂一样决绝：不许你碰我女儿！

爸爸就很少回来了。即便回来也是很晚很晚。即便很晚很晚他们也很少说话。

栀子很喜欢诊所里的那个爸爸，诊所里的爸爸会笑。

可是现在，她已经不那么喜欢他的笑了。

湖面渐渐暗下来，栀子远远看见岸上李小虎扛着鱼桶回家了，他看见了栀子的船，捡块石子朝这边扔过来，大笑着跑远了。李小虎天天多开心啊，不管多讨厌的孩子，只要有妈妈爱，他就可以活得像个珍宝，还可以有娶花木兰做媳妇儿那样远大的梦想。

栀子妈说，小虎，你怎么老欺负栀子啊。

李小虎敢公然说谎，我才没有欺负她。

栀子妈说，我把栀子送给你做媳妇，你别欺负她了好吗？

不行！李小虎撕心裂肺地叫。

那你要怎样的媳妇？

花木兰那样的。

栀子就是花木兰啊，她要是真揍起人来可威风了，你怕不怕？

李小虎哈哈大笑，嘴巴里能塞下一座山，他觉得栀子会变成花木兰是个天大的笑话。他一边跑一边拍手大唱，张栀白，真白痴，天天考试不及格，爸爸是谁你不知！

栀子恨不得将他舌头割一百刀。

栀子妈用手指戳得她连连后退，你真没用！打回来啊！

张果果说，打他，姐姐打他。

栀子妈说，你看，你连你弟弟都比不上。

栀子很难过，妈妈对她的嫌弃就像春天的竹笋，头天拔掉了，第二天又会长起来。谁能除尽春天的竹笋呢？

阿婆用蒲扇遮着头，朝荷花荡里眺望，天都快黑了，栀子还没有回来。李小虎扛着鱼桶经过，阿婆问，小虎，看到栀子没？

李小虎扮了个鬼脸，舌头长长吐出来，哦，张栀白掉湖里啦，被柳树精吃掉喽。

阿婆心里跳了跳，拿大蒲扇扑他，满口胡言，我叫你爹揍你。

李小虎跳起脚来跑，一边跑一边假哭，啊呀呀，张栀白，你死得好惨啊，你变成水鬼可不要抓我啊……

阿婆跺脚骂，小畜生，看我明天不撕了你的嘴。

月光浸透了荷花荡，荷花荡融融的，轻得可以飞起来。风从一顶一顶的荷叶上踢踏过来，停在栀子身后了，像跟她说着什么秘密的话。栀子觉得有一双冰冷的手摸上了她的腿肚，摸上了她的后背。水鬼！她吓了一跳，一个趔趄滑倒在船板上，脚崴了。

她痛得哇哇哭起来，哭得湖水也皱了，蛐蛐也哑了。哭了大概有一年那么久，栀子把自己哭成了湖面干瘪的荷叶了。她看了一眼坐在船板上剥莲子的张果果，他的胳膊腿脚就是一节节肥白的莲藕，又甜又清凉，让人忍不住要去舔。张果果就是那个穿红兜肚抱大鲤鱼的年画娃娃。

娃娃！她想到这儿，朝远处湖洼里的柳树精看了一眼，湖水一句话也不说，保持着深刻的沉默，像保守秘密一样。

张果果抠着痒痒，姐姐，虫虫咬我。

栀子说，摘了莲蓬就回去。

张果果站起来，身子隐没在荷叶下，他探出船舷伸长手臂，努力去够莲蓬。

栀子轻轻走过去，无声无息走到张果果身后，她看见，自己的影子压住了张果果的影子。

柳树精上突然飞起一群麻雀，乌压压的黑了半边天。

姜太的花

姜太退休后，生活宽容，时间富裕，遂全心养花。她的花养得好，小小一个前门院子里四季缤纷花开不败，炎烈的朱砂红烧出半壁火焰，浓烈的麦浪黄迤逦成金河，孔雀蓝、蛇胆绿、象牙白、晚霞橙，一蓬银紫流星盖一蓬烟雾宫粉，压得枝头沉甸甸醉态可掬，竹篱笆筛进一隙隙灿黄斜阳，悄无声息像时间的流沙金缓缓淌过。

她一双儿女天谢与天恩，都像她养的花蓬勃可喜。大学毕业后，两兄妹回家里住，上班都不远。姜太很得意，她看着一双儿女天天在家吃她做的饭，穿她洗的衣，不知多么开心。她青年丧夫，一生未再嫁，养两个儿女和一院繁茂充实度日，没有多少时间去怨怼这世界。且这世界对她慈悲，天谢和天恩就是她于苦痛里开出的两朵花。

两兄妹前脚叠后脚地一起长大，感情好得让姜太都吃醋，他们互相纵容包庇，团结起来一致对外，力量强大。直到上大学，两人都选的同一座学校，两兄妹几乎同进同出。天谢的生活费半月就用光，天恩一边骂他，一边又匀出钱来相救。天谢想谈个女朋友，没有哪一次不被天恩搅黄。

天谢的朋友们图谋天恩很久，请他帮忙。天谢笑得打滚，斜眼打量他的朋友们，阿荣太瘦小，冰棍太木讷，阿健又过于精明，看来看去没一个配得上天恩。于是下令谁也不准追他妹妹。决心崩塌于阿健一台苹果手机，诱惑大得让天谢辗转反侧。他把天恩和阿健约去看电影，半路悄悄撤退。结果没半个小时，他被天恩找出来，气愤的天恩打掐拧咬手法用尽，直到他把手机还给别人为止。

他为天恩打过架。

天恩的室友生日请吃饭，认识的不认识的男男女女来了一大群，结果喝了酒后迷迷糊糊中她就掉了伴，一个男生送她回去，半路里毛手毛脚抱紧她，向她求爱。天恩无法脱身，给天谢打电话。天谢见了那男生，没理由地迎面就给他一拳酸痛咸辣。

无缘无故一场架，打得头破血流。打完了，天谢看着软绵绵坐在地上的妹妹，一条短裙都被揉到大腿上，更是牙齿打架痛恨不已，对着天恩骂，你看看你穿的什么！跟着她们学坏，像什么！丢脸！

天谢觉得很痛惜，虽然其实并没什么可痛惜，只不过他突然遗憾地发现天恩长大了，他不喜欢眼前这个穿紧身短裙的天恩，不喜欢被男生抱着的天恩。他希望天恩永远不要长大，永远是他熟悉的样子，一直那个样子多么好。

天恩像个纸片人儿，瘦，锁骨洞里能种花。她厌丝喜棉，宽宽大大的棉布袍子垂在瘦瘦小小的身上，肉是肉，布是布，处处是她，处处没有她。棉麻袍子铺天盖地，在晾衣架上垂出古朴素雅多方屏风。晴天白日里天谢坐阳台上看书，透过棉麻屏风看见阳光一点一点晃啊晃，影影绰绰的繁枝茂叶花朵藤萝都像水里的影子，淡淡印在屏风上，心里觉得很亲。觉得世间的衣服棉麻最好，穿着好看，晾着也好看。

而自此以后，天恩也再没有穿过紧身的超短裙。

工作一年后，一群朋友相约去爬山，认识了黛莉。

黛莉是混血儿，带着海岛小国的咸咸风情，深深的眼窝里荡漾百媚千娇，一头海藻般的卷发直浪到腰际，腰上全是胸，腰下全是腿。天恩不喜欢黛莉，她最厌恶奇大胸器，觉得粗俗可鄙，但是她知道男人们的幻想是登峰造极的。果然天谢眼睛跟着黛莉转，瞒着天恩与她悄悄约会，回来路上照着车镜清理吻痕。进门打开灯吓一跳，天恩端端坐在黑暗里，眼睛灼灼盯着他。

他那一腔的滚烫惶惶冷下来，正想开口，天恩已噌地站起来走回卧室去，门砰的一声巨响，震得他竟恍惚有种偷情被抓现场的深重错觉。

接连几日情形照旧。天谢忍不住去敲门，天恩不理他。天谢开始有些心不在焉，总担心回来看天恩的脸色。结果惹得黛莉不开心，吵了一架，他满肚子的火回来，想再与天恩吵一架。可是家里没有天恩，敲门问母亲，也说不知道。结果这一夜，竟是他坐在客厅里等着天恩了。

半夜，天恩回来了，穿件四面钻风的单薄大袍子，冻得瑟瑟发抖。天谢又是气又是急，大声质问她去了哪里。她软塌塌地站着，一言不发。慢慢抬起头，泪就两行掉下，滴在衣服上，沁出一种膨胀的哀怨。

他把天恩推到卫生间，帮她找了睡衣，放了热水。隔着门站着，听到一阵微微的，压抑的啜泣声，像暗夜里高岗上的风，一卷一卷地从远处吹来，夹着沙，夹着冷，夹着酸涩。刚以为风停了，住一住，又隐隐约约渺渺远远地吹过来。

那晚的雨有一阵没一阵地下着，时疾时缓，都像天恩压抑的啜泣声，一声一声下到他的梦里。天谢觉得无辜，也觉得难过。他醒过来后，绕到阳台上去喊天恩，天恩房里静悄悄，一点声响也没有。只有母亲种的大树的叶子在夜雨里沙沙地响，篱笆的缝隙里流动着白白的雨光。怅惘和伤感像一条蛇一样，凉凉滑滑爬上天谢的身体来。

第二日天谢载天恩去上班，问天恩晚上去哪里了，天恩不答，他越想越烦恼，街口等通行，一脚急刹把天恩撞到眼泪鼻涕一起下，他愤愤砸了一拳方向盘，车子发出短促的一声暴怒。天恩猛地拉开车门下了车，天谢朝她背影大吼一声，搞不懂你！脑子锈逗啦！

他看到她的背影，薄薄的，瘦瘦的，在宽大的棉布袍子里，像一截打了秋霜的枯枝，挑着说不尽的孤单与凄伤，很快消失在滚滚的人头里了。

他恨恨骂了一句粗话，也不知道是骂天恩还是骂自己。

再过一日天谢早早下班回来，姜太疑惑地问，今天回来这么早？

天谢说，没女朋友了，所以回来早啰。

天恩挽着姜太进厨房，亲亲热热去帮母亲择菜，撒娇要吃芝麻糯米糍。

天谢笑了。他想起小时候，天恩天天追着他跑，两兄妹把母亲的厨房翻成一座山，把瓶子里的芝麻都倒出来吃掉了。很担心母亲责骂，天谢带她去院子外找了枯黄的狗尾巴草，在掌心里揉搓出一捧种子，形状颜色都与芝麻无异，重新装满母亲的芝麻罐。结果晚上姜太做了芝麻糯米糍。

那一顿打，真是难忘。天恩可怜巴巴在边上掉眼泪，央求不要打哥哥，结果姜太连天恩一起揍。后来每次吃芝麻如吃暗语，两兄妹都会笑得地动山摇。

天谢听到厨房里天恩叽叽喳喳的声音，如密密复蜜蜜，叠叠复喋喋的小雨，他竟踏踏实实眠在这瑟瑟的歌吹里了。

两兄妹和解，在周末开了天谢的二手吉普去山顶兜风，茂密的、长的、圆的、薄的、厚的叶子缝隙里看得见月牙一样的云片，那月牙的影子投在天恩的脸上身上，一层绰绰的梦境般的游曳闪动，天恩的睫毛如蛾扑翅，终于静静地如一尾鱼，在阴影下歇着了。这一切如此熟稔，如此可恋，而这种美只会有一次，永远不可重现或复制。简直可以让车子一路开下去，也可以在这一刻老了朽了不回头。

日子又恢复从前的简单平静。早晨起来天恩永远半闭着眼睛四面碰壁，双手懒懒的几乎要垂到膝盖下。姜太骂她，弯腰驼背的，将来谁看得上你呀！

天恩毫不客气地回一句，才不要谁看得上。

姜太恨铁不成钢地看着她在早餐桌前坐下，端起粥来吹气，敲敲她头，刷牙去啦。

天恩放下碗，又垂着双手荡去刷牙。

姜太朝她背影白了一眼，向天谢小声说，妹妹有没有找男朋友？

天谢囫囵吞下一口热粥，前胸贴后背地烫，咕噜了一声算作回答。姜太犹豫着说，你们也大了，该自己管自己的事。天恩呢，我知道她的心事，你是哥哥……不能由着她。

像一个小小的霹雳打在天谢身上，他心里乱糟糟的，找不出话来回答。他装作没听懂母亲的话，乱乱地去上班，实则母亲一石千浪，让他心神不宁。同事见他无精打采的样子，说给他介绍女朋友，不知什么心思，他便去见了。

女孩叫阿桃，如一支娉婷桃花，不是大手笔的泼红染翠，却有烟雾缭绕的清丽婉约。

他回家很认真地叫天恩来看阿桃照片，你觉得怎样？

天恩淡淡地说，很好。

天谢说，那明天你也见见吧。

好。天恩乖乖地回答。

第二天约在一家西餐厅。阿桃看着对面天恩紧紧贴着天谢坐着，喝天谢倒的水，吃天谢切的肉，她倒像个多余的。她细细打量，两兄妹长得一点也不像，她几乎要怀疑自己是个误入的大灯泡。

没话找话，阿桃说，天谢，你跟妹妹长得真像。

天恩亲亲热热把头伸到阿桃面前，定定地看着她，一字一句地跟阿桃说，好像要与她分享秘密，阿桃姐，我和我哥不是亲兄妹哦。

天谢尴尬地拉了拉天恩，天恩回头，仰着一张天真灿烂的笑脸看着天谢，既是撒娇，又是认真，回头来对阿桃说，我妈还没生小孩我爸就去世了，我们是我妈从孤儿院领养的哦，可是，我哥对我比对亲妹妹还好呢。

阿桃看着天恩，迷迷蒙蒙一双大眼，似笑非笑，那是双充满敌意和欢喜的眼睛。

女人的直觉能透视未来。当晚阿桃恨恨回家，把一段流光溢彩的夜色哒哒哒走成绝响。

好了，你又赶走一个了。天谢叹息。

天恩抿着嘴笑，把头钻到天谢肩膀下去。天谢将她头发一阵乱揉，揉成蓬蓬乱一堆鸡窝，像个无可救药的小可怜。小可怜就顶着这个鸡窝得意地走出去。

她和他并肩走，一路流转和闪烁的霓虹，像一盘交合的油彩。她故意慢慢走，四处看一看，停一停。天谢去拉她的手，她甩开他的手，又狡黠地笑。他突然有点儿恍惚，也有点儿失落，他觉得天恩变得他不认识了，不过他也说不上来哪里不对，可是觉得这样的她很好，像阳台上素雅棉布里飘着的水墨般的影子，像母亲种的四季含笑的花树，很可亲。这样慢慢走，遂越走越长，越慢。他看见天恩一脸的光彩，和那个乱蓬蓬的鸡窝头，竟觉得时间真慈善，真富裕，可以耽搁，可以流连，不必赶。

尖　哨

冯止予

我生于梨园世家，三岁练功，六岁进艺校，十二岁拿下全国越剧大赛少儿组金奖，二十一岁戏曲学院毕业，就职地方剧团，工花旦。三年后，随父亲同调省剧团，翌年，嫁团里头肩小生赵尘飞。

顺风顺水，一路繁花相送。我在这方面的福多了，另一方面的福就薄一点，我没有自己的孩子。男人说不在意，不能真以为他不在意，有朝一日他在意了，回天无力。

千古以来的戏本，莫非传唱人生，花无百日红，人无千日好。

要想婚姻稳固，孩子这根纽带不能少。四年前，从头牌旦的位置上退下来，自己把自己贬谪了，半工半休，一心待孕。

我今年三十七，很平静地面对现实，收养了一个孩子。

我第一次见小安，就觉得有眼缘，他的生日正是我与赵尘飞的结婚日，就像因着我俩的结合而来。小安的生母裴雯，抱疾方剧，送养手续全权交与律师代理。她离婚后，独自抚养小安，今年不幸身患绝症，想在生前给儿子找个依靠。何况裴雯是戏曲专业老师，半个同行，兼之她的不幸，我很快就签下了认养协议。

我觉得，有个"缘"字在。缘是什么，说不清，但它能解释一切的巧合、幸运，是妙手偶得，是意外之喜。除了它，再找不出别的字，能担当得起这一切。

小安到这个新家的第五天，发生了一件意外的事。

那时是傍晚，我摆好碗筷，正欲去喊他吃饭，阳台上突然迸炸起一串尖利的哨音。

猝不及防的，摄魂震魄一般。

小安含住一枚铁哨，满脸通红，颈部僵硬前伸，血管全暴突出来，似乎全身都在积蓄爆发。一声声高亢尖利的哨音拔地而起，像要撕破长空，震碎天宇，直达天庭。

嘘！嘘！嘘！嘘嘘，嘘嘘……

哨声越拉越长，越来越响，这一声似乎永远也不会停下，嘘——

小安！我被他的样子惊到，抢下了他的口哨。

似乎刚醒过来，小安慢慢看向我。人是回来了，魂还没有。

我是一个戏曲演员，最留意眼神。一身之戏在于脸，一脸之戏在于眼。看、照、眺、瞪、媚、瞟、转、斗，眼睛是先驱。小安那双眼睛，悲痛、绝望、无助，让我触目惊心。

初为人母的我，心里那份叫母爱的东西正在蓬勃生长，迎风怒放，但此刻，我意识到，我与小安的距离，看似咫尺，其实还在天涯。

晚上，赵尘飞回来，身上有酒气，我不悦。赵尘飞说，杨月吟跟吕岩开杠了，这争角之戏，自古以来长盛不衰。今天吕岩击鼓传梅，明天杨月吟就要曲水流觞了。

我劝他，这种情况你就不该去，要避嫌。

他笑笑，杨月吟这两年仗着名气，恃宠而骄，架子拉得比我这副团长还大。我就借这杯酒，杀杀她的傲气。

我道，她架子又不是冲你一个人来的，还有两个副团长呢，人家都没表态，你就不能放开头枪。两碗水不端平，到头来坑了自己。

赵尘飞笑，不愧是老团长的女儿，洞若观火。他抱拳作揖，拉起戏腔来，谨听娘子教诲——

我笑了，任他人前显贵，他是我的掌中人。

父母的四合小院，永远花开似锦、四季如春。院中一棵苍翠古榕，细密长须在风里轻扬，枝丫里悬着几个鸟笼，皆热闹地啼啭。树下一条老船木石槽茶案，已摆了瓜果糖食，茶盏香茗。右边一大块空地，摆满了兵器架子，刀枪剑戟、斧钺钩叉，无所不有，是父亲平日练功之地。

母亲笑呵呵地拢过小安的头，看了又看，对我感慨道，这人啊，真是讲个缘分，你总说这个没眼缘，那个也没眼缘，也许，小安这孩子才同你有母子缘分。

我笑，我正是这样想的。小安，叫外公外婆。

小安盯着鞋尖，没有开口。

这孩子，就是有点小家子气。赵尘飞说。

我有一丝不悦。结婚十多年，赵尘飞唯有领养小安这事跟我意见不合，他说年纪太大，怕养不亲。

他的话有道理，但是道理不管用。

父亲见小安拘谨，柔声抚慰，小安，我这里最好玩了，有小狗，肥猫，鸟，金鱼。你想跟谁玩？

小安沉默。父亲递给他两个塑料袋，这是鱼食，这是鸟食，去吧去吧。

小安像解了禁锢，马上朝鱼池去了。那是院隅僻静处，他喜欢独处。

赵尘飞道，性格也太内向拘谨了点，大概，没见过什么世面。

父亲手里转着两个实心铁蛋，发出嗡嗡的声响。他看着小安的背影，道，调不要太高，事不要太绝，评价别说太满，结论别下太早。

赵尘飞躬身递过茶，爸说的是，要是我有爸的智慧，也不会干了半辈子还是个副团长呀。

我看着父亲，但见他微笑不语，未接茶，手中继续盘着铁球，走到鱼池前，小安，数一数，看有多少条鱼，你给它们都取个名字，取好了来告诉我。

小安小声道，十八条，我都取好名字了。

父亲惊讶道，那你告诉我，它们都叫啥？

小安说，这个有绿线的，叫薇薇。这个银色的，叫霏霏。这个花的，叫楚楚。这个，叫依依。那条不喜欢动的，叫迟迟……

声音是一丝不苟的，不疾不徐。我心中软软一动，《诗经》学得这么好，孩子聪明，妈妈一定很优秀。

小安抿住嘴，不说话了。他的温和只有一瞬，稍纵即逝。

父亲示意我不再打扰，留下一方天地给他。走了几步又回头，小安哪，别喂太多食，这鱼啊，别看它长得漂亮，最贪心不足了，你给多少它吃多少，胀死方休。

我心里一跳。我既了解我的父亲，也了解我的丈夫。我知道父亲话里的意思，一时怅然若失。

等赵尘飞不在，我问父亲，你看小安这孩子怎样？

父亲望向窗外，一只白猫，烟视媚行地走过，蹿到那茶台上，旁若无人地打盹。良久，父亲回过头来，答非所问，领养小安是你的决定吧。

我说，不管谁的决定，这么大的事，我与赵尘飞总是商量过的。

父亲却沉默了，良久拍拍我的肩，道，止予，好好带着这孩子吧。

母亲把一杯残茶泼到树下，轻轻说道，赵尘飞说得也对，他都快四十了，你也该推一把，等你退休了，到时人走茶凉，事就难办了。

我的父亲冯敬林，工武生，人称"活吕布"，他演的吕布，唱起来声如洪钟，满宫满调；打起来快如闪电，技压梨园。我不喜欢这个外号，吕布有骁勇之威风，却无英奇之谋略，我的父亲聪明睿智、善谋善断，比其更胜一筹。较之母亲，我与父亲的感情更亲密。女人的感情，总是始于崇拜。

父亲笑笑，撮嘴逗弄起笼中鹦鹉，手中两只保定球，嗡嗡顺转逆转，也满怀筹谋似的。良久，他回头对我母亲道，你得帮我把这笼子关紧咯，这鸟啊，心在天外，别到时一飞冲天，再不回来了。

下班回来，听到厨房里哒哒的切菜声，一时恍惚，我竟忘了迈步。赵尘飞对我好是好的，嘴巴好，手脚是懒的。要吃他一餐饭不是没可能，但我吃的不是一顿饭，而是一顿话。谁出于幽谷、升于乔木，谁鸾飞凤翥、扶摇直上，他的话题常年不变。他讨好我的舌头，通过我的舌头，向我父亲传达滋味。

今天不是他。小安背对着门，正在厨房忙碌。身旁的盘里，有切好的西红柿，砧板上有萝卜丝。刀工并不工整，可见他并不擅厨艺。

看着小安笨拙的样子，我知道，一定有人对他说，小安，你要讨新爸爸妈妈开心，要做好功课，要帮他们分担家务，要听话，要乖，要让他们喜欢……急急的，在临终前，泪雨纷飞地一遍遍嘱咐。

父母心。我暂时还不很懂，但已经懂了一些。它使人心酸。

他还是一个孩子，连自己的心情也顾不上，还要去讨人喜欢。

有意赞美小安，饭桌上我对赵尘飞道，今晚的菜是小安切的，刀工比你好多了。

赵尘飞点头，嘴里一口饭，模糊不清。他吞下饭，对我道，团里人事变动，听你爸说起过吗？

小安失望，低头吃饭，不再看他。

我慢下咀嚼，夹菜给小安，小安，多吃点。

饭毕，我叫住正要进房的小安，递给他一片水果，来，坐这里看看电视。哎呀，你看，爸爸上电视了。

电视里，孤儿院的孩子看一台慰问演出。赵尘飞接受采访，手臂拢抱着两个孩子，深情款款：我们带来这一台节目，希望孩子们知道，全社会都在关注他们，陪伴他们成长，与他们的心紧密相连，我们都是他们的爸爸妈妈。以后，我们团还将继续开展多种公益活动，要让青少年感受戏曲艺术的魅力，将祖国的戏曲文化发扬光大……

小安站起来，悄无声息地走进了自己房里，那个背影很孤单。

我说，你最近总抛头露面，风头很足啊。

赵尘飞道，哪里比得上赵家生，他联合电视台，搞了几个赛事，带着一帮选秀新人，闹得轰轰烈烈，这家伙最滑利。还有李长歌，拉赞助拉得呼呼响，真以为自己是个财神爷……

我的声音冷下来，人家做的都是本分。

赵尘飞哑了一哑，这是你爸说的？

蓦然一惊，原来他关心的不是我的看法。

我对他的话题，失去了往日的耐心，我看着小安的房门说，孤儿院需要你这个爸爸，你自己的孩子，也需要你的关注。

赵尘飞轻咳一声，家里有你，我放心。

我曾钦慕他那张嘴，唱起来让人目眩神迷，说起来让人魂荡魄醉。

但今日，却觉得有些寡淡了。我张了张嘴，想说什么，放弃了。

有你我放心。是放心吗？明明是不在意。

收养小安，我情真意切，渴望建立一个稳定的三口之家。曾经是两人世界，见他所见，闻他所闻，自己的世界，和对方的眼睛一样小。小安的到来，让我有了更广阔更客观的视角，而这个视角的所见令我很不安。

原来，人的烦恼，是解除了一件，会再来一件的。

这个秋天很反常，阴雨不断，蚊虫也多起来，壁柜里散发出霉味。赵尘飞不喜欢樟脑丸气味，我沿袭母亲的习惯，用香茅油擦拭家具。在小安的衣物底下，竟发现一张《白蛇传》的影碟，生角是赵尘飞。

待赵尘飞回来，我将碟片放在桌上，用手指捺至他面前，这是小安妈妈的遗物。

赵尘飞大惊，这是十几年前的东西了，她怎么会有？

我说，莫非裴雯认识你？

赵尘飞也觉疑惑，听说她以前也在剧团工作过？

是的，不知是哪个剧团，资料上并未提及。

赵尘飞道，大概唱得不怎样，但凡红角，我总认得的。

我说，这张影碟市场上早就没有了，却是她的重要收藏。所以，她可能认识你，也可能是你的戏迷。我想，裴雯将小安托付我们，应该不仅仅是巧合。

你是说，她有意为之？

我沉默，我并不确定，只是有此一念。也许裴雯故意为之，不过是表达对赵尘飞的仰慕，替小安博好感。她是戏曲老师，收藏影碟也在情理之中，但正好是赵尘飞，又是十多年前的老影碟，不能不叫我多心。有人说，世上的巧合，其实都是用心良苦。

我顿了顿，指指碟片上白素贞扮演者的名字，道，倒是很久没有她的消息了。

赵尘飞沉默，喉结骨碌滚动两下，淡漠地嗯了一声。

我说，凭她的功夫，莫说唱成名角，消息总会有的。消失得这样干净，真是可惜了一副好嗓子。

赵尘飞道，谁凭一副嗓子就红了的？

我说，她那嗓子坏得真蹊跷，也不知后来怎样了。

都不作声了，各有各的心思，然而此刻，他的心思难猜。

正如赵尘飞所言，争角之戏，自古以来长盛不衰，且得看天时地利与人和。我不能不承认，身为本地演员，更是团长女儿，即便天时难料，却占尽地利与人和，不用我去争，自有人捧着来奉上，我不过顺势而为。但多年过去，对手竟淹于人海，杳无消息，我心里生了愧怍。

谁凭一副嗓子就红了。

追溯他这句话，意味深长。我看向赵尘飞，他没有表情。没有表情的人，内功皆深厚。倘若我与赵尘飞争角，我不见得是他对手。

一直沉默着的小安，突然噌地站起，过来拿了碟片进房去，将门重重关上了。

赵尘飞发起火来，你得好好教教他。

我的声音冷下来，我没觉得他需要我"好好教"。

我想起今天的事来。

母亲打开那红锦织金的盒子，是一副白底金麒麟的景泰蓝健身球。她对父亲道，赵尘飞也是费心了，这个是为你定制的，比一般的要大，要沉。

父亲也没朝那盒子里看一眼，他伸出自己的手，那是一双老武生的手，手掌阔大，关节暴突，似乎能一掌擎起江山，也许那手上还暗含命理。他道，这双手太粗，配不起那样华贵的东西。

我尴尬至极。赵尘飞一路升迁，过去我亦是勤奋铺垫的。今天托我传递人情，我虽知他用意，却也感念他的用心，岂料父亲如此反应，也叫我生气。我心中既羞惭，又酸涩，竟不能出一言以复。

回来，待赵尘飞问起，我模糊回答，好事不在急中取，以后再说吧。

赵尘飞道，明天都没了，还以后？他不为我想，你怎么也不为我想呢。

我生气了，谁都在为你想，你看不到吗！我急流勇退，不也是为你？

赵尘飞道，谁要你退了，我要你退了吗？

人在情在，可是他不领情，这便是世事无常。我道，这些年你连番升擢，不是我爸在捧着？我不退下来，难不成要授人把柄，说剧团是冯家天下，官官相护，鸡犬升天？

他拍胸脯，拍得咚咚响，我是凭自己本事！

这一刻他是如此陌生，我为他脸红。

我不再说话，心里已经灰了。

父亲的话，这时在耳边响起，止予，于公于私，我都不会举荐赵尘飞的。于公——我不说你也明白。于私……

父亲停了停，似乎在斟酌字句，最后说，于私，为他，也为你。我怕他险险爬上去，到时重重跌下来，前功尽弃。你呢……我怕到时他重了，你的秤砣就轻了，压不稳这杆秤。

父亲的话，不敢一语道破，怕我多思，却不知，他的担忧与我不谋而合。

一霎时把七情俱已昧尽，参透了伤心处泪湿衣襟。

超市里，我在几排五彩时蔬前徘徊，怔忡半日，放弃。踱至冷柜，那里摆满了半成品的盒装菜，胡萝卜丝配以瘦肉，蒜苗配牛肉丁，菌菇佐鸡胸肉，皆颜色分明，像日子本有这么好看似的。想起小安应该多喝汤，我买到筒子骨配莲藕、鲶鱼豆腐。塑盘一角，分以几槽，配以姜丝蒜粒，还有薄荷。我无比赞叹人类的生存艺术，在生活上投注的热情令人震惊。这些年我以为对生活越来越熟悉，岂不知熟悉的范围在逐渐缩小，熟悉的人和事物在逐渐凋逝。

想起第一次做饭，还是与赵尘飞恋爱时，那时我偶尔尝试简单菜式，他从后面抱住，手伸进我的衣服，于饭前来一场健胃消食运动。那似乎是很久很久之前的事了，久渺到我不去想，便似乎从来没发生过。那些心神摇荡的日子，像烟雾一样飘飘荡荡就淡去了，散去了。我不禁为往事油然生起悼亡伤感。

从超市出来，门口发传单的女孩挡住我，您好，请问需要帮孩子报培训班吗？

我站住，什么培训班？

您孩子多大？

十二岁。

声音竟是得意与自豪的。是的，我是一个母亲。

母亲来了，一边从篮里往外拿东西，一边道，上次小安过来，我看他连吃了几个青草团子，想必他喜欢。我来做给他吃。

碧绿的艾叶汁渗进糯米粉，再包上浓稠的赭红豆沙，清新软糯，小安果然吃了很多。母亲坐在小安旁边，笑容煦煦的，满脸慈爱。我心中一动，想起小时候，我若爱上什么吃食了，母亲都去学了来，做给我吃。如今，她又疼着我的孩子了。母亲是唱评弹的，小桥流水赠她以清丽沉静，弦丝雅韵赋予她温柔典雅，一曲《三笑姻缘》俘获了父亲的心。母亲生下我之后，就息了演，几十年来铅华洗净，任劳任怨。

我鼻子一酸，原来，我也渐渐像母亲了。

也许，女人都是做了母亲后，才爱上自己母亲的。

晚上，我给小安检查作业，赵尘飞突然冲进来，将小安一阵推搡，大声说，你疯了吗？

我把小安解救过来，说，你别吓着他。

赵尘飞将一张照片摇得呱嗒呱嗒响，怒吼，看看他做的好事，他这是在咒我死吗？没良心的家伙，我亏待他了吗？

我捡起一看，是一张《白蛇传》的演员合影，被剪碎了，留下一个仓皇的大窟窿，剪刀从赵尘飞的脸上斜斜压过，他只剩半边脸了。即便心惊，我还是护着小安，一张照片，至于吗？

赵尘飞道，你看不出来吗？他对我根本没感情，别人的种，养不亲的！

又尖刻又残酷，我如鲠在喉，说，他前几天还做饭给你吃。

那是他曲意逢迎，心里并不乐意，你看他有对我们笑过吗？

我摇摇头，赵尘飞，你过分了。如果是你，这么小失去爸爸妈妈，你会开心吗？

他有爸爸！他又不是孙猴子。他怎么不去找他亲爸爸啊！

够了！我暴怒。

小安瞪着赵尘飞，眼眶发红，道，你就是我爸爸呀。

我呆住了。赵尘飞也吃了一惊，大概这句话也打动了他，他口气软下来，你想做我儿子，就改掉这些毛病。以后，别再到我书房里去了。

"啪"，小安把手中的笔狠狠一紧，竟折成了两截。眼里的泪，却始终不肯掉下来。

赵尘飞眼里的神色，与其说是愤怒，不如说是害怕。愤怒源于对自己无能为力的恐惧。

他在害怕什么？

我约见从剧团人事部退休的梅姐，竟得到了一个震惊的消息。

梅姐说，我查过了，团里确实有过一个叫裴雯的女演员，不过她一直用艺名，要不是我查了人事档案，她本名只怕真没人知道。不过她十多年前就离开团里了。

她哪一年走的？

十三四年前吧。你来的时候，她都走了一年多了。

她为什么走？

具体原因我也不清楚，也许是争角吧。本来她当时是挑梁角，该她演白素贞，后来演小青了。

那她和……那个头肩旦关系怎样？赵尘飞的名字在舌头一转，生生被我吞下。我知道，任何一点模棱两可的含糊表述，只要一字一词，都能让别人扩充成累牍长篇。

梅姐道，这个真不好讲，面上一点也看不出来，可是，彩排也排了，录像也录了，临近春晚，她就撂了挑子，离开团里了。我看，那肯定是心有不甘，故意拆台呗。

梅姐突然一惊，你为什么突然问起她？

我笑笑，有人着我打听一下，说是不知道她现在在哪里。

梅姐点点头，无限感慨，是啊，不知道，她好像跟团里人都没有联系的。铁打的戏台，流水的演员，有的人一走，就杳无音讯了，生死都不晓得的。

208

无数疑问，都不便细问。然而，裴雯的电话已无人接听，没人能给我一个答案。

闻此消息，赵尘飞如遭雷击，惊讶道，怎么可能，这不可能。我跟她都十三四年没见过了，她怎么可能把孩子……她原名裴雯？

赵尘飞的震惊是真的，他的话也是真的，不论从时间上，还是从梅姐与赵尘飞严丝合缝的说辞，小安确实不可能是赵尘飞的孩子。危机解除。我暗嘲自己，戏唱多了，连自己也会编了。但我也不肯做糊涂人。容不容得了，放不放得下，跟糊不糊涂是两回事。

不妨开门见山，我问，你们有过特殊的交情吗？

你什么意思？领养小安是你的决定哪。你以为，旧爱？私生子？吓，女人！

他分明在抗拒，语气里全是恼怒。只是，又何必？

他突然头一转，你在干吗？鬼鬼祟祟的，出来！

小安从玄关走了出来，一张惶惶的脸，嘴角塌着，不过也许是伤心，我们用这样的口气谈及他的母亲。

赵尘飞的反应令我失望。旧友临终托孤，定是殷殷期待，望他垂怜爱护，他却语言尖刻，态度冷漠，她若有知，该是死不瞑目，悔自己所托非人。

果然，他不是会念旧情的人，我感到心寒。

他似乎意识到自己失态，俯下身去，稍降辞色，小安，妈妈没教过你，偷听别人的话是不礼貌的吗？

小安把脸侧向一边，他的眼里有了恨意。

我让小安进房，然后道，别装了，你们若关系正常，她就会亲自将小安托付你，绝不会处心积虑隐瞒自己的身份。

任他呆住，我不再听他辩解，转身离去。

我想快点睡着。睡着，这一天就过去了。但是，这一生，还是难。

却听到隐隐的哭声，细若游丝地传来。我起来，推开小安房门，只见小安猛地翻身坐起，赤着脚，噔噔往外跑。

我一把拖住他，安抚他。他只是一个劲挣扎，口里发出呜呜的挣扎喘息声。

小安抬起头，泪流满面，她死了，是吗？

闻此言，我全身僵住。

小安一脸泪，她死了，刚才她在梦里告诉我了。

母子竟情深至此，能生死感应。我无比震动，不知是感伤，还是感动，竟有些羡慕死去的人。我是爱着小安了，却不知道他的爱，是否来日可期。

这一夜，我留下来陪小安。看他双眼肿成了桃子，那泪水还是流不完。我伸过手臂，将他拢在怀里。十二岁，快要赶上我的个头，却还是个孩子，那样仓皇可怜的，不晓得该怎样疼他，只能抱着他，更紧了一点。

小安突然说，我想回去。

我静默着。满心期待的一家三口，三口是三口，横竖多出一个人来。像是多了一个第三者，我像脚踩两只船，收回一只脚，便失去另一只，实在无计可施。倘是几个月前，我不一定留小安。

可是如今，我竟放不下。

一半因为自私，喜欢就是自私。一半因为，他能去哪里？

蓦然发现自己变了。心大了，心也软了。

我问小安，你还有哪些亲人？

也许我的拥抱，使他对我信任了些。他说，我不知道，我妈是孤儿。

心里像被一把剑，狠狠刺了一下。为小安，也为他母亲。当她知道自己再不能陪伴孩子，茫茫人海竟无从托付，该是怎样的凄惶无助。那，小安爸爸呢？

我问，小安，你爸爸妈妈为什么离婚呢？

小安脸上的神情错综复杂，过了很久，他冷淡地说，他打我。

又是一惊。一切都在情理之中，一切又那么意外。竟是因为如此，一个十多年前的旧友，就成了唯一的寄托，竟是这样的苦衷。竟是这样的不幸。

我对小安道，小安，你哪里也不要去。妈妈要是知道了，会担心的。

小安不说话了，他还太小，不晓得如何将自己安置。

等他平静一些，我问，妈妈为何要隐瞒她是谁呢？

小安咬着嘴唇，终于说，她怕你不高兴。

我知道了，果然如我所猜。

艺人为了出名，没人会公开恋情，问也问不到的。但我猜，不外是年轻时的郎情妾意。即便他们曾经是那如花美眷，如今也负了那似水流年，急景凋年地去了，若变成他的苦衷我的苦水，作茧自缚，倒是我不聪明。

世事含糊八九件，人情遮盖两三分，是我愿意，不是我糊涂。

小安见我不语，轻声道，你会不高兴吗？

我想了想，道，小安，女人的心各不相同，但妈妈的心，都是一样的。

此刻，我的心竟是如此深沉而宁静，我对小安说，妈妈怕我不高兴，是怕我不会喜欢你。妈妈爱你，我也爱你。

小安眼睛浸在泪水里，睫毛簌簌乱抖，终于忍不住，迸发痛哭。

约一个月后，我打扫小安房间，书里掉出一片硬纸，捏起一看，大吃一惊，竟是小安上次剪坏的照片，原来他并不是要剪破赵尘飞的脸，而是剪下了合影中的其他两个人。

她们亲密地并排站着，旁若无人地笑着。

她们不知人间变故，犹自笑着。

我将照片放回原处，正欲回房，突然，似有一道闪电照亮了我，我赶忙翻开书，再细细看那照片，那照片中的人，似乎活过来，就在我眼前，盈盈一笑，万千衷肠。

我只觉五脏肺腑，被一双手狠狠撕扯起来。

我回到书房，无心开灯，将自己置身于黑暗，一个无底深潭，我沉下去。一切，不清不白，一切，无头无尾。一个疑问在这黑暗里冉冉升起，一个秘密即将穿透迷雾冰轮乍涌，我有点儿恐慌了，只觉危机重重，惊心动魄。

原来，也许不是个"缘"字，倒像是个"命"字。

缘来是福，命至是祸。

扭头看向阳台，小安趴在阳台栏杆上，安安静静看着夜空，十六楼外的夜空斑斓而神秘，将小安的心事托付得很高很远。

他在想什么？

突然，一个身影出现在阳台上，他悄无声息地走到小安身后，像一个幽魂。

紧弦急管，响锣密鼓，我几乎要晕厥。

我朝阳台上跑去。

书房窗户对着阳台，却并不与阳台相连，需要出了书房，经过甬道，再绕过客厅。

这一段距离，竟似有一生那么长。

也许，这一路，就把这一生走尽了。

黑夜浓烈，溅了我一头一脸。

赵尘飞

真的，我不喜欢这个孩子。

冯止予怪我不喜欢，这道理不能成立，亲父子也有形同陌路的，更有反目成仇的。

何况我与他毫无关系。

何况他也不喜欢我。

只是，毕竟这样了。大局已定。

何况冯止予喜欢，岳父岳母喜欢。

何况我得讨她们喜欢。

喜欢，不喜欢，谁能做得了谁的主，到死也没法子分配妥当的。

小安经过我书房，脚步放慢，眼睛盯着书房对面的玻璃门，里头映出人影。那是他的小秘密，以为人不知。我不喜欢他的偷窥，拆穿他，你在看什么？

小安收回眼光。

我道，过来吧。你想看什么书，自己去拿。

小安在书柜前流连，我细细打量他，椭圆脸，高鼻梁，眉毛还淡，眼睛却黑，眼角一颗淡淡的泪痣，刚哭过似的，让我微微一惊。书柜玻璃上自己的影像，瘦削长脸，额头宽阔，细长眼，高鼻梁，是一张不同的脸，一张好扮相的小生脸，这张脸涂抹上油彩，是很有派头的。

小安的目光撞上我，慌慌逃开。原来他也在偷看。

他如此喜欢偷窥，令我不悦。

不久，他找到一本相册，里头是演出剧照，也有一些报纸杂志上的图片剪纸。他被吸引了，快速翻动页面，一双眼睛急急转。

见他看得仔细，我走过去，指着那上头道，这些，都是我的演出照，你看，这是全国青年曲艺大赛，我演宝玉，这个是戏曲频道的春节晚会，这个是我给戏曲新星颁奖……

一路翻下来，自己也感慨颇深，真的，这条路走了这么久了。论出身，我比不得冯止予，她是梨园世家的嫡传子弟，又是戏曲学院科班出身。我呢，我幼时唱天桥和戏棚，开锣戏，或垫场子。后来跟着师父游走水路，接社戏，唱祠堂。采采流水，是别人的流水，蓬蓬远春，也是别人的远春，我们只有露宿风餐六百里，笛声吹乱客中肠。

那日，师父唱"金箭盟"一折，正唱到"仿佛是山雨欲来风满楼，潜流滚滚势头凶……"

台下，一颗核桃砸上去，兼之砸上一句，衣服上都冒天窗眼了，还演个皇帝老子，我看是丐帮小子吧。

观众哄堂大笑，有人出丑，这出戏便更好看。人人爱看戏，只要戏演的不是自己，戏就永远好看，永远不会过时。他们饶有兴致地围观，并为之摇旗呐喊。

师父满脸油彩，赤红青白，看不出底下颜色，但那嘴角是塌了，一跳一跳的，像斩了半截的蚯蚓在垂死弹跳。

我别过脸去，不敢看。

因着忍辱，师父的声音倒更响亮了：离宫墙，出牢房，山山水水天地广，东西南北任飞翔……

那声音在我耳里，是成王败寇的悲怆壮烈。

否极泰来，后来我被大戏班相中，又被剧团选中，半路进修，一路栽培，一步一步踏向锦绣。那时我才见识到，剧团里演完，戏迷们会来后台捧角儿，跟演员打招呼、道喜、送花篮，还有要签名的，我惊羡看呆。轮到自己首次挑头肩，彩声四方八地涌过来，后浪盖前浪，把我浮到了半空上，真是从古到今天上人间，第一件称心如意的事。今时不同往日，不同往日了！我听见自己的心，在呼啦啦扇动翅膀，渴望飞上那碧霄青天最高处。

我要定了。声名赫赫当今一小生，五彩斑斓大好前程，我要定了！

赵老师。赵副团长。

可是还不够。

相册继续翻下去，突然我顿住。那是一张《白蛇传》的演员合照，许仙、白娘子和小青并肩笑着，花样的年华。我将影册一合，只觉今晚的时间被一个孩子谋杀了，我道，不早了，去睡吧。

小安一只手压住，影册没能合上。他眼神煦煦地盯住照片，神魂迷醉，脸上神情复杂。

我惊讶道，你认识？

小安点点头。

你怎么认识？

小安道，这是白娘子和小青。

我说，对，这是《白蛇传》的定妆照。

我将相册一合，"啪"地轻轻一响，远的，更远的，都付了那流云散去，此刻这天地中，唯有一个今天，而今天看起来尚且未坏。

看得出岳父冯敬林很喜欢小安，一得空，他便时时要我送他过去。

我在院子里候着，待冯敬林出来，我忙起身迎迓。只见他着白布衫，青褂子，袖子翻出一截白，大裆黑裤下，一双青口布鞋。他叉腿站着，手中盘着一对实心铁蛋。武生的威风，不减当年。老头子没换上那套景泰蓝健身球，我感到讪然。

见小安来了，他心情大好。小安来了，快来快来，外公教你耍花枪。

老头子那张石头脸，此刻竟像活过来，褶子像水波荡漾，我感觉唯有此刻，他甘心服老。

我心里有隐秘的畅快，小安的到来，时时可提醒，他们冯家是欠了我一笔的。她们企图弥补，但这笔债，小安还不了。

我道，爸想教他学艺吗？这是多大的福分，别人求也求不到，小安快谢谢外公。

冯敬林道，别忙着谢。小安都十二岁了，先问问孩子自己想不想学。

小安垂首站着，缓慢却坚定地摇了摇头。

冯敬林道，小安，想好了？

小安点点头。

冯敬林道，行，不想学就不学，人各有志。那外公教你防身术好不好？

小安想了想，点点头。

冯敬林撤下外套，走到院中热身，先上一通飞腿、旋子、扫堂腿，再来一通吊毛、抢背、翻连环，皆沉稳矫健，虎虎生威。老头子年逾花甲，已届退休年龄，却没有一日不练功，团里人人以他为镜。这一点，我也很佩服，我料定他是退休不退台的。

小安眼睛看直了，冯敬林道，你先扎上十天半个月的马步。等你腿生根了，身子摇不动了，外公再教你别的。他将小安的动作矫正了，道，以后周末过外公这里来，外公教你武功，练成个小胖墩。

小安高兴，一边扎着马步，一边重重点头。

冯敬林这才走到榕树下来，端起茶，用杯盖轻拨茶叶，喝了一口，道，老啦，这腿脚，没以前利索了。

我道，康少易老师七十余岁不废演出，王金璐老师八十九仍扎靠登台，爸，您身体硬朗，老当益壮，定能比他们更胜一筹。

冯敬林笑笑，尘飞啊，过了年，你也四十了吧。

我说，是啊，年纪一大把了，可惜一事无成。

你这就叫年纪一大把？三十多岁的副团长，全国也不多啊。

我站起来给他续茶，道，全靠爸的栽培，我心里感激不尽。

团里重要的人事任免，冯敬林虽无权一己定夺，但凭老头子的业内威望，以及他在政界及文艺界的深厚人脉，他若鼎力举荐，自然振臂一呼，应者云集。就看他肯不肯抬起那只手臂来。

冯敬林顿了一顿，复将那双铁蛋盘转起来，道，尘飞啊，咱唱戏的，有刷子没刷子，十三块板上见真假。凭自己本事上去，这才墩得住底。你这些年平步青云，逐日追风，树了一些敌，这马步还未扎稳，想升官，再等个十年，也不迟啊。

十年！我脸上平静，五内如焚。小心翼翼道，就算等十年，只怕也险险脚。赵副团长和李副团长，浪头大，面子宽，我比不得他们滑利，只怕到时，白白给他们当台阶呢。

当台阶？冯敬林道，我年轻时，血汗铺地，身上骨头怕没折过上百次，三十个连翻跟斗，两三米高云里翻，几个做得到？可那时莫说挂牌，演员表里名字都没有！我怕过当台阶？不肯给人当台阶，骑着骡驴思骏马，官居宰相望王侯，就不要混这行！

我见他动了怒气，马上答，爸说的是，不经寒霜苦，哪得梅花香。这台上我也站了近三十年，这道理我还是懂的，不敢懈怠。

冯敬林道，赵家生和李长歌，他们两个比你年长，做事稳扎，经验足，你要多向人家学习。

又来了。我最讨厌老头子这副正气凛然的大将风度、不以物喜不以己悲的慷慨胸怀。唬谁呢，干这一行的，谁还没蹚过三五条河，那站不住脚的，早随了那东流水，浪打水漂地去了。蹚过来的，挟沙挟泥，谁又比谁干净。

然而，我暂时还硬不起腰杆，老头子一页笼门，我六面无出路，此刻绝不能洒汤漏水，只得隐忍。我说，是，那当然那当然，以人为镜，互学互补嘛。

互学互补，我没有说自己不如人。这一行，谁肯认输呢，自己不拎高自己，谁都可以踩两脚。世上的好东西，除了酒，谁肯别人比自己多一点。

冯敬林似乎看透了我的心思，偏偏刺我，互学互补，你呀，还远了七八只脚嘞。

这话像一只耳光。锣鼓未歇，幕布未落，戏还得演下去，我佯装笑脸，生生受下这句话。待得出了门，登时把张脸挂下来，怨气翻滚。我走到弄口去开车，此时中午，我看见自己的影子，矮矬矬地走在自己前面，卑躬屈膝的样子。我朝自己的影子啐道，狗！

车头一倒，拐了个弯，驶入大道，逢着红灯停下来，依旧思绪难平，那怨懑之气，从脚底，从手心，从脑门，四面八方地冒出来。

一掌拍在方向盘上，我骂道，油盐不进的老东西！

猛然一惊，记起还有个人，回头一看，小安正用阴郁的眼神盯着我。

背运！背运极了。从什么时候开始的？

我瞟一眼后视镜，这一看，吓了一跳，我竟然看到一张熟悉的女人脸！

心魂俱飞，猛一回头，却是幻觉，后座只有一个冷淡着脸的小鬼。

小鬼。我心里涌起一种憎恶，都是这个小鬼，自从他出现，我莫名心神不宁。且诸事不顺。

他若不来，他们就永远欠着。

到家，我把自己丢进沙里，打开电视。电视里在说台风登陆，福建街道的大树被连根拔起，倒成一地凄然惨状。调台，九十岁的老红军泪水涟涟，寻找昔日同生共死的老战友，他至今保存着战友送的怀表。再调台，朝鲜族凡喜庆之日必食打糕。将糯米蒸熟，用木槌反复捶打直至黏润，香甜软糯的打糕配合清新爽口的辣白菜，就成了最完美组合。

完美组合。世上哪有完美组合！

偏偏冯止予回来，第一句话就是，你知道裴雯是谁吗？

我惊讶道，你是说小安妈妈？

是小青！

一头雾水，我问，什么小青？

可是我突然明白过来，惊道，怎么可能！裴雯怎么会是小青！

然而又恍悟，怎么不可能，那时候，她确实用的艺名。她本名叫裴雯？猝不及防的，一半震惊，一半不肯。一径摇头，绝不可能，一定弄错了。

你好像不愿意小安的生母是她？

我只是觉得意外。

老——朋友的孩子，不是更亲，更好？她说。

她的神态，她话中的停顿，皆意味深长。十多年不见的女人，面不露、声不响送了个孩子过来，这实在是件匪夷所思的事，不能不令人浮想联翩。真是荒诞，屋漏偏逢连夜雨，在这种非常时期。我抱怨起裴雯来，女人永远不懂，最好的分手是永远消失，老死不见。痴缠不舍最可恶，红玫瑰也成了蚊子血。要说交情，早没了，只有交恶。她会打出什么牌来？好在，翻了底牌，小安来路分明，我反而放心了。

只是，却也难免成为一根刺。我不得不去解释，说，我真不知道是她，我们近十四年没见过了。再说，我同她，也不是什么老朋友。同台唱戏，曲终人散，哪有那么多特殊交情。我估计她实在无人托付，才想起我这个……老同事来。

冯止予的眼神凌厉起来。但那凌厉一闪，像鱼儿摆了一下尾，倏尔远逝了，她不是显山露水的人，我还猜不透她的心思。她突然一笑，我没说不信，你何必心虚。

我惊诧地看着微微笑意的她，感到一种尖锐的寒森，她是在窥探我吗？

我突然一惊，她怎么知道裴雯就是小青的？她再去查小安生母，有何必要？

她查我？她查我！

冯止予既精明又玲珑，任你燎原火，她有东海水。倘若她是戏中人，如果是主子，她是宝钗，不会是黛玉，如果是奴才，她是袭人，断不会做晴雯。她既不会为小事伤筋动骨，亦不会为大事玉石俱焚，取舍有度、进退有余，最懂得求周全。但她到底顺风顺水长大，少了阅历与打磨，心计不会高过我，但或许再过十年，毋说我，同她父亲也有得一比。

我突然转过头，厉声喝道，你在干吗？鬼鬼祟祟的，出来！

小安慢慢走出来，脚步轻，眼神却重。这是双充满敌意的眼睛。这双眼睛，这张脸，像他妈妈吗？不像。不过也许，也许是像的吧，所以才觉得有点眼熟？但冯止予的脸色已经难看了，我需要扭转乾坤。我放柔语气，小安，妈妈没教过你，偷听别人说话是不礼貌的吗？

冯止予却挡在我面前，对他道，小安，回房去吧。回头冷冷对我道，别装了。你们若关系正常，她就会亲自将小安托付你，绝不会处心积虑隐瞒自己的身份。

说完这句，她转身离去。我站在那里，魂也飘了半个，梦似的。这真是一个谜。

往事起死回生。那个叫裴雯的女人在明，我在暗，她看得到我，我看不到她，让人这样不安。我感到一阵寒冷，从脚尖开始，攀升到脑顶。这一夜，轮到我无眠，身回十多年前的恩怨是非，小女子一双泪目，仔细诉说从前，声声旧曲如鹃啼。黑夜屏息了，时间像念珠一粒一粒捻过，超度前尘，改朝换代。我又听见自己的辩驳，你别怨我，你别怨我，年少的事，不过是走走瞧瞧罢了，几桩寿终正寝呢。

年少的事。

如果把日子从头来过，也还是这样走的。

翌日，冯止予给小安请了假，带他去爬山。她早就做足了准备，吃穿用度皆齐备，还新买了帐篷与吊床。她什么时候做的这些事，我浑然不知，也许她计划已久，只是提前了行程。她出门时才问我是否同去，好像我可有可无。

于男人，实在有太多事情可有可无。

于我，可无八千里云和月，不可无三十年功与名。

人事任免的消息铁板似的，半点风声也没有，众说纷纭，莫衷一是，然而都不算。多年储才养望，在人间这座八卦炉里苦心修炼，求的就是那驷马乘风，经营八表的快意人生。还未到手，怎有心情去吹风。

一个普通人，如果活得够长的话，人生应是这样的三等分，三十岁之前卧薪尝胆，六十岁之后颐养天年。这中间三十年当背水一战，建功立业。四十岁是一个坎，倘若此时还爬不上，前景也不过是冷锅炒剩饭。我今年三十九，荣辱福祸，就在这几年。我不能等白了少年头，空悲切。

剧团门口见到李长歌，他平时很少在团里出现，这段时间也跑得勤快。我道，恭喜李团长又拿下了一笔赞助，辛苦了。

李长歌笑道，身在其位谋其职嘛，你看赵团长，他们筹备已久的戏曲电影也要开拍了，大家都辛苦了。

我心里冷笑，他这句话，完全抛开我，不但肯定了自己功劳，还拉上一位同盟，更暗讽我没有实际成绩。

文人相轻，艺人相贱，同行同行，金杯共汝饮，白刃不相饶。

不饶人的还有时间，这四十年一眨眼就完了，然而这一日一日又何其漫长。

冯敬林难得主动打来电话，过来吧，有话跟你说……带上小安啊。

止予去超市了，我去接她，马上过来。

止予就不过来了吧。

我心里一惊，避开女儿，老头子有何用意？

进了院子，见笼里一只鸟在拼命扑腾，似乎要将自己撞死方休。我瞪着那只鸟，鸟也瞪着我。一只暴脾气、庆气重的鸟，不服被人驯，奈何虎落平阳，只能瞪着眼来表达自己尊贵不屈。

小安也久久看着那只鸟，似乎神鬼附体，他一抽笼搭子，笼门咔哒弹开了，那鸟激动得羽毛竖起来，瞪起圆眼机警看了看，马上窜出来，转眼就扑棱棱地飞不见了。

我狠狠敲了他一记，暴怒道，你犯浑！

谁犯浑？冯敬林出来了，叉开腿站在台阶上，盖世英雄一般。

他一瞅那弹开门的鸟笼子，慌慌几步跑过来，真是鸟飞了。他转头，看到慌乱的小安，挥一挥手，飞了就飞了吧，去的让它去，要留的自会留。

又招了招手，来，小安，跟外公练练。

祖孙俩比划大劈叉，一字马，练了会乌龙绞柱，鹞子翻身，又对打了几路拳。

个把钟头将过去，我有些烦躁起来。

终于听冯敬林道，小安，不错啊，进步这么大，外公都快扳不动你了。赵尘飞，看出来没有，小安是块好毛坯啊。可惜，太可惜了，他不肯开口唱。

他朝我招手，过来，陪你儿子练练。

我哪有心情，却还是走了过去，拉开架势，行，试试你的功夫。一手横扫过去，脚下一勾。小安不声不响，跳起来，反身欺到我后面，顺手掣住我胳膊，将我手一反，压于后背，膝盖顶住我膝窝，我两脚一跪，下意识叫起来，痛！

小安不声不响，松开了手。

冯敬林哈哈大笑，赵尘飞啊，你不是你儿子对手了！

口口声声"你儿子"，老头子心机深沉。我勉力笑道，小安得了你真传，我哪里比得过。

冯敬林道，这一点赵家生就胜过你，他文武两门抱，你要想赶上人家，现在练也来得及。

我呆住，这话意思大了去了，他是有意为之？不过也许我误会了，老头子嘴巴硬，心里当然是偏向我的。

冯敬林摸摸小安头，一日练，一日功，一日不练十日空。去，再练！将来横扫千军。

小安练上路了，一个鹞子翻身，正正反反，翻过来，避过去，只练得正反都顺溜了，才又开始练下一招。

我递上茶，已经凉好了。

冯敬林没接茶，直接问，知道我今天为什么找你吗？

我正忖度，却听得冯敬林道，你指使人收黑杆，工作日搞酒宴聚会，这些我暂且不提。拉帮结派是大忌，我最不能忍，狼才成群结党，狮子就不用！我倒问问你，杨定融和张毅，是能托得稳你的人吗？

我吓了一跳，没想到我的事老头子了如指掌。如今，他升起私堂，要数落我的罪状了。这个人，他可以栽培我，也可一旦间毁了我。不过也许，我还是误会了。

我是自家人啊。

他待要旁敲侧击将我访，我必须察言观色把他防。我说，参加酒宴，确实是我的疏忽，止予也已经提醒过我了，以后我会注意的。杨定融和张毅，我看他们做事，也算落门落坎的，我信得过一点。

冯敬林指着胸膛，你这里还缺了副眼睛。你只看到人在你这里贴心贴肺，不晓得人在别处也是巴心巴肝的，害死你也不知道。

一句话听出冷汗来。您是说……

嗬！我告诉你，你的事不上秤没四两，上了秤一千斤也打不住。人家啊，都给你记着明账。

全身冒汗了，这绝不是误会，老头子来真的了，翻脸比翻书快。愈是这样，我愈不能虚。我说，我在团里二十年了，功劳苦劳都摆在那里，不怕人记账。

冯敬林手中盘着两只铁蛋，说，平时纵有三千好，塌台只要一个不是。你呀你，心太小，手太长，我怕你这一跌跌下去，是个鸡飞蛋打，满盘落索！

谁？谁出卖了我？我脑子急急转，那杨定融是旦角出身，平日是有些娘们做派，但他口风紧，顾虑周全，难不成，他也"顾虑"上我了？张毅不至于吧，他是自己一手提拔上来的，难道也跟自己一条藤上两只瓜？原来心腹这东西，有一朝叫心腹，就有一朝叫心患。还有谁？赵家生？李长歌？杨月吟？男人两张脸，三面刀，女人闯五关，睡六将，人人心怀鬼胎，个个不等闲。我越想越后怕。梦里不知身是客，一晌贪欢，荆州失也！

谁也靠不住，还是得靠老头子。与其求小鬼，何如拜菩萨？我咬咬牙，抖擞精神，爸您批评得对，您放心，以后我一定谨言慎行，不给人留话头。

冯敬林道，好好的戏不唱，成群结党，内斗内耗，戏曲迟早死在你们手里！你要搬起石头砸自个儿脚，我拦不住你。但是，你跟吕岩的事，怎么说？

我心里一慌，只觉四周汹汹是浪，轰轰涌来，一波未平，一波又起，我……我跟吕岩，能有什么事？

冯敬林道，吕岩跟杨月吟争角，你给吕岩撑腰，以为我不知道？

老狐狸！我心里啐道，难不成一个剧团，也设了锦衣卫、皇城司吗？心中怨念深重。越来越重。

一个一个都查我！等将来……可是，不一定还有将来，将来也不一定赢得了他们。

我急忙争辩，因为紧张，竟吃起螺蛳来，我说，杨月吟骄傲跋扈，团里怨声载道，我只是，只是警告她，不能坏了风气……

冯敬林怒喝，你糊涂！你这是纵容歪风邪气！只见他手一抢，一双铁蛋丢到桌上，砰砰砸得巨响，一阵琅琅转动，咚咚砸下地来，嗡嗡滚到远处，半天溜溜转，一东一西，两两对峙。

我感觉周身血液停止流动了，寒气一寸一寸涌上来。

冯敬林道，挑梁头肩六柱头，底包龙套七肩旦，畚斗百搭，旗锣伞报，缺了谁也唱不了一台戏。你一个副团长，窝里斗，打对台，寒的是整个剧团的心！知道的说你有私心，不知道的，还以为是我老糊涂了！

心中一溃千里，脸上还得维持得体，我道，爸，我绝无私心……

他抢过我的话，有没有私心你自己有数！赵尘飞啊，止予可是你根浅门微时跟着你的，你不能对不起她啊。

背心都湿透了，再顾不得形象，我摸出手绢来擦汗，爸，您放心，我绝不会，绝不会！

冯敬林闭了闭眼，说，只要你不辜负止予，对得起小安，我们一家人，自然还是一荣俱荣。你好自为之吧。

走出小院，外头已然天黑，夜风刚硬。这半天，唉，何止半天呢，这流逝的岁月也是这样仓促的，一年，两年，希望都成了灰，真是哀凉，倘若就这样老了，怎么是好。我这一秒想着，下一秒似乎就更老了，心中似有黄连，一点一点沁出苦味。满腹心酸。

然而，使出浑身解数，弄得千般狼狈，又怎肯纸上描花没结果，怎肯！

路上接到张毅电话，不好了，吕岩自杀了。

我一声惊喝，什么？

张毅道，杨月吟设了庆功宴。吕岩打不通你电话，吞安眠药了。

死了？

送医院了。

那就还没死，我暗自松口气，从后视镜里瞥了一眼小安，冷冷回话，她这事，跟谁有关系找谁去。

挂了电话，我慢慢将车停在路边，心中升起恐惧，庆功宴！团里还有多少事是我不晓得的？竟是四面楚歌了？真乃危急存亡之秋。我又恼又怒，自杀？你要有本事，你就来个真的！

任她千娇百媚，不过露水烟花。任它良辰美景，奈何好景不长。也许就终在明日，倘若败露，我必定死无葬身之地。

她是我在喉的刺，我要拔她了，她还不知道。

我一拨方向盘，车开回家。攘外必先安内，家里千万不能塌。

待回到家，我周身汗透，一时冷气袭身，我清醒过来，转过身对小安道，今天我跟你外公讲话，你是不是又偷听了？

小安冷冷道，我没有偷听。

他拨开我手臂，朝房里走去。却又清晰地听到他说，我只是正好听到了。

急急风云，我追上去，挡在他面前，不许对你妈妈说，听到没有！

他狠狠瞪着我，声音竟深如矛戟，一字一顿刺向我，别惹她，你会后悔的。

我一时呆住，他竟敢这样叫板。他知道些什么？我看着他，他眼睛下那一颗小小的褐色浅痣，竟奇异地分明起来。令我不安。

为何，他总令我不安？

我呵斥道，我告诉你，你要敢多嘴多舌，搬弄是非，我马上叫你走。

他那双眼寒光凛冽，冰冻三尺一般，他说，我不怕你，我什么都知道。

他知道些什么？

我害怕了。这个十二岁的孩子，为着我对他的冷漠与忽视，为着我对别人的利用与背叛，他不忿，不平，所以他会狠狠拆我的台。他才不怕我，何止如此，他那双眼睛，像能看透我的前世今生。此刻，他当着我的面亮出一把明晃晃的剑，谁要敢欺负他，欺负他在意的人，他就敢给谁来一刀。他不动声色地偷窥我，刺探我，将他无所不知的秘密，铸成一把锋利的剑，高悬在我的头顶。

我不知道，那把剑何时会掉下来。

哪里来的倒霉鬼！哪里来的……我突然一惊，如被闪电击中，冷汗冒出来。莫非？莫非？不，不！管它妖魔鬼怪，管它神佛天尊，都不可挡我路！

山雨欲来，屋外风声凌厉。

雷电未到，我已五脏俱焚。

年初抽签，说我今年有劫。原来一切都不算，他才是。劫。

坐以待毙？前功尽弃？

不。

不。

夜里，小安站在阳台上，静静看着夜空。十六楼外的夜空斑斓而神秘。

我朝他走过去，悄无声息。

紧弦急管，响锣密鼓，我已登台，不肯回头了。

然而我失手了。他脚下竟如生了根，不但如此，他猫身一避，我的双脚被抱住，那双手猛力一掣，我重心全失，朝前扑去。

猝不及防，我翻出了阳台栏杆。

肝胆俱裂。

啊，老头子训练的好弟子！然而一切太迟。

幸而，我只飞出栏杆，悬挂在半空之中——我的手，还在他手里。

我在他手里！

他紧紧攥住我的手，那样用力的，半个身子探出阳台。他的神情那样怪异，错综复杂，似有难言之隐。

他攥住我，却不肯拉我！

魂飞魄散。

一双深潭般的眼睛，正高高俯视我。不，他没有看我，他那双眼睛是空茫的，似乎陷入遥远的回忆，他在想什么？他在想什么？

小安，小安。我急急求助，因为恐怖，连声音也不敢大力一点，那样仓皇惊惧，那样软弱狼狈，小安，快拉我上去，快。

他依然不肯拉我！

我感到了魂的别离。这一刻，我看到他眼角的那颗泪痣，奇异地分明起来，像一个巨大的黑洞，就要将我吞没。我的声音破碎而绝望，自己也不认得了，每个字都发抖，小安，快拉我上去，我是，我是你爸爸啊，我是你爸爸……

这句话，是我今生最大的失误。

有两滴泪，落在了我的脸上。

那双手，决绝地松开了。

快速下坠，永无止境。什么都看不见。什么都看不见。

却听到一阵尖锐的哨音，山呼海啸般，撕裂了黑夜，震碎了天地。

天地崩裂，溅了我一头一脸。

裴　雯

十三年前的冬天，是这一生里最苦寒的季节。

我在街边买了一杯豆浆，双手拢住纸杯，借了一点热，脚步轻快起来，朝公交车站走去。

上车那一刹那，听到身后有人轻轻喊了一声我的名字，停云。

我僵了僵身子，这声音太熟悉。愕然回头来，我看到了顾念。

我吓了一跳，此刻的顾念，憔悴疲惫，病容愁苦，曾经的流转风情，似乎已死于昨夜。她牵动嘴角，努力笑了笑。然而这笑，真像一个苍凉的交代，交代她的魂不守舍。

顾念……姐。

戏里戏外她是我的姐姐，可是此刻，我口中这声姐姐，又轻，又凉，隔着万水千山。

你怎么来了？我问，但我没有走过去。

我，同他分手了。声音是嘶哑的，是陌生的。

我张了张嘴，脸上的表情一变再变，我道，你不必告诉我。

我狠狠心，走了。为了走得更狠一点，步子更急，我几乎撞倒了别人。我扒开人群，一径往车肚里走，让滚滚人头淹没自己。

车过了两站，我才肯抬起头来，车玻璃上，自己的影子挂着两行泪。

唱念做打，手眼身法步，一动一静里都是血汗交融。拳掌指腕，勾绷骑盘踮，一招一式全都马虎不得。此刻别人走尽了，我仍在对镜练功，一撩掌，眼随手走，喜怒哀乐都在眼睛里活过来。心通眼，眼通嘴，嘴带脸，脸心合一。唱戏人对自己的苛刻永无止境。

"啊——"，送音，住音。

"咿——"，拉音，短音。

提气，换气，将声音打远，往那空旷广袤里送去，愈远愈亮堂。

顾念进来了，她刚练完功，一身腾腾热气，满脸闪光。

停云，声靠气传，气息要稳，转小腔时尾巴儿不能滑了。

停云，千斤念白四两唱，口齿力度再大点儿。

停云，这一段唱得真好，比我好。

我特别喜欢新来的顾念，她是孟大爷给新戏选角，从别处挖过来的，她一亮嗓子，大家眼都直了，不是赞叹，是害怕。这一行，有谁承认别人强？不可能的。青春不过半晌，出名要趁早，谁肯白白折了自己威风，甘为人梯呢？即便爬上去了，风刀霜剑严相逼，明媚鲜妍能几时，谁又敢放松半分！所以，演员们面上不知多亲热，背地里不知要使多少绊子。

但我不嫉妒，甘心当了绿叶。

彼时，我还是一粒露水，未经风霜尘埃。我看顾念，如同仰望明月。

剧团的灯光一盏一盏亮起来，浮起一轴陆离缥缈的西湖春晚。荷叶亭亭，绿柳如烟，痴心的白蛇寻到白面书生，情深义重，要报五百年前的救命之恩。

白蛇是顾念，水钻泡联下眉目艳皎，白纱褶裙中云步轻摇。她问，青儿，我们不是到了临安西湖么？

青蛇是停云，粉腮上两瓣桃花流彩，黛眉下一双星目生辉。她答，正是西湖。

前面可是桥亭？

是桥亭。

记得下山时候，与许郎初次相见，好像也在桥亭。

是在桥亭。

桥亭依旧，人事全非。

姐姐，以往之事，何必回首。

触景生情，怎能不想。

触景生情，怎能不想！我何止想了几百回，想一回哭一回，直到容颜尽失，肝肠寸断。戏是老的，一代代唱过来，还将一代代唱下去。唱戏的人是新的，人生还是哑谜，猜不到结局。等事事勘破，竟半字不忍提。

那戏里的青儿，只有姐妹生死情深，没有男女情爱之欲。头面戏衣，唱念做打，把这人性与现实隐瞒改装。

现实呢？

练功房的门被推开了，我知道他来了，但我没有停下练功。

他将豆浆递给我，趁热喝吧。

我不接，犹自唱下去，意犹未尽似的：娘娘，事不三思后悔晚，自从你与他夫妻配，害你并非此一回，你是一片厚情换薄意，是福是祸你该明白。娘娘啊，及早醒悟快回去，以免日后再受罪。

曲未终，意已通，他放下杯子，深深一揖，娘子，许仙知罪了。

谁是你的娘子。

娘子，你就看在夫妻份儿上，饶了我最后一次吧。

他伸手过来，拉住我的衣袖。

我恨恨转过去，打定主意不理他，他抓住我胳膊，因着他的这点力气，抓住我的力气，我眼圈都红了。

停云，他唤着我的名，欲言又止。

我尤在赌气，气他最近总是失约，气他最近忽远忽近。

我等了等，他不说话。我甩掉他胳膊，转身要走。不是走，是逃。

他突然抱住我。

这一抱，让我全身震栗。我想挣扎，我要让他知道我不是非他不可的。可是，他那双手有魔力，我用毕生的力气也抗衡不过。又满足，又委屈，不争气地掉下眼泪来。

我算撞到他手里了。

东风沉醉黄滕酒，往事如烟不可追。

车到站了，我收回心绪下车，脚步匆匆走进学校，给学生上课。

曾经的大花旦，如今的孩子王。

新的工作，新的环境，能让一个人更快忘记过去。明天是元旦了。真快，就要过年了，又是一年。

举手到眉边，拱手到胸前，云手如抱月，指手到鼻间。我示范完毕，走下去一个个校正，手掌放松，五指自然分开，轻轻向后翘起，嗯，这样才对。

停云，停云——

顾念在前面跑着，她回过头来，一脸明媚，胜过整条街的灯火，快来看，好多糖人！

两个姑娘好生热闹，巧言巧语，哄得糖人师傅果真给她们吹一个白娘娘，吹一个青儿。

师傅道，还要不要个许仙？

姑娘笑弯了腰，举着糖人打闹起来，做个许仙给你。我不要，给你。不，给你……

我摇摇头，把那个幻影逼走了。继续打起精神讲课，为了更专注，声音更大了些，跟着老师一起来，含苞，陨霜，醉红，舒瓣……手指翘起来，由圆开始，一，二，三……

停云，停云——

嘈杂的后台，顾念已经扮上，她走过来，帮我勒头。她真能干，那双纤纤巧手，力道却足，将一方黑水纱勒出一道月亮弯。镜子里，她一双烟波凤目，正笑意盈盈看着我。双手突然用力一紧，我发出尖叫，她得逞似的笑起来，两人打闹一阵，她又取过头面来，一件一件，小心翼翼，簪进我鬓里去。

她不知道，此刻的她，像极了春日暖阳。

一生太短，一瞬太长。这一瞬，竟似拼得过这一生似的。

我下班时，并没有在公交车站牌下再看到顾念，当我往回走时，在咖啡店的落地玻璃窗里，我看到了她。我很是心惊，这整整一天，她都在这里等吗？

顾念坐在窗下，望着窗外车水马龙，但是她没有看见我，她也许什么也没看，只是保持着看的姿势，一动不动。她在这茫茫的人群里，显得极为渺小，不过旁边座上一个枕头大。不，枕头是软的，暖的，她却是僵的，冷的。

不过一年未见，她便去了皮相，脱了人形，被打回一堆枯朽白骨。

我有点难过，真的，我的姐姐是死掉了，眼前这个，不过借着她的壳，连这壳也变了形，声音也变了形——什么都变了，那么，自己呢？

自己还是从前的自己吗？心还是那颗心吗？我垂怜她，谁又来垂怜我呢！

我看出来了，他的身边硬是多了一个人。他不说，但我看得到。我不想看到，但我看到了。有什么东西是瞒得过女人的？倘若有，这世间也就没有沧桑聚散，没有伤，没有痛，没有灰心和绝望。

——其实只要没有爱，这世间就没有风险。

我的指甲深深抠进皮肉，手心手背都痛起来。啊，手心，手背，真是无奈！

纵然他隐着瞒着，不肯公开我们的爱情，顾念就那么傻，一点也看不出来吗？我感到失望，我失去顾念了。爱情与友情不可兼得，我们都奔着爱情去了。楚河汉界，咫尺天涯，真让人无奈。

那他呢？

我看向他，他避开我的眼光。我觉得不安宁了，外头冷风的尾巴那么长，那么高亢，把我的心打乱了。

前所未有的慌张。我紧紧抱住他，那么用力，恨不能将他嵌入到自己身体，似乎唯有如此，我们才可血肉相连，同游共息。我仰着头，他那么高高在上，我比任何时候都更倾慕他。答应我，不要离开我。你去跟她说，你去告诉她，我们是在一起的！

你要给我一个答案，我等着你，你去告诉她，我等着你。

无数个我等着你，殷殷期盼，多么焦灼，泪水在眼眶里打着转。

我没有等到他的答案。

似乎是等了很久，也许已有一万年。他还是没有说。

我含泪，一步一步，伤心后退，我知道的呀，我知道他变心了，可是傻傻等，怎么会这样？就是不肯回头，怎么会这样？

不到黄河心不死，这荒唐的，荒唐的恋恋之心啊。

我逃难一般离开伤心之城，奔赴陌生异地。在寒冬里，在深夜里，泪流千遍。痛苦有如毒蛇啃噬，万箭穿心。

牡丹谢，芍药怕，海棠惊，日子到底过去了。日子是个高傲的东西，它不为人紧一紧脚步，也不为人停留等候，因为它是无限，不怕有尽头。

但日子不允许人容容易易地就过去。

此刻，面对顾念的投奔，我又是难过，又是委屈。

戏里戏外，顾念是我的姐姐，可是难道因为如此，我就没有资格平等地去爱一个人吗？难道我就没有选择恨他们的自由吗？倘若时光回转，我可不可以提着我的青虹剑，指着我的顾念姐，姐姐，许仙是我的，你要跟妹妹抢人吗？

许仙是我的。

许仙是我的。

许仙是谁的？

我心里突然一凛，无论如何，我不会让顾念找到。我不能没来由地受辱。

既输了人，我不能再输了阵。

一步紧一步地回到家中，硬是不肯回头。

甩了鞋，迫不及待开灯，客厅灯，卧室灯，卫生间灯，全打亮了。电视也开了。

我怕黑，黑是毒，我吃过太多，肝肠寸断。这个夜晚岌岌可危，我要力挽狂澜。

然而，电视里在播迎春晚会。

去年的元旦夜，在烟火漫天的时刻，在举国同庆的时刻，《白蛇传》上演。电视里，白娘子与许仙眼波流转，痴乱缠绵，电视外，断肠人伏尸异乡，泪流三千。晚会结束，演员们上台谢幕，一张张熟悉的脸，人人都还在，我不在了。

缺了我，《白蛇传》一样上演。

我在这拥挤的粥钵里，一眼望到他，纵是浮粟三千，我眼中只有他这一粒。他笑意盈盈，身边站着顾念，顾念笑意盈盈，身边站着他。在一派歌舞升平中，他接受着省领导的亲切握手，那样快乐，那样得意。

不堪回首，不要回首。

外面沙沙响，雪粒子打着树木，打着这沉浮人间。时间似在困囿之中，迟迟疑疑，不肯走快。今夜为何如此难熬，怎么也过不完。

我滑动手机屏幕，不曾有来电显示。顾念千里迢迢寻来，为何不再与我联系？

我懊恼地发现，自己居然在牵挂，真是没志气。

电视里在唱：离开舞台无着落，无聊无趣丢了魂。心苦难忘戏中乐，情苦难忘姐妹亲。

嘟嘟，嘟嘟，我吓一跳，何时竟拨通了梅姐的电话。哎，罢了罢了。

梅姐，顾念出了什么事？

你不知道吗？顾念离开剧团了，走了两个月了。

她为什么走？

哎，换角了。她嗓子出了问题，被换下了。

嗓子怎么了？

奇怪得很，突然不能唱了。

心头鼓，砰砰响，一阵狂敲。顾念视戏为生命，竟不能唱了？

震惊中忘了说话，好久才想起来，换了谁？

冯止予，新团长女儿，赵尘飞的女朋友。

似有一根钉子刺入血肉，我心里，有一座城堡轰然崩塌了，哗哗啦啦，灰飞烟灭。

许仙是谁的？

许仙是谁的？

谁的也不是。

不过是，鹬蚌相争，渔翁得利。

许仙是渔翁。

人也塌了，软绵绵跌倒落座，只觉双目赤胀，泪水也跌落下来。

夺爱之仇，没有了。

只有错爱之恨。

他！他他他弃旧迎新，得陇望蜀。他！他他他蟾宫折桂仙神手，雀屏中目凤凰俦。多可恨！他真是个好戏子。

原来真相竟然是，得之我命，失之我幸。

手机突然跳起来，啊，顾念！顾念！

我奔跑下楼，车灯晃得两眼白，溅起水花，扑我一个寒战。我抖落一身湿水，抖落旧日情仇。直至到达医院，才发觉穿着拖鞋。

没想到顾念状况如此糟糕，像一个枯槁的木乃伊，瘦得让人害怕。她的骄傲与美丽被彻底涤荡干净了。

"咿——呀——"，她轻摇碎步，身轻如燕。身轻如燕的是顾念，妖精的曼妙，秋水的眼神，化骨的温柔。

"啊，相公啊——"，她声如洞箫，颠倒众生。颠倒众生的是顾念。桃花含情，梨花带雨，皆是倾世深情。

那个顾念浮云散尽了，这一个，伸出枯槁的手，用粗嘎沙哑的声音问，停云，我会不会死掉？

会不会死掉？现在是死了半个，留着的半个，生死难猜。

会不会死掉？不会的，世上天天都在死人，但我不会让她死，我要看她一步三摇，颠倒众生；听她声如洞箫，余音绕梁。

护士进来换药，翻着一双白眼，弄得药瓶叮当响。院长不在，护士长不在，今夜猴子称霸王。

真是，这跨年迎新夜，留着她来值班，想想都要生气。生活中真有太多事情可生气，算一算占到人生一半，更生气。

顾念伸过手来，抓住我的手，停云，我不能唱了。

剧团后台，顾念在化妆。手发颤，一笔画残，慌慌去擦，眉头沁成一朵乌云。咬住牙齿，稳住手劲，她不信她兵败如山倒。

身后传来脚步声，她听到了一个女人的声音，这个声音夺了她的人，如今再来抢她的戏。躲不掉，声音就在耳底响起来，顾念，这是团里的决定，我希望你不要对我个人有意见。你也知道，一个优秀的演员应该具备强大的心理素质，换角是常事，我希望你能坦然面对。

顾念兜着一泡泪，仰头，眨眼，不停眨眼。把泪憋回去，她不能花了妆。

顾念，那个声音冤魂不息，还在她耳边响，事已至此，我希望你振作点，好好唱完最后一场，体面下台……

顾念嘭地站起来，让开！

繁弦急鼓中，她威严出台，今天她是巾帼英雄穆桂英，心中有戏，目中无人，谁能欺她？

番王小丑何足论，我一剑能挡百万兵！这一出《捧印》，她定要唱得摧枯拉朽，气壮山河。

她举步如劲松迎风，于台中回身亮相，一双凤目穿云而出，杀敌无形。锣鼓儿铿锵，水袖儿荡漾，再走小圆场，抖袖，搭肩，摊手，再次亮住。

出神入化，才高气清。

满堂喝彩。

她蹉步，抖袖，再次亮住。张口唱——

没有声音。

她再张口，依然没有声音。

台下静若无人。

司鼓师傅在沉寂中，冷静敲响"咚——"，乐队心领神会，锣又响了，鼓又响了，板又响了。

顾念已然失措，全凭一腔傲气，才咬牙撑住，第三次亮相！

身子抖如筛糠，汗水涔涔而下，她喉间如有千斤大山，挡着她的气息，她拨不开，挣不出。

长长的寂静，然后，一声呼哨穿透戏池，如一口唾沫，飞到了顾念脸上。

她的脸，没了。

顾念心头锐痛，气力全失。唱了这些年，她第一次赢倒彩。奇耻大辱。

在一片哗然中，她狼狈退场。

她不能唱了。

她急促的脚步在走廊里发出空旷的回声，急走，拐弯，奔至后台，她听见自己沉重的呼吸。跌坐在化妆台边，急急拔下头面，点翠顶花、蝴蝶压条、水钻泡子、垂珠偏凤……都拔下，都拔下。泪流下来，将妆容洗成一道红，一道黑，恰似一张罗网。

她不能唱了。

偏凤簪的银脚恨恨刺入掌心。她想，也许该唱一出虞姬，将簪子刺入颈项，一剑封喉。

后来，她多次尝试，均告失败。就连私底下，也唱不出来了。不能唱了，再也唱不出来，再也伸不出她的兰花指，对着台下演千年深情，她再也没办法流着自己的眼泪，唱着别人的故事。

顾念徐徐道来，脸上带着灼人的疼痛。她眼角那颗小小的黑痣，犹如一滴苍凉的眼泪，永远也擦不掉。擦不掉。

滴泪痣，浓情所凝，哭的是前世的爱，痛的是今生的情。

转世也抹不掉。

长久的寂静。

她突然唤我，停云。

我说，我早不用艺名了，叫我裴雯吧。

顾念继续唤我，雯雯。

又是沉默，时间似被勒住了脖子，踟蹰不前。终于，她说，雯雯，我要做妈妈了。

离开剧团后的顾念处于巨大的痛苦中，身体受到严重伤害，行立维艰，她竟没料到自己怀孕了。今夜街头晕倒，被人送进医院，生死由命。医生是判官，无情将她处决，孕期十八周，胎心不稳，要注意情绪……

他在说什么，她已经听不到，只见两片翻飞的嘴唇，像一把大剪，咔嚓将她人生剪断。

我听着这一句，感觉世界抖了一下，又抖了一下，静寂了片刻之后，轰隆一声响雷似的，我怒喊起来，打掉他！打掉他！

医生说，已经十八周了。

我声音尖利而颤抖，药流、人流，不行吗？那就引产，刮宫！办法多的是！

雯雯，声音那样虚弱，却那样沉重，雯雯，我是孤儿……一个人，多孤单啊。

我的泪也流下来。不可理喻，这生活就是一个阴谋，躲得开横祸避不掉竖劫。我们刚刚从一个坑中爬出来，又掉到另一个洞里。生命里都是茫茫威胁，无处躲避。

小安出生当天，我从报纸上看到消息：梨园大师、省戏剧团团长冯敬林千金冯止予、小生名角赵尘飞，喜今日赤绳系定，珠联璧合。卜他日白头偕老，天长地久……

呸！我狠狠啐了一口。

顾念问，怎么了？她扫了报纸一眼，朝我笑了笑，复低下头去，凝看着儿子，那是她的新世界。

我也笑了，将报纸拳成一团，随手扔了，道，快取个名字吧。

安……顾念发出一个模糊的声音。

什么？

顾念张了张嘴，却再也没发出声音来。

顾念的嗓子失声了。

医生告诉我，她声带并未受损，身体也无其他异常症状。怀疑她是功能性障碍，也就是癔症性失声，属于心理疾病。建议接受心理暗示治疗。

顾念的嗓子再也没有发出声音来。

顾念买了一只哨子。

小安会笑了，顾念吹哨子回应他，嘘，嘘。

小安会爬了，顾念吹哨子鼓励他，嘘，嘘。

小安会走了，顾念吹哨子引领他，嘘，嘘。

小安会叫妈妈了，顾念吹哨子答应，嘘嘘，嘘嘘。

小安在妈妈的哨声中长大了，他也用哨音回应妈妈。

嘘嘘，小安。

嘘嘘，妈妈。

小安六岁时，我才结了婚。此时，顾念已开一花店，小安也年岁渐长，我放下一些心来，但每天下班还是先去幼儿园接小安，送他回花店，再逗留陪伴半晌。这天是学期最后一天，暑假即将来临。即便是夏天，这个城市依然湿润清爽，免人不安。

我是孤儿，一个人多孤单啊。顾念说。

都是上辈子的事了，从前虽是乱世浮生，现今已算太平安稳。从此姐妹母子，心无旁骛。凡人的小团圆，我们总算挣到了。

我去学校接了小安，买了蛋糕庆祝他幼儿园毕业，又去顾念的花店等她一起回家。

小安在前面跑着，快乐极了，妈妈，我今天有礼物要送给你！

顾念眉飞色舞，拿起挂在脖子上的口哨轻轻一吹，惊叹，嘘——

妈妈，雯姨说，暑假带我们去看大海。

高兴，嘘——

小安开心叫唤，妈妈，雯姨，快点追上我，我们回去吃蛋糕。小安咯咯咯欢笑着，又跑远了。

顾念带回几棵球兰，去阳台种上。那阳台上，已经花开不败，连同铁栏杆上也挂着小吊篮，篮里种上兰花、月季、绣球花、波斯菊。并不宽大的阳台，是春满人间。

我看着在阳台上浇水的顾念，阳光如金纱笼住她，她的身影轻盈飘逸，温暖而恬静的梦境似的。哎，她真是个美人。

我将蛋糕置于桌上，解下彩带，一边回头道，别挂太多盆了，那栏杆都生锈了，撑不住的。

　　顾念回头笑笑。阳光刚烈了些，她探身将晴雨棚拉下来，昨夜风太大，拉绳被卷到棚顶去了。

　　小安跑过来，扬着一张奖状，妈妈，妈妈，你看，这是给你的礼物……

　　话顿住了，嘴唇惊恐一缩，咬住了，流出血来。那张奖状，飘飘悠悠，着了地。

　　栏杆轰然一响，塌下楼去。

　　楼下传来人们惊恐的尖叫声。

　　我踉跄奔下楼去，要用自己去换她。

　　可是她竟等不到我，太无情，一句话也不留。太无情，天下皆无情。

　　痛！心痛，肺腑痛，四肢百骸痛，分不清是哪里痛。哪里都痛。痛彻心扉。

　　美人自古如名将，不许人间见白头。

　　我是孤儿，一个人多孤单啊。她再也不会说了。

　　抱住她，抱住她，她好冷，紧紧抱住她。

　　不能让小安成为孤儿，一个人好孤单啊。她似乎仍在急急倾诉。

　　只听得风冽冽风风凄凄，雨霏霏雨雨茫茫，凄厉厉何处哨声响。

　　一阵尖锐悲怆的哨声，刺穿天际，那是一个儿子深情而绝望的呼唤，在广漠而寒冷的尘世间，拔地而起。

第三辑

闲人半壶

陈明泰

　　陈明泰酷爱写作。读书时偶有文章可取，被当成范文来念，他颇为自得，立志要成大家。高考落榜后，无钱复读，也不去打工，在家专注写作。

　　他不写小说，认为写作之人，讲故事者最次，最平庸低俗，其次是散文之流。应该写诗，方才高贵文雅。苦于曲高和寡，交流者少，后经人引荐，认识一个诗人，他携了厚厚三本手稿，搭几小时车去拜访，诗人看了稿子，兴趣索然，敷衍他继续努力。他以为是鼓励，回来笔耕不辍，两月后兴高采烈再去，诗人将他的稿子置于一旁，说有空再看。他不舍得走，滔滔谈论史诗和诗剧，谈论极微派和火星派，诗人不耐烦道，诗就是诗，扯那么多鬼话干什么！

　　他瞠目结舌，受了打击，一蹶不振好久不写诗。心情康复在一个月后，他重振旗鼓，决定给那个清高的诗人一个绝地反击。

　　投稿如泥牛入海，再投，再入海。再投。

　　一年余，母亲开始劝阻。陈明泰说再写一年。

　　再一年，无有起色，一文不名。母亲抓住他的手，抓得他手背一道白一道红，说，别写了，你弟媳妇都要进门了。遂断了他邮票钱，他去恳求弟弟。

　　弟弟陈明强初中毕业后入得五金厂，早早能贴补家用。与厂里一姑娘自由恋爱，夜里躲在巷子尾亲嘴。回来跟哥哥生气，你也该找点正经事做，将来娶亲了还住一个房间吗？

　　家里人多房少，还有一个妹妹在念初中。两兄弟一直住一间房，对象始终不肯跟陈明强回家。陈明强立志修建新屋，囿于资金，他开始对哥哥薄有怨气。

街坊谈论陈明泰，口气一日不如一日，议论他走火入魔，不去谋事，懒惰啃老。一日父亲回来，撕了陈明泰的手稿，骂再写就滚出去写。陈明泰哀哀嚎哭了半宿。第二日跟弟弟去五金厂报到。

陈明泰肩不能挑，腰不能扛，安排到流水线检查成品，挑拣出不合格螺丝钉。流水线一色女人，他对女人开始产生兴味，偷看她们俯身时的胸口，饱满的欲望横冲直撞。

他喜欢上爱抿嘴笑的小月，小月清瘦娟好，如弱柳扶风，他在夜里想小月想得全身发烧，半夜起来给小月写情诗。小月偷偷接了他的诗，红着脸不说话。下了班，他远远跟着小月，跟了十多天。有一天，小月于树下站住了，像在等他。他心慌慌走近去，看见小月脸如红霞，眼睛里像流着一条河，妙不可言。

小月。

嗯。

我的信，你看了吗？

看了。

那，你……

我妈说，你只会写文章，文章当不了饭吃。

陈明泰如当头遭了一记重拳，耳里轰鸣如雷，报红了脸，讷讷不能言。

……但是，我喜欢看。小月又说，抿着嘴笑。

陈明泰如起死回生，高兴地说，你喜欢看，那我天天给你写。

两人开始约会，在隐秘的黑暗里，他把小月抱住。小月清清瘦瘦的胳膊和腰身，像一截柔柔的柳枝，又像软软的白云。

再过了两个月，小月忽然变得冷淡起来。他穷追不舍，于路口堵住她，小月终于说，你不要再给我写诗了，我娘不同意。

你娘不同意，那你呢？

我也不同意。

小月怅怅地，像要流泪。她转过身子，脚步匆匆地消失了。

第二日陈明泰赖在床上不起来，想着死了算了。陈明强来拖他，答应去跟主管讲讲，给他换个岗位。他才又去。安排到车间学习操作机械，这次身边都是男人。

中午日头下休息，陈明泰搬把椅子跟人讲洪秀全揭竿起义。

有人问不是李白吗？

陈明泰睁大眼睛，半天痛骂一句，操你逼的！那是李自成！

于是大干一架，打得头发牙齿都掉了，他落败，一身痛楚回来，一夜闭门不出。

他在大雨滂沱里，扛着灵魂上了火车，去南京投靠同学。同学在工地上做审计员，惊讶他居然来工地谋生。陈明泰说舜发于畎亩之中，孙叔敖举于海，我就是第二个傅说，将举于版筑之间。

同学将他托付给工头，工头丢给他一顶钢盔，自此陈明泰在建筑工地上扎下根来。跟着施工队辗转流徙，江西，河南，湖北，广东……他练就一身腱子肉，学会了喝烧酒，搓麻将，讲黄段子。

绝口不再提诗歌。

一次工友们约伴上街寻安慰，陈明泰失身于红灯下的一双丰腴大白腿，从此对女人有全新的认识，审美得到改观和提升，舍弃骨感清瘦，爱上壮实丰腴。他不敢碰瘦弱的女人，会让他想起小月，那样的柔顺可爱，稍微用力抱抱都怕她疼。他不敢想起小月，想起小月让他热血消退，意兴阑珊。他回来睡在四面漏风的工棚里，想起小月，一侧耳朵汪在泪里，枕头湿湿的有稻草发霉的气味。

一年年底回家，有人来提亲，他去看了，一个壮实丰腴的女人，看了就成了。妹妹初中毕业后外出打工，腾出房间给他做新房。

妻子身强力壮，勤劳顾家，可是他无很大欢喜。第二年生了个闺女，毛茸茸像朵小棉花。他也无很大欢喜。

工地上一干几年，胃病和风湿病开始缠身，一身泥土，未老先衰。他再得一子，胖乎乎的小娃儿，他至此好像有了贴近的亲切，稳稳抱在手里，用胡茬去扎儿子的嫩脸，儿子在他怀里乱钻乱躲，他觉得可喜。

辗转听得消息，小月多年前嫁人，嫁了当年说李白揭竿起义的同事，那人性格鲁莽粗暴，据说小月常挨打。他心疼她吃亏，心里不断念念。年底建筑公司发不出工资，工头出计，支使跟随多年的陈明泰去假跳楼。

陈明泰去了，爬到高高的脚手架上，看得见一座城市的仆仆风尘，凛风打在他的身上，高高在上的他单薄成一只鼓翅的鹰。他看着脚下黑压压一群人像看着一摊黑蚁。有那么一瞬，他眼睛一闭，真有种纵身一跃的冲动。

工地项目部答应付款八成，年后再补发。陈明泰摇摇欲坠从脚手架上被人扶下，捡回差不多丢掉的命，双脚颤抖回到工棚，没人知道假跳楼差点变成真跳楼。只有陈明泰自己不敢回想，阖眼仰向座椅背，后至沉沉睡去，冷风冷气钻进他的衣袖裤管里。

第二日醒来腰酸背痛，撑着去开工，低头拼命甩开膀子大步走，像断了骨的长臂猿。及至入夜，头晕眼花，大病一场，竟缠绵多日。工友们都回家过年了，他还在工棚里瑟瑟躺着，烧到满口胡话喊着火了着火了，几日下来瘦得颧骨突棱，十指嶙峋。等到一日终于好转，见阳光从铁杆小窗射进来，晃成一格一格的耀眼光柱，如佛光普照。他收拾好简单行装，匆匆返乡。

回到家里，妻子杀了鸡，温了酒，他痛快喝醉，扎实睡了一宿，梦里呼啦啦吹着高楼顶上的风，醒来是妻子张嘴睡着朝他吹热气。

年后他不再出门，他说工地上他不去了。

他怕自己跳楼，这一句他没有说出来。

他终日街头晃荡，终于见到小月。她似乎更瘦了，抱孩子的手臂露出多处淤青，怀疑被证实，他的拳头捏出水来。夜里不自觉多次走到小月家门口，良久徘徊。

妻子发现隐情，号啕大哭，双足乱蹬，与他打了一架。

他说，我没怎么样，小月可怜，我怕他打她。

妻子怒极，抱子携女回娘家，一去月余，他只得去接。立下保证，从此绝口不提。

他后来与人合伙做医疗器械生意，妻子不肯，他不听，取了存款买了大堆器械。钱财被骗失殆尽，颓唐回来，看着一屋子的无用器械，悲悯自己万事不顺，流下两行泪。

妻子撺掇他同侄儿一同去贩卖烟草。从乡下和小镇上收回香烟，再倒卖给城里烟酒店，每条香烟赚到高低不等几元钱，多时一天可收上百条，聊以度日。

风尘苦旅，陈明泰渐觉体力大不如前，颇感劳累。去医院检查，多处毛病，吃了些不知什么药，痛的地方依旧痛，不痛的地方也慢慢痛起来。

一日收得高价香烟两件，从乡下返回时，入城遇查检，侄儿从后座跳下来迅速跑掉，他被拦下，两件香烟全数没收。打开条装香烟来，里面全是假烟，陈明泰脸都白了。他因制假贩假入局，一顿搜摸讯审，被拘留起来。好在查出他只是倒卖香烟，没制假。妻子多方周旋施救，耗费家底尽数，不够，求助陈明强。陈明强彼时已升为五金厂主管，早已另处造屋而居。送来几万罚款，捞出干皮瘦骨薄纸片人一般的陈明泰。

回家，妻子杀鸡温酒，陈明泰不吃不喝，第三日从昏迷中醒来，见妻子蓬头垢面于窗下嘤嘤哭泣，一儿一女床头站立，他不禁双眼发热。他看着长大的一双儿女，对妻子说，我儿女双全，都长得好，你功不可没。

遂起来，冷水洗了脸，吃过饭，对妻子说，我还买得起鱼苗，我要养鱼。

包了两眼鱼塘，陈明泰开始喂鱼，并弄个垂钓基地的牌子，妻子附带弄几个柴火饭菜，接待城里人下乡休闲。后又包下屋后半山，造两个凉亭，供人爬山避暑，慢慢发展成小小的休闲农庄。没有门庭若市，但日子平安稳妥，眼见得来日太平。

他还了陈明强的借款，开始略有积余。重新修建老宅，每人各有一间房，给陈明强和妹妹留出两间，过年过节，可留住宿，不必拥挤。这时父母已去世，没能住上他的新屋。他自己也鬓角灰白，眉毛疏淡，发际线退至头顶中央，老态日盛。妻子买来染发膏，过段日子给他染染。后来白发越长越多，遂干脆作罢，让它白了去。

儿子谈对象，一个柔柔瘦瘦的女孩子，喜欢抿着嘴笑。妻子不同意，说一个病秧子，怕儿子有段伺候人的长日子。陈明泰说，我看就挺好，他喜欢伺候就让他伺候去。儿子大婚日，他坐姿笔挺，于高座接受儿媳叩拜，鼻子酸胀，感觉太阳穴一股一股地跳动。

他把农庄交给儿子儿媳打理，自己一日两餐酒，有时去山里走走，有时日头下昏昏躺着。

一日看到儿子拿着手机，问看什么看得这么认真？

儿子说，读文章。

手机上有什么文章好读？

儿子说，多着呢，不拘谁，名家的，草根的，都可以发上网络。

平民百姓的也行？

都行。

诗也行？

也行。

他痴痴沉默了半晌，想起自己好像还有年轻时写过的诗稿，诗里还有一个叫小月的名字。他站起来，想去找来看看。但坐得太久双腿麻木，他又跌回椅子里。于是，他也就放弃去寻找了。

孙小雅

孙小雅十岁时，父母离异，母亲江风吟恨丈夫懦弱无能，争得孙小雅抚养权。

半年后孙小雅父亲回来祈求复婚，脸如皱核，骨销形衰，被江风吟斥退。孙小雅见父亲颓然蹲于楼梯，双手掩面，涕泪交横，心里恨母亲的冷酷决绝。一年后，父亲再来，再被拒绝，给孙小雅带的蛋糕被母亲弃置门外。她捡回泥河般的蛋糕，站到母亲面前哭喊，我恨你！

江风吟激动流泪，她说，孙小雅，你要是像这个人，你一辈子就完了。

江风吟雍容美丽，气质高雅，她那从不斑驳的指甲，似是红花永远开在春天里。她凝望窗外时的脖颈，纤巧优雅，像一曲隔离光阴的咏叹调。她习得毛笔字，画得国画，抚得古筝。从前家中聚会，她穿礼服弹奏钢琴，人人称道孙夫人才艺卓佳，皆啧啧称赞。江风吟大学毕业嫁给孙海澜，彼时孙海澜家族企业兴旺，孙父去世后，事业逐渐潦倒，寂寂收场。孙海澜遭此变故，一蹶不振，寄情酒精，常喝到锃锃然，酒醒后发牢骚，叹生平，骂时运，再没能从沟里爬起来。

江风吟应聘到大学教器乐，走上自主自救道路。婚姻十二年，恩情磨灭，协议离婚。

孙小雅不像母亲，她五官平淡，资质平庸，也许还算好，可是比起母亲来真算遗憾。因为反抗母亲用力调教，记恨母亲拆散家庭，故意自暴自弃，自甘折损，她用粗俗丑劣的言行来封杀母亲对她的幻想。江风吟一腔心力培养，大失所望，言语间不免诸多不满，失望之情溢于言表，母女关系紧张。待孙小雅高中时，已发展至剑拔弩张。凡是母亲希望的，她皆反对。凡是母亲不许的，她偏要以身试法。

孙小雅在耳朵上戴满耳钉，破洞牛仔加夹板拖鞋，模样松垮邋遢，态度消沉恶劣。江风吟丢掉她衣服，命她穿长裙，绾发髻。孙小雅跑去剪回一个板寸头，母女大吵一架。她夜里跑去跟同学赛摩托，被江风吟从车上生生拖下，一路扭打回家。江风吟捉住她的手，双眼通红地说，你怎么全部像他，你怎么不多点像我！

她跳起来，甩掉母亲的手，像甩掉一块灼红烙铁，尖利叫道，我为什么不能像他，像他比像你好！

一把双刃剑，同时插入两人胸膛，母女一同受伤，各自关门回房，一日不出。第二日中午，母亲缴械投降，敲门来喊。孙小雅颇踌躇了一会儿，感觉腹饿难忍，放弃顽抗。

孙小雅成绩糟糕，江风吟曲线救国，改送她学音乐，她时常逃课，老师告状不迭。作罢。遂让她改学油画，请来老师家中授课，老师是江风吟大学同学谭旭明。

江风吟做了曲奇饼，用瓢形的原木碗盛了放在画室，垫一张镂空花纹白棉纸。孙小雅鄙视母亲这种小情怀，觉得她病入膏肓，无可救药。江风吟说，你用心学，谭老师高徒如云，你不可……

孙小雅瞪着母亲，江风吟把半截话吞了回去。

谭旭明照例下午三时来，他多半时间自己沉默作画，间或指点孙小雅。当他站到孙小雅身边时，孙小雅闻到醺醺欲醉的他的气息，像春风底下醉卧花荫。

江风吟总是进画室来，看谭旭明作画，一坐很久。他们之间颇为熟稔，话说半截即会意。谭旭明作半日画，接过江风吟递来的咖啡，吃点曲奇饼，点点头笑，江风吟也笑。曲奇饼吃完的白棉纸上，留下几个隐隐晕晕的黄油印子，也在孙小雅心上戳下一个个湿塌塌的印子，她觉得难受。

一日，她借故去洗手间，马上返回来隔着门缝看，果然见门缝里两人抱在一起。她心跳如鼓，胸口紧痛，泪珠啪地砸在手上，像炽烈的蜡泪滴在心上，烫出一个洞。十八年来母亲在她心中的清高孤傲，瞬间崩塌，破碎。

母亲依于谭旭明身上的样子，孙小雅明晃晃地记得，却恍惚又疑心为错觉，她惴惴念念，如鲠在喉。她自此拒绝与母亲说话，像是巫魇封住了口。她一直以为自己像父亲，这一刻突然发现自己的倔强，其实酷肖母亲。

自此，孙小雅觉得母亲陌生，且处处可疑。她翻箱倒箧，果然发现惊人秘密，母亲藏于抽屉的一本速写本，画上全是母亲，署名全是谭旭明，时间是遥遥的二十年前。

孙小雅如坠冰窟，她意识到母亲撒了一个弥天大谎，对她，对父亲，都是一场巨大的欺骗。原来她同他是旧日恋人，她与父亲结婚之前，她与他好；她与父亲离婚后，她们还好。也许在这么多年的婚姻里，父亲都只是另一个男人的影子。她侮辱了父亲，侮辱了女儿，还摧毁了女儿蠢蠢蓬勃的辛苦暗恋。

她恨极了母亲，从来没有这样恨过。不但恨，她还觉得她丑恶。

孙小雅的横眉与缄默，令江风吟怒极，她审讯诘问，声音由高昂到悲戚，得不到一句回应，最终像自己跟自己打了一个败仗，她颓然沉入沙发，枯坐到半夜。她心寒女儿对她情意寡薄，心痛自己的全部努力付诸东流。母女俩渐行渐远，无计可施。

孙小雅对野外写生课突生兴趣。她与谭旭明在河边撑起画架，画了半晌，孙小雅剥开糖，自己吃一颗，给谭旭明一颗。谭旭明讶异孙小雅的热情，也跟着欢欣喜悦，糖果催生了巨大而异样的情愫，如同光阴倒流，做回童真少年。孙小雅卷起裤管走入河心，捡起石子打水漂，她咯咯的笑声如潮湿的河风，一漾一漾，飘过绿草如茵的河滩，飘向天边的云朵，天边的云朵一卷一卷。

那一刻，孙小雅觉得自己非常美，像水里的影子，黑白分明，有一种光影激滟的神韵。她自负拥有葱嫩的春光，春光里有坚挺的山峰与结实的河道。她认定握紧这份春光，她能所向披靡。

两个月后，她和他在桌上进行，打翻颜料，揉压出鬼魅淋漓一蓬错乱的海上烟花，桌上的瓶罐轰然倾塌，其中一瓶滚到地上，滴溜溜地旋转，旋转，不停地旋转。她心里一阵恐惧，不是因为疼。比疼更清醒的，她觉得她完了，她跌落到自己布下的陷阱里。

她开始觉得害怕，当计谋得逞，还未看到敌人披靡，自己已遍尝苦楚。她对谭旭明的期盼和占有欲达到巅峰，心中仓皇撕出了一个巨大缺口，她苦心孤诣要将母亲踏入泥沼，结果，她发现被踏于泥的，是她自己。

事情结束于一个大雨的午后，江风吟出门半路折回，门把手转动的那一刻，谭旭明正打开孙小雅的身体，如鹿饮水。

孙小雅知道，她和母亲之间的一切，到此崩塌灭亡。

她看着母亲撞翻桌椅，打走谭旭明，撕碎所有的画作，哭到声嘶力竭。她目光空空，掠过孙小雅，如一只濒死的猫蹲缩于阳台，双手紧握栏杆，手指关节突出如嶙峋山峰，她放任自己哭到近乎昏厥。

孙小雅没有尝到报复的快感。她看到母亲像断翼之鸟匍匐于地，深深垂下高傲的头颅，这是她所不认识的母亲，这是她想象中的胜利结局。然而，她失算了，她并没有感觉到痛快。

她那支复仇的剑，正中靶心，母亲被结实击倒，然而又掉转头来，直插自己心窝。复仇的锐恨逐渐模糊，真实的痛苦呼啸而至。

半个月后，孙小雅惊恐发现自己月事推迟。她疯狂寻找谭旭明未果，谭旭明彻底消失。回来把自己关到浴室，拿着两道红杠的验孕棒，呼吸如鸣笛，感觉无限长无限重的火车从头顶碾过。

冬日，后夜，月光冷黄，树叶摇动。江风吟于蒙蒙中坐起来，看见孙小雅站立于床前，如一束苍白丧幡。她听见女儿嘶哑着对她说，我怀孕了。

孙小雅看见整个冬日的风霜，全打在了母亲身上。

孙小雅跟随母亲从医院出来，感觉双目曝光，虚弱无骨。江风吟回过头来，一手抱住孙小雅，一手招车。在车上，江风吟把孙小雅的头拢过来，让她靠在自己的肩膀上，孙小雅心中扎痛，酸楚流泪。

江风吟自此钻进厨房，日日熬汤烹饪。她的指甲依然鲜艳，端来的糕点下仍垫衬着镂花的白棉纸。她比往日沉默，可是比往日柔和。孙小雅感叹母亲的坚韧，永远优雅如含蜜的云，吐香的雨。然而一日，孙小雅听得厨房里哗啦啦的水声不绝，走到门口却见母亲双手撑住灶台，肩膀抖动，头垂至胸前，就着水声压抑痛哭。孙小雅退回来，心中恻伤。

整个冬天颓萎，幸而春日来得早，悼亡结束。孙小雅不觉走回父亲住处，正好见父亲于街口树下看人下棋，背手提着鱼和白菜。他穿着睡衣拖鞋，神态安详而无欲，像极了每条巷里每个看下棋的人。从前的孙海澜消失在浩淼烟波里，踪影全无，现在的孙海澜，在自己的人生棋盘里安顿了下来。

隔会儿，跑来一个孩子，远远喊爸爸。孙海澜抬头应了，跟下棋人挥手笑别。孙小雅目送两父子慢慢走远了，恍恍觉得光阴似箭，自己一睡百年，偷渡了时光。

孙小雅沿路慢慢走，觉得眼前街景、万物都再不相同，半年前她在这条路上飙摩托，风鼓起她的灯笼衫像一只展翅的大鹏，似乎分分钟可以挣断锁链窜入高云去。曾经亲历的场景、舞台、欢乐而古怪的同伴皆塌陷、模糊、消失、远杳……此刻，她可以仰目看一朵白云如莲花缓慢打开，低头看见一丘穴蚁勤于采办。高空与凡尘，皆各有归途。

孙小雅请长假休养，耽误课业，高考失败。孙小雅问母亲意见，江风吟说，都随你，你不必都听我的。

孙小雅泫然，关上门，在房间里嘤嘤哭泣半日。至此始知自己对母亲的锐恨，不过以为她没在母亲的爱里，然而黑暗的人生道路上，真相并不是这样的。

暑假，母女俩一起出去度假，孙小雅看母亲，紧身白色洋装，黑缎带束得腰肢一小束，像玲珑白瓷瓶。戴黑色小礼帽，蕾丝网纹下，一双烟波流转的大眼，高高莽莽如半空俯视人间。江风吟推着行李箱，回过头来朝孙小雅招手。

孙小雅抬头看，蓝天，白云，一点儿风。

邓婉玲

照片上的邓婉玲，齐耳短发，双眉微蹙，瞪大眼睛，好像世界让她吃了一惊。

不过那是二十多年前的照片了。

二十五年前，邓婉玲读初中。她成绩好，习得一手好字，黑板报上有她的大字"筑起反和平演变的钢铁长城"，完全不懂其含义。合唱比赛，她站在前排中间领唱，买不起规定的红色毛线衫，被取消领唱资格，换到后排，借件灰旧的洋铁红毛衣充数。她家距学校远，考试敞开试卷让人抄，换得可以坐同学单车后座的福利。

邓家三姐妹，她最聪明，也最温婉。于乡邻口角时劝架，头头是道。集体游行时，她用高粱帚在土墙上写"计划生育是我国的一项基本国策"，字体方正有力。人家都说邓家贫寒数辈，婉玲少年聪明，必成大器，光耀门楣。

初中毕业考试，邓婉玲身患疱疹，高烧不退，咬着笔杆控制牙齿颤抖，发挥失常，没考上中专。父母命她放弃前途未卜的高中，跟着村里的蓉姐南下，去广漠的世界里捕捞生活。

她去皮鞋厂做工，在木头楔子上蒙上皮革，用小锤钉钉子固定鞋面，十指用力弗能屈伸，晚上回家用热水沃烫。得工资八百，五百寄回家，留下三百元吃饭。晚上想家流泪，挤出生活费打长途，母亲责备她费电话费，她挂了电话蹲在磁卡机下哭一场。

后来辗转换工作，皆因文凭太低，好几年禁锢在流水线。夜里瞪着眼睛望屋顶，望到双目赤胀，天花板像要劈面砸下来。

厂里有个叫戴科的男孩子，与她说话渐多，厂里元旦晚会，他教她跳舞，后来放弃舞步，于黑影憧憧里，相抱着漫步。她的脸在黑暗里烧成炽铁，心脏轻盈，像要从瘦小的胸腔里振翅高飞。

两人在外租个小房间，搬来各自简单的几件行李，铺盖一合，开始同居。一起买来大骨熬一锅汤，中午在汤里下白菜，晚上下豆腐粉丝。夜里去厂外大道散步，于烧烤摊前买不同的两串，交换吃。过生日戴科送她一束玫瑰，精心养了半个月，容颜尽丧，悬挂阴凉处做成干花，舍不得丢。

戴科也是家里老大，一月大部分工资寄回家，两人把余钱拢到一起，精心盘算，算来算去总无节余，邓婉玲打消了念夜校参加自考的念头。

邓婉玲阑尾炎动手术，找蓉姐借手术费。蓉姐来探望，邓婉玲没力气说话，伸出瘦骨嶙峋的手，捏捏蓉姐的手。

蓉姐叹口气说，你那男朋友不行，条件太坏，你手术还要自己借钱，将来日子不好过。谈谈恋爱也就罢了，过日子，你还是得重新考虑。

戴科来送饭，正好听到这几句话，气得掉头就走。邓婉玲出院回来，见一地香烟尸体，满屋狼藉，流泪指责戴科丢她在医院不管。戴科怒怼，你既然攀了高贵朋友，还回来理我这穷光蛋做什么。

邓婉玲生气说，你若是长志气的，就不做穷光蛋！

戴科一拳砸在墙上，当晚离家出走不回。邓婉玲又气又悔，按住隐痛的创口，去外面寻找未来。戴科离开工厂，从此音讯全无。邓婉玲哭一回，怨一回，骨销形丧。

半年后家里来电，告知父亲摔伤，需要大笔医疗费，妹妹们要学费。邓婉玲在冷清黑暗里抱紧自己，把骨头箍得锐痛。她打了蓉姐电话，同意她的建议，去有钱人家照顾病人，工资比现在高。

邓婉玲局促立于沈家别墅客厅，精致奢华的沈家，四壁地板皆明晃晃，让她眩晕。她想到昏黄灯泡下的柴火屋，四壁黢黑，窗户上钉着薄膜挡风，飓风高傲撞击，木板门哐哐打开又哐哐合上。

沈夫人刘玉将她带至胞弟刘俊奇房间，她如被闪电响亮地惊醒。刘俊奇躺在床上，他的被褥在臀部以下突然塌下去，一种陡峭的悲剧。他浮肿苍白，两只呆滞空洞的大眼睛，阴森望向邓婉玲。

刘俊奇双腿截肢，胞姐刘玉照护。他大部分时间卧榻，盯着电视看，间或电脑前坐一天，单独吃饭。有时邓婉玲推他出去散步，他双眼茫茫，不知所想。洗澡时，邓婉玲将他于轮椅上抱到专用凳上，关门出去，隔会儿听到里边号啕大喊，慌推门进去，只见凳子翻侧，刘俊奇一身精光仰躺于地，面容扭曲，歇斯底里号啕。

那是邓婉玲第一次见到刘俊奇畸形的身体，她无比恐惧，心咚咚如闷雷。

刘玉安慰邓婉玲，期待她善待弟弟的情绪失控，叮嘱如厕沐浴要陪伴，不能离开，说得眼里一泡泪。邓婉玲面红耳赤，羞恼不堪，又只得唯唯应允，她想到刘俊奇的暴跳如雷，还有那恐怖的裸体，心里又酸涩又害怕。

时过半年，邓婉玲心生怨怼，逐渐不能忍，无奈家中一直逼款，她不敢辞职。邓婉玲反对回老家招赘，大妹无奈代替，条件是邓婉玲出资建楼。

刘玉拿出两万给她，说有困难你就说，我家不缺钱，就缺人。

邓婉玲说，我怎么还得起。

刘玉说，不要你还。俊奇喜欢你，我也喜欢你，我巴不得我的钱就是你们的钱。

邓婉玲大骇，跑去找蓉姐。等她哭完，蓉姐说，你想嫁个怎样的？

起码得四肢健全吧？

四肢健全是用来赚钱的，刘俊奇有钱。

得能正常生活吧？

不过传宗接代那点事，刘俊奇能生。

那，那也得有点感情吧。

恋爱你谈过，感情算什么？

邓婉玲缄默，蓉姐见她怨愤懊恼，说，你还在想着戴科？你去富士康看看，他一到那里，就和别的女人在一起了。我怕你难过，才没告诉你。

邓婉玲大恸，心上捅进一把尖刀。她飘飘回来，死了数日。过两月，邓婉玲成了刘夫人。

新婚夜刘俊奇双手撑住半截身子来压在她身上，她失色尖叫，她以为他萎靡无能，未料如此疯狂旺盛，掐咬撕扯，万般折腾，始知他病残的不仅是躯体。她摊开自己如一把钝锈大剪，冰冷的泪灌满两只耳朵。

她寄回八万元，那是刘玉给的新婚礼。与父母说，从此不要找我，我一辈子的钱都在这里了。

母亲骂她白眼狼，她声音颤抖着笑道，你们见过这样可怜的白眼狼吗？

她变得沉默寡言，总是半日发呆。刘玉回来，瞧见冰锅冷灶的，开始指责。她反嘴道，保姆也有得假放的，我连保姆也不如。

刘玉尖声道，说话不要这么难听，哪里有这么贵的保姆！

邓婉玲酸楚一笑，慢慢说，十万，我把自己卖了。

刘玉冷冷道，我给你蓉姐那几万，你没算上？

邓婉玲猛然抬头，哑声问，什么意思？

刘玉轻蔑地说，呦，你不知道你蓉姐靠这个发财致富的吗？她帮那些大款寻的马子，一大卡车坐不下咯……

邓婉玲只觉眼前一黑，轻飘飘几乎要坠于地。她于花园墙角坐着，直至入夜。一只皮毛肮脏，兽骨高挑的野猫，利索蹿上围墙，在树影间无声盘桓，它拱起背部，毛发剑立，眼睛如幽绿蛇胆，她吃了一惊，蹲在墙下哀哀哭了。

她心力不逮，终日倦怠，把自己孵进沙发，养得颊颐圆润。隔一年，生了小宝，邓婉玲以带小孩为由，携子另居一室。半夜刘俊奇摇着轮椅过来厮缠，两人扯打，一屋子噼啪作响。听到客厅里脚步窸窣，邓婉玲瞧见刘玉的影子，一动不动投在门口。她放下抵挡的手，就此作罢。

早晨邓婉玲给刘俊奇端来早餐，刘俊奇斜眼道，粥里干净吗？

邓婉玲抓住刘俊奇衣襟，双目充血，身如抖筛，她压低声音怒吼，你怕我下毒？刘俊奇，刘俊奇！我受够了！

她丢开他，踉跄奔入汹涌大街，只觉得到处都是腾腾戾气，到处都是轰轰暴雷，于街头下突然站定，呆呆不知要往哪里去。眼泪流到脖子里，就让它流到脖子里。

她至此知道，命，就是老天把别人不要的东西强塞给自己，自己都得受着。她活到二十多岁，比旁人更早接受了这件事。

五年后，全球金融危机，沈大志食品公司倒闭，讨债者一波一波，沈家别墅一夜翻天。晚上刘玉于客厅哭泣，邓婉玲要求将江宜花园的房产证交给她保管。刘玉骇异，你想分家吗？还有什么可分的？

邓婉玲说，那套房子原本就是刘俊奇名下的，总不能这时被人拿了去。你弟弟和外甥两个残弱，你不能让他们饿死。

刘玉凄惨笑道，你为什么不早分！

邓婉玲说，姐说的什么话，我们是一家人，我不过帮他护住保命钱。哪日我们衣食无着，还得来叨扰姐姐。

邓婉玲携夫挈孥，能带走的皆带走，三日拾掇，搬至江宜花园。一日蓉姐来访，问，刘玉曾把一大笔钱存在刘俊奇户上，你转移至哪里了？

邓婉玲道，刘俊奇户上的钱，就是我的钱，怎能叫转移！蓉姐别忘了，你是我们夫妻的大媒人。

刘玉存在弟弟名下的钱，是她自己的风险预备金。她现经大劫，你不能釜底抽薪。

我们三个泥菩萨，妇弱病残的，只能自求多福。哪里还能管别人？

她平时待你也不薄。

谁有钱，我跟谁过。

蓉姐拿眼恨恨地剜她，邓婉玲，你这么无情无义！

邓婉玲捂住胸口，蓉姐，这怨不得我，我啥都不懂，只有被卖的命，还得跟你学学经验。

蓉姐牙关颤抖，一脸赤红说，往后，我不认得你，你也不要提我的名字。

邓婉玲端端坐着不看她，听得蓉姐走出去，好久门外才响脚步声。她有点想哭，但最后却冷冷笑了。

邓婉玲盘起头发，十指涂上蔻丹，骄傲地当家作主起来。于客厅摆起麻将，一群无事太太们烟雾缭绕，终日盘桓。她给已经八岁的小宝零钞，买来盒饭打发三餐。刘俊奇拍着床板喊，她横竖不理。他以头撞墙，边撞边嚎，撞了半年，不再抗议，寂寂无声，只是睁大眼睛发呆。时常把小宝喊至轮椅前，抱着他喊，小宝，小宝……流下两行浑浊泪水。

他对邓婉玲说，你心比石头还硬。

邓婉玲不理他。

他说，我当年不该听你骗，把我姐存了钱的事说与你。

邓婉玲不理她。

他说，你把我送回我姐那去。

邓婉玲说，你想离婚，也可以，钱和房子都归我。

刘俊奇哑然。他不再近她身，年迫日索，郁积于胸，他已暮暮有老态。

邓婉玲守着那桌麻将，粗声哑嗓慵懒度日。其时，小宝已上初中，嫌弃母亲终日缠绵麻将，平时住校，回家来摆脸色，将门重重关上。小宝与父亲更亲近，给他洗澡，推他出去散步，给他购置衣食。他买来新手机，教父亲上网。他眼见着父母不和，更偏心父亲。邓婉玲偶觉失落，骂他不记得生养之恩。她对小宝说，你学习聪明，还不是像我。要是像你爸，来日也得靠老婆！

小宝低头吃饭，不回答母亲的话。

小宝考高中时，未达到重点高中录取线，不甘心，求母亲买名额。邓婉玲说我哪有那么多钱。小宝生气说，你要带着那些钱入棺材吗？

邓婉玲兜头给他一耳光，咬牙切齿道，这些年光出不进，我不守着，你们两个喝西北风去。

小宝抱脸哭泣，最后说，你去找姑姑，姑姑有钱，她会帮我。

食品公司倒闭后，刘玉用固定资产抵债，搬出别墅，两年后重整旗鼓，艰难辗转，终于恢复兴旺，高价买回原来住宅。小宝偷偷带父亲去姑姑家，回来绝口不提。邓婉玲心知肚明，不加阻拦。她知自己当年过分，于患难时落井下石，刘玉夫妇恨死了她。但即便不来往，邓婉玲心里也认定，刘玉是刘俊奇的亲姐，是小宝亲姑姑，是她最后的阵地。

她买来糖果点心，找牛皮纸包扎起来，用绸带绑个蝴蝶结，像刘玉的做派，抱着去沈家别墅拜访。楼下见到园里的紫荆花，开得盈盈的云团一般。回想起第一次来沈家别墅，紫荆花叶落皮鞍，犹如死掉一般，没想这树返春即盛，开出淋淋丽丽一蓬蓬活色生香。她当下不免一阵恍惚，觉得光阴似箭，万物翻新，唯独自己一点点老旧过去。

　　邓婉玲讪讪说，一直念着姐姐，今日才得空来。

　　刘玉不接话。

　　邓婉玲道，当年我一个无能的人，带着两个残弱，护家心切，只想在乱境里撑着他们父子，姐姐要体谅我的心。

　　刘玉冷冷一笑，你撑着？你怎么撑的？你还不是靠我的钱撑的。

　　邓婉玲挺了挺脊背道，怎么说，姐姐也得感念我照顾他这么些年，守住那个家。

　　刘玉道，你今天来，也无非是为了钱。钱我有，只是不能给你。

　　邓婉玲尖酸起来，怎么就不能给我，那是你亲弟，是你亲外甥！刘俊奇还没死，我们还没离婚呢。

　　刘玉道，你不离婚，还不是念着我的钱，为了钱，你这么犯贱。

　　听了刘玉的话，邓婉玲双颊赤红，一念滞潆，蹿到阳台就要往下跳。刘玉强力拖住，嘴里仍然尖锐，说你两句，就要跳楼，你可别在我这儿跳。你当年带走他们，带走我救命钱，往后就不要回来。

　　邓婉玲立住，收了跳楼的心，摔门而出，跑了一阵于街头久久站立，双手捂胸，臂肘腿脚皆软。她回过头去看，汪出一眶热泪，视线渐渐模糊。猛然转过头，用力揩干眼泪，昂然向前面走去。

　　没关系，她打了半辈子仗，不在乎先输一会儿。

任春华

九月的长巷里，微雨初歇，染湿一地伶仃落花，稀薄的暮色落在一扇斑驳的木门上，门槛上坐着疯子任春华。

不急，慢慢说来。

十八岁那年高考失败，任春华想复读，双泪长流跪在爹娘脚下央求，书终究是没读成，春华回村里做了一名代课老师。

春华生得好看，可是不讨人喜欢。她不爱说话，也不爱笑。也有快乐的时候，那是邮差送信来，隔了学校斑驳脱漆的铁门喊，任春华，信！

只需喊一声，这边燕子似的飞出一袭白衣裙的春华，睫毛扑闪，双颊微红，让送信的心如鹿撞，等春华转身，他才敢看她衣袂飘飘的背影，世界在她背影里褪成了平淡无奇的底衬。

一年后，送信的不敢再从学校铁门前经过，铁门后边的桂花树下坐着失魂落魄的春华，忧伤的眼睛眨也不眨地盯着他，可他再也不能像以往那样扬着声音喊，任春华，信！

信，好久也没来了，春华那剪水似的眼波里涌满着深深的忧伤，烙疼送信人的心，他看也不敢看她一眼，低头匆匆走过，他多么想自己写一封信给她，大声地喊，任春华，信！

春华更不爱说话了，更不爱笑了，除了看书，她开始写作。她的作品里有一只羽翼丰满的小鸟，那小鸟飞过村边重重的青山绿水，飞过世代劳作的稻田麦浪，直飞到最高最高的云层里去，俯瞰更广大的世界，那世界里有另一个自己，有信里的他，有高楼大厦霓虹辉煌的大都市，有他们一起憧憬的美好未来。

然而春华的梦很快就破灭了，父母为她定了一门亲事，男方许诺为春华的哥哥修独门独户的三间房子，那是未来嫂子提出的过门的条件。

　　春华像两年前要求复读一样，再次跪在父母面前。父母痛心疾首斥骂女儿的自私与不孝，像两年前拒绝让她复读一样再次拒绝了女儿不明事理的要求。

　　天未亮，青灰色的天空像一枚腌坏了的盐蛋白，黏稠，昏沉，密不透风。春华背了几件衣裳上了火车，去大学找那个给她写信的人。也许，她可以在他学校附近打一份工，可以在浓寒的冬夜为他烧一壶泡脚的水。

　　他汗水淋漓，一身球衣，飞扬着充盈而壮硕的青春，那样结结实实的青春是能砸痛人的。那样的熟悉，又那样的陌生。他回过头来看到她，像看到天外来客。春华一看到他的眼睛，心就已惶惶冷去。来不及说话，旁边钻出一个青春无敌马尾辫，银铃铃一阵笑声抛给他一瓶水，她手中软软的毛巾擦上他的脸去。

　　春华恍惚中听见他对马尾辫说，这是我表妹。

　　多么老烂的桥段，像炖煮了千年的狗头骨，一锅老汤够喝个地老天荒。

　　马尾辫也叫她表妹，这种亲切与友善居心满满，痕迹凿凿。校门口的一顿饭，春华颗粒难咽。马尾辫与他兴致勃勃谈毛姆、狄更斯，谈尼采、黑格尔，论文学创作，论"转型""疏离"与"断裂"，再约定饭后去买两把牙刷。春华心里很难受，她沮丧地发现自己真的很贫乏，也很悲怆地看到了自己踮足不及的距离。马尾辫轻而易举地将春华推离他们的领地，昭示着不可侵犯。

　　春华瞪着眼前这个男人，他关掉过去就像关掉一盏灯。曾经那个羞涩而深情的少年，无疑是被他杀了。被他杀了，不复存在，不可原谅。深深的失望与自卑，还有入骨的屈辱与愤怒，像浇了水的石灰，噼啪升腾，响亮炸裂。

　　穷门恶户家的孩子没有权利异想天开。两个月后，春华在锣鼓唢呐声里出嫁了。她端端地坐在新房里，像新刷了糜红烂绿字体的石碑。挂着黄鼻涕的细伢你推我搡笑着躲在门口看新娘，见床头坐着一尊千年不化的冰雕，不禁有些怅怅然。新娘不给喜糖吃，他们便恨恨丢了一个点燃的爆竹，噼啪一炸，火石电光般炸醒了恍恍如梦中的春华。她看着门楣大红的喜字，屋里龙凤呈祥的锦被，流金碎银的锡箔彩带，柜子上乌眉烈唇的烂俗塑料花，她看到墙上那面四方镜里，赫赫坐着一个披红戴绿的女人，如投水死去的幽怨女鬼。

夜终于沉寂下来，昏昏盹去的春华梦见四季冰封的原野上，尖利的犁铧正切割耕耘，地面被撕开一个又一个漆漆黑洞，她就是那被割裂的土地，尖锐的痛楚自身体深处扩散开来。她睁开眼，蒙蒙地看见喷着热浪的一头黑熊紧紧攫住她，烟烧火燎般压在她身上，一鼓作气开天辟地。春华肝胆俱裂，脚踢手打奋力反抗。丈夫一惊，不可置信地盯着她，但销筋蚀骨的狂热正在他体内轰轰燃烧，他轻而易举地制服她，昏天黑地横冲直撞。

求生不能。春华四仰八叉于床，如同一把张开双腿的冰冷大剪，咔咔剪裂自己最终的幻梦。

丈夫是喜欢春华的，他喜欢看她读书，喜欢看她写字。春华于窗前坐着，一页一页翻书的样子，是他从未见识的美不胜收，是其他女人身上完全没有的楚楚风情，是这个家里世代缺少的神圣书香。到了夜里，他就骑到她身上去，生生硬硬直截了当。他贪婪地攫取索求，像尽职的矿工一日复一日地勤劳钻井，然而他慢慢发现，他打的是一口枯井，一口死井，这井不论打多久多深，是始终不会涌水的。

身体里像塞了一块粗糙的生锈老铁，这种难以言喻的伤痛深深刺激了春华，她对黑夜的来临充满了巨大的恐惧，对身边这个同床共枕的男人充满了切骨的厌恶与憎恨。

一年后，春华生了孩子。孩子在床上躺着，亲朋好友四面围着，笑得就像桌上歪头咧嘴的塑料花。春华盯着这一屋子变形的脸，盯着那张酷似父亲的婴儿的脸，心底生出一股寒意来。她觉得自己被囚禁了，一堵昏天黑地的围墙正于她周围高高垒筑起来，她再也逃不开了，这一坨躺在她身边的有胳膊有腿的鲜肉，就是这围城的锁，无情的锁。这把锁嘟着红艳艳的嘴蹭到她胸口来寻找生命的源泉，婆婆说，孩子饿了，快喂他。姑姑婶婶说，孩子饿了，快喂他。快喂他快喂他，像一层层呼啸的海浪淹没她。这个像极了父亲的一坨鲜肉，蓬蓬勃勃地吃，要长大，长大变成第二个丈夫！一样的生着油亮的光头和肮脏的黑指甲，一样的把短裤腰头露在长裤外面，一样的吃饭吧嗒吧嗒响声震天，喝粥的时候伸出长舌头像猪吃食一样一层一层舔下去，热天不洗澡一身腐败酸臭爬上床如动物一样发情，然后一样地在这贫瘠的村头垂垂老去，葬在祖祖辈辈的坟圈里等着发烂，化为一堆白骨。

春华浑身颤抖起来，她不要喂他，不要让他长大——这一群人，无知地露着黄牙欢天喜地的人，他们无知地生养，繁衍出一代一代同样无知的复制品，他们这样潦草地践踏自己，这样神经兮兮不明所以地欢喜闹腾，拎着自己空虚的灵魂混沌走向坟墓。这时她才发觉，她要挣脱的，不只是家里的这几具皮囊，而是整个茫茫的人海。

春华不是好媳妇，她不带孩子，不打扫，不做饭，家里乱糟糟。婆婆看不下去，先是对儿子发牢骚，而后开始在家里摆脸色，摆给儿子看，摆给媳妇看，摆给家里的每一个人看。春华不看她的脸色，丈夫却开始摔筷子，他讨厌母亲的源源念叨，更不满春华完全置身事外的冷漠和倔强。一屋子乌烟瘴气。春华以带孩子为由，不许丈夫近她的身，终于惹怒了他。他双目赤红，一巴掌拍到她脸上，嗡嗡半天震昏她无法回神。她斗不过他，他随便钳住她的手，她已无法动弹，她便用牙去咬，像一只发疯的蝙蝠张开尖利的牙齿。丈夫一声尖叫，好敏捷一伸手挽住她的头发直往墙上撞去，春华倒在地上，冷冷地瞪着他。那目光似乎来自苍莽高空，像高高在上的天神悲悯世间的蚍蜉一样，春华在悲悯和鄙视他的可悲与可笑。丈夫恨透了她的这种态度，他惆怅地想，这就是有文化的女人，比没读书的女人可恶多了！

春华带着双臂的淤青去上课，强迫症似的连连拉扯自己的衣袖，与迎面的人匆匆擦肩，杜绝别人探索的目光。经常于讲台上突然失神，昏昏不知自己上句讲到哪里。人群里站着，完全听不到别人的声音。她突然惊恐地一念，自己是疯了吗？她慌慌地去打量别人看自己的眼光，他们递给她新到的参考书，帮她把粉笔盒加满，告诉她吃饭时间到了。一切如常。没人比以前多看她一眼，也没人比以前少看她一眼，她怔怔地回自己座位坐下，一颗心仍没落回胸腔。

她更用力地看书，用力地写她的大世界，在汹涌的文字里构造她朗朗乾坤下的世外桃源。她内心那只桀骜的小鸟，被喂养得越来越大，越来越凶悍，能上天入地，翻搅出一片芙蓉白牡丹红的盛世蓝图，春华在这虚幻的活色生香里，寂静而又倔强地等待另一种可能。这份寂静与倔强就似在赌气一般，春华跟天赌气，跟命运赌气，跟自己赌气。谁都看得出她那份气势汹汹，如同英勇就义。都说这个女人有钢的气味。

县里领导来村上学校检查工作，大腹便便的李科长盯着春华，像觅到遗落人间的珍宝，一脸惊艳。当天的接待晚宴，校长安排春华作陪，李科长八面玲珑地替春华挡酒，一身凛然正气，饭后自告奋勇送春华，投其所好谈文学，适时话锋一转不胜惋惜，任老师一身才气，还只是个代课老师，真是可惜。

春华憎恶这个肠肥脑满一脸油光的男人，淡淡道，人各有命。

李科长豪气干云，人要有理想嘛，实现理想靠机遇，机遇靠自己创造嘛。和天斗，才其乐无穷嘛！见春华不语，李科长说，要转正，倒不是难事。

春华抬起头，一颗心在胸腔里乱乱撞击蹦腾。她似乎看到自己转了正，调到城里去，桃红柳绿风生水起的大世界正张开臂膀等着拥抱她。李科长看春华那双毛茸茸大眼睛，像草丛里卧着的一对发光宝石，心像长了双翅膀，轻飘飘要飞上九霄去，不禁多么怜惜地一笑，用手拍拍春华手背，我有几个朋友，这点小事他们都能帮得上忙。只是……故意一停顿，望着天空多么悠远地一声叹息，我找他们帮过几次忙了，倒不好再开口了。

宝石的光辉慢慢熄了下去，春华垂下眼睑，心中的小鸟儿却横冲直撞要挣脱胸膛去。只是，这一路险滩恶水，这只势单力薄的鸟儿要如何披肝沥胆才飞得过去？

当晚的春华辗转难眠，心里像做了一个水陆道场，杂乱冗长，无法收场。丈夫的鼾声此起彼伏，像金戈铁马战场厮杀。春华嫌恶地用脚踢踢他，丈夫翻过身去，鼾声更是气壮山河。

隔壁婆婆起床给孙子把尿，嘟嘟囔囔不清不楚一阵数落，一屋闲人，还要我来把尿，老骨头都拜送你了……尔后是哗啦啦一阵嘹亮的尿响，春华似乎闻到了一股腥臭。春华顶讨厌婆婆在房间里放尿桶，夜里婆婆尿一次，公公尿一次，儿子尿一次，哗啦啦哗啦啦一夜不安宁，简直不要睡了，像躺在臭水沟。房间弥漫着一股地久天长的尿骚臭，像图腾一样神圣地盘踞在房间里等待海枯石烂。

　　那尿桶可恶，那尿臭可恶，那鼾声也可恶。没有一处不可恶。

　　春华终于进城去找了李科长。当她把烟酒放到桌上时，李科长伸出双手来推脱，大手压在小手上，一脸正色道，用不着用不着，你放心，你的事我放在心上的。

　　春华咬住嘴唇几乎要咬出血来，咬出血来她也忍住没把手收回来。

　　李科长久经沙场阅人无数，早于欢场磨炼出绽蕾催花的本领，躺在床上的春华就像从原野折回的粉白野栀子，他不厌其烦启蒙春华的身体，带领她滑向花草朝阳的初春，于坡高草杂间羞愧地绽开。

　　回村的路那么漫长，春华觉得客车上的人嬉笑怒骂全是指向她，她像是一个怪物裸裎在天下，用烂菜叶乱石头打死，如丑陋的蛤蟆摊在大路上是她的收场。她跌脚绊手失魂落魄似乎走了一辈子。啊，原来一辈子是这么长的！

　　然而转正的消息迟迟未来，春华焦灼不安，夜里睁着一双大眼望着屋顶，日益消瘦的双手紧紧捂住自己呼之欲出的心，怕它一不小心就会跳出来跌下地去。

　　只有再去找他。他惊讶她身上的伤，她绝口不提每一个伤痕的来由，却在他那肥厚大手的抚摸下心酸颤栗，她绝不相信他的疼惜爱怜，却宁愿在他的轻拢慢捻缓弹急奏间安抚身体的伤，缝补破裂的胸膛。她觉得自己就是一个淫荡可耻的暗娼，无羞无耻地摊开在一个男人的身下，典当尊严出卖灵魂，仰头乞求低廉的施舍。而更无羞无耻的，莫过于像吃刚从灶火里扒出的红薯，烫，脏，过后却觉得香，甜，怀着留恋的贪。

　　转正的事情怎样了呢？

　　应该快了，别急别急，我再催催去。一身大汗的李科长倚在床头抽烟，宾馆的床头灯下，照出他两个深深眼袋，像汪着两泡黄尿，一戳就会流满一脸。

如此一次又一次，春华感觉自己堕入一个黑暗深渊，深渊无底，她一直一直往下堕，多么痛苦！她看见自己站在一个危险的悬崖，可是悬崖那边有她愿意为之赴汤蹈火的希望。那点希望一寸寸的，一点点的，跌宕起伏百转千回在她心里生了又灭，灭了又生，不屈不挠。为此，她甘愿当偷渡的刺客。

那个黄昏，春华与李科长在宾馆见面，只听到门外震天动地一阵打门声，像天雷轰轰于青天白日突然炸裂，春华听到了丈夫的声音，眼前一黑差点晕过去。

还远没到结局哪。

被老公和亲戚捉奸回来的春华，不吃也不喝，一动不动蜷在床上。她希望自己死，她果然也离死不远了。神志不清混混沌沌里看见一个少年，像阳光一样照亮她生命的少年，在她的宿舍楼下捧着一个保温杯仰着脖子等她，递给咽喉发炎的她一杯冲得甜甜的胖大海菊花茶。那菊花开得多好啊，在水里舒展漂浮，像云游大海的水母，那水母游啊游啊，通过一条明艳艳飘满白云的大道，慢慢变小，变小，像小星星，像萤火虫……

春华听到有人哭。啊，自己果然死了，不知是谁在为自己哭呢？如果死了有人为自己哭一场，那死亡的手该是多么柔软温暖啊。那哭声一抽一抽，像伤了风的坏鼻子，在哭自己的苦命，哭儿子的苦命，哭孙子的苦命，腔调长长，颤颤悠悠，像给人哭灵。啊，原来是婆婆在隔壁哭她自己呢。

儿子从窗外踮脚偷偷朝里望，咚咚咚跑过去告诉婆婆，奶奶，妈妈死了，妈妈不动了。

婆婆立刻停止哭，她那哭是随时可以干干净净停止的，她提高声音，咬牙切齿，故意让春华听见，你妈妈没死！她那么快活，怎么舍得死！

想死的春华就这样被她婆婆点化了，她不想死了。她梳理得清清爽爽走出房去，开始吃饭，洗澡，晒被子。

村里人用不着戳脊梁骨，因为他们是当着她的面也能哄笑一场的。女人们敌视她，自然天成地防她，像防一只夜里能飞檐走壁上梁揭瓦的偷腥的野猫。男人们谈论她，透视她，白天拈了她的风流韵事来佐酒下饭，夜里幻想自己是压在她身上的一头威武公狮。

春华从此也不用去学校代课了，不用上课的春华成了一个哑女。她照样抬头挺胸地走路，照样大口大口地吃饭，只是不说话。

婆婆看着不说话的春华，一股凛然的腾腾杀气，更是恨不得拿了桌上的茶瓷劈头盖脸砸过去，看她是否会哼一声。丈夫从此就像吃了毒药剜了舌一样，不再理人。男人的不再理人有很多种，他显然属于最坏的一种。他简直是眼睛也不望她的。他下定了决心不理她，他就能做到。他脾气一天比一天坏，一日三餐脾气吞下去，眼睛里都冒青烟。所有的事情到了他这里都成了脾气，家里桌子椅子杯子盘子全要遭殃。而她的儿子呢，那样怕他的父母，见了他们都挨着墙根溜，他也不爱说话，一双圆圆的大眼睛里写满对这个世界的恐惧和对一切的不信任。人家笑他，他又羞又恼，捡了石头毫不留情地掷去，那股咬牙切齿的凛然像极了他娘。

多年未见的高中同学来邀请春华参加同学聚会。一晃十多年，十多年的光阴于春华是三生三世般绵绵无绝期，是畸形而漫长的煎熬。然而又分分明明就在昨日，唇红齿白的清晰。春华荒凉的心坟陡然冒出一株小草，迎风送雪地长满虎虎生气，无惧也无畏。她穿上当年的白色连衣裙，脸上搽了厚厚一层白粉，去参加同学聚会。

一脸白粉一身白衣的春华，在人群里寂寞得如坟头的一挂丧幡。别人谈的她都不知道，别人经历的她都没经历过，别人讲的全与她无关。同学们的脸就像一面面魔镜，照出她这个庞然蠢物。她前所未有地知道人生原来有那么多种，那么富饶又丰满，那么多姿又从容，而自己则走了最凄惨悲壮的那条道。人间都还是欢欢喜喜一派春色，她这里早已是萧索清凉一场秋霜。浩渺的世界里，自己是多么多余！半辈子辛苦拼命，白白折腾，不过是个多余！

春华的目光搜索着千百次于梦中回现的那张少年的脸，少年远远地坐在另一头，与同学们交谈甚欢。他们之间，隔着杯盘狼藉的几张桌子，隔着横陈竖倒的许多啤酒瓶，隔着串了味的残羹剩汤，隔了十多年的光阴，隔了彼此不知彼此的悲喜人生。那边突然一阵起哄，说起了任春华这个名字，她清楚地听到自己好寂寞的心跳，苦涩而疲乏的心跳。这颗心为着他早已死去，此刻为着他还能活过来！他带走了她的心，此刻他应该走过来，捧着那颗真诚伴随着他的心，给她放回心窝，让她重新活过来。

你不过去打声招呼吗？曾经的金童玉女。有知根底的同学在笑。

哪里，千万别误会，我们从来没什么！那个曾经羞涩深情的少年郑重其事地说。他都不看春华。不看，是多么无药可救的一种漠然决然！他不止是不爱她，他根本瞧不起她，他羞于承认自己曾经爱过这样一个女人，那好像是对自己莫大的侮辱。她过得好不好，她曾经有没有爱过他，她现在还爱不爱他，与他全然无关。

春华的心被他这句话无情一捏瞬间粉碎！风一吹来，挫骨扬灰，连渣带沫都飞了。她长手长脚地杵在那里，像褪色的旧挂历上潦草剪下的纸片人儿，也没鼻子也没眼，也无颜色也无泪。

那一刻，她知道自己什么也没有了。曾经在山寒水瘦的岁月里赖以御寒取暖的那场深复的旧事，被一张寡情的嘴轻轻一吹，便凋了谢了，成了梦游般的一场错觉。在颠沛的流年里逃亡了半生，是因为这段梦还完整地揣在怀中，因为这梦，让她愿意在世间流离。如今他来，轻轻一句从来没有过，便捞净她的一切。她曾承受了这段旧爱身首异处的腰斩，她以为那已经是最坏的结果，却从来没想过，有一天还要面临"从来没什么"的一场凌迟！

连梦也被人抽走了。她，任春华，孤独一人，一无所有。一无所有到可以从容就老。

只是可惜啊，人要老好久才死。

从同学聚会上回来，脚还没迈进门槛，丈夫像个幽灵从门后闪出，一把揪了春华的头发，硬生生直拖到房间里去，当胸一记窝心踹，春华只觉得五脏六腑一齐碎裂，她摔倒在地上，额角淌下热热的鲜血来。春华抬头看着丈夫，那样冷冷地望着他，一点惧怕也没有，一点妥协也没有。

丈夫是多么恨这双眼睛啊，这双眼睛那么大，那么黑，那么亮，可是他从未在这双眼睛里看出一点对他的温情，哪怕在他百般浓情缱绻赐欢时，那双眼睛也是冷的，也是空的，空得让他心慌气馁，火冒三丈。此刻，这双眼睛又是这样望着他，冰冻三尺一般，让他在怒海里万劫不复。他骑在她身上，用尽力气扇她耳光，发泄他的愤怒、屈辱与委屈。那份屈辱与委屈在他歇斯底里的发作里生龙活虎起来，咬啮他，鞭笞他，生煎活炸他，让他发了疯。

你这贱货，搞得这样妖里妖气出去丢人现眼，吊颈鬼擦粉，死不要脸……狗改不了吃屎的烂货……他一边打，一边骂，直打到手软了，力竭了，才气喘吁吁停下来，像扔开一袋老玉米一样扔开她。

春华咬紧牙关，一声也不吭。脸肿了，牙齿脱落了，头发也掉了，血从嘴角流出来。她似乎闻到一种不知什么香，稠密的腥甜，是梧桐花吗？当年读书的时候，操场边一圈的梧桐树，跑道里灿烂缤纷的一地浅紫，像云彩在河里安眠。那个少年是在旗台右边的梧桐树下吻的她吗？那样生疏别扭地交缠互绕，吻出一嘴的腥甜，原来那份腥甜，是血的味道。

从此以后，家里的桌子椅子杯子盘子不再遭殃，春华一一代它们受过。夜里经常噼里啪啦一阵地动山摇，那是春华被踹到地上，春华被撞到墙上，春华被砸在柜子上。丈夫一言不发地发泄，春华一言不发地承受。这个房间里充满了被诅咒般的诡异，日复一日上演血雨腥风的戏码，春夏秋冬都不错过。

这样的血雨腥风，公公婆婆不是不知，可是他们不管。儿子呢，儿子蜷坐床角，像一只瑟瑟发抖的落水的小羊羔。他已经很久很久没有说过话了。

春华像挂在竹竿上的一件旧袍，空空荡荡，飘飘忽忽。她的脸更小了，眼睛显得更大了，她的眼神溶在日光里，溶在灯光里，像一片灰茫茫的云霾，没有喜，也没有悲。烈焰能融化坚冰，也融化不了这片云霾。

丈夫到底还是没有得到她的一眼温情，她望向丈夫的眼神，是空洞的，是涣散的，像透过丈夫望向前生后世。

那是死亡边界的眼睛。

可是奇怪的，春华爱笑了。她坐着的时候微笑，走路的时候也微笑；晴风好日的时候她微笑，骤雨阑珊的时候她也微笑。

她的同学曾叫她才女，男人们叫她美女，现在大家都叫她疯子春华。

人们在烹调春华的故事时，都不忘加上一勺喟叹，女人，但凡有点姿色，又有几分心高气傲，是一场祸害。

可是不应该是这样的啊，当然不应该是这样的啊。

秦丽云

秦丽云十二岁那年，花鼓戏班来村里游演，她跟着去学花鼓戏。她悟性好，嗓门亮，隔几天就能登台表演。一日她父亲正好经过，见女儿娇红嫩绿站在戏台上，画得乌眉黑眼，唇朱腮赤，感到极度震惊和羞辱，当下挟了她回去，命她跪在堂屋里。一个耳光扇过来，秦丽云摇摇欲坠，再一个耳光扇过来，秦丽云直觉飞机轰鸣，哀转不绝，耳里彻夜嗡嗡呜呜。

翌日醒来，秦丽云发现世界出奇寂静，张口听不见自己声音。她聋了。

母亲慌忙求医，郎中摇头叹息而去。秦丽云哭三日，饿三日，第四日披头散发，一摇一晃出得门来，听不到车声，听不到人语，于饼摊买两个烧饼，在大风里一口一口嚼，寒风灌了一肚子，她呜呜哭出声来，听见自己的哭声，像从某个遥远的地方，由风远远地送来。

秦丽云拾了包裹，跪在戏班班主跟前求收留。班主摸摸她头说，孩子，你听不见了啊，你怎么唱！

秦丽云眼泪汪汪，攀着班主膝盖不起。班主不忍心，去问秦丽云父亲，父亲一屁股落在凳子上，伤心挥挥手，随她去。

秦丽云跟随戏班一路游演，心意坚决，很能吃苦。她帮忙抬道具，搬箱子，给戏班做饭。演出时她痴痴坐在乐队后面，听得见渺渺的锣鸣鼓震，闲时自己勤奋练功，浑然忘我。半年后，秦丽云居然可以凭借微弱听力，识得演员唇形，记得乐队师傅节奏，唱来相差不大。班主心里感动，正式收她为徒，用心调教。

十五岁，耳聋的秦丽云正式参演。十六岁时，唱腔清丽流畅，与乐队合弦合槽。至十七岁，成当家花旦，戏班广告上大字书着：主演，秦丽云。十八岁时，她与师兄彭年华对戏，两人情愫暗生。戏台上的她双眸盈彩，似两汪碧潭，人生所有的明媚，在那一刻燃烧了。

翌年，彭年华带了她回去见父母，他家挤满了邻居亲戚，皆来看耳聋的女戏子，聒噪不绝。她隐隐约约听见她们的声音，像一涌一息的天边海潮，像隐秘的河流于蓬草下汩汩流过，打着响嗝。她茫茫坐着，双手揉搓着红色八裥裙，揉搓到跟心一样皱。

返回戏班不久，彭年华与戏班告别。他家里差人相助，已帮他在县城花鼓剧院谋到工作，要他与秦丽云断绝来往。彭年华来找她，讷讷不言，眼里泛着一层泪，两人默默相对良久。彭年华从袋里掏出一叠钱来，放入她掌心里，再将她掌心合上。她捏着那一叠钱，簌簌流下泪来。

又一年，各地剧院涌现，草台戏班经营维艰，戏班成员纷纷另寻出路。秦丽云哭别班主，重回乡下老家。

她十三岁离家，二十岁回来，中间七年像被一把钢锯生生锯断，剥落分离。于村口久久站立，天边云影子大团大团，横扫而来，扑面俯冲，像要全压在她的身上。

她跟着村里人去内衣厂做工，缝纫机针头将她指甲扎破，她吮干血迹继续做。缝纫机上堆着高高的布料，露出秦丽云瘦瘦小小的一颗黑头颅，像苍茫远山上坠着的一朵小乌云。

一年后，邻村刘大同和媒人送来三块呢子布料，秦丽云躲窗下看了，见那刘大同眼珠活络，四下溜溜，当下心头犯紧，回头跟母亲说不同意。

母亲愕然，脱口问，你还要怎样的？

秦丽云耳聋，却一下读懂母亲的话。似有什么东西，瞬间哽住喉咙。她伤愤退出，踉跄逃离。

没想刘大同回去半月，着媒人来退信，说是父母不同意，补毛巾被一床，洋点心三盒为歉。父母觉得丢脸，数日长吁短叹。月旬，秦丽云听得外头似有锣鼓唢呐之声，出来见一支迎亲队伍村头经过，那胸挂大红花的人竟是刘大同，一时怔住，想来刘大同当日来说亲，岂是父母没同意就能前来的，说父母不同意定是借口，另觅了更好人选才是真。她虽然不喜欢刘大同，被轻视被侮辱的酸楚和愤懑还是瞬间涌上心头。

父亲阴着脸，母亲勾着头，灶上清冷，打着一格一格寒白的月光。

秦丽云于这寒白的月光下，再次拾了简单包袱，于清晨离开了村子。

她去城里爱心志愿者服务站，那里给残疾人提供帮助。安排她去修剪街道苗圃，一天弯腰到天黑，夜里回来无法躺下去，感觉关节咔咔作响。半年后，没听到身后喇叭，被摩托车撞倒在围栏上，一摸头一掌血，缠了绷带歇三日，丢掉工作。后来去家政公司做钟点工，给人打扫卫生，她爬到高高的窗台上擦玻璃，看到鳞次栉比的城市高楼浮在空茫寂静的半空里，底下是潮水一样的人来人往，聚拢、交汇、分散，感到自己被一股巨大的力量隔绝在人世之外，心下凄然。

一日去打扫卫生，因滂沱大雨迟到，雇主不知她耳聋，劈头数落她一顿，她惶惶致歉，心里酸涩难言。打扫完毕，拖着数袋垃圾出门，路边有人拉她衣服，回头一看，竟是彭年华。彭年华讶异望着蓬头垢面的秦丽云，不敢置信。秦丽云赧红了脸，心像速降般失重，她转过身，逃也似的跑掉。跑了一段路，她流着泪立于树后，看彭年华西装笔挺，由远而近，模糊望见他，背影渐行渐远，像挟走了全世界的光明。她留在光之外。

秦丽云回来痛哭一场，独自尝了那种隐秘的挫败，在别人看不见的角落里，蹉跎消耗、伤心半夜。她怕再次让彭年华见到自己的狼狈，又时至年关，遂回乡下老家。

正是茫茫雪天，秦丽云于村口下了车，见得整个村庄在雪地里，只剩隐隐的模糊轮廓，像自己这两年的过往，没轻没重，都在寒雪里。

一年后，经人介绍，她嫁给开杂货铺的罗永成。罗永成瘸腿，那日跟着说亲的人来，秦丽云见他于后面一瘸一拐奋力地跟着走，心中感到酸楚，好像那个一瘸一拐走着的人，是自己。

秦丽云协助丈夫料理杂货铺，一年后生下女儿小宝，婆婆没来照顾，她知道婆婆嫌弃她耳聋，又生的女儿。她从小吃过比常人多的苦，坚忍独立。她一边照顾孩子，操持家务，一边料理店铺。店面逼仄，货物不齐，从前只需养罗永成一人的店铺，现在负荷三口，愈发冷清维艰。她想扩大店面，问丈夫兄弟借钱，兄弟顾虑她家一聋一瘸，打定主意不救穷，拿几件小孩旧衣打发她。她笑着接了旧衣，说了感谢话，出门前却将衣服放下，昂头离去。

冬日，凌晨，巷风呜呜作声，如尖利狼牙，汹汹撕咬墙壁，洗脸的毛巾冻得直条条僵硬。秦丽云搭村里的运石车去进货，坐在车斗里，风吹着她头发如蓬草翻飞，身上没一处不灌风。她想起十二岁那年，她在寒风里吃掉两个烧饼，从此再没见过比那年更冷的冬天。她用塑料袋套住头，下巴处扎紧，留小孔呼吸。一会儿袋里白雾弥漫，她任由袋子模糊，全世界看不见，全世界听不见，车子颠颠簸簸，整个世界无声无形晃荡。

夏日，暴雨连绵，街头水涨，车辆房屋尽泡于黄水秒物里，屋内水深没膝，店内货物全毁，瓶罐瓢盆静静嵌在泥沙里，显出曲终人散的意思。

政府发放受灾补恤，领到薄薄一沓钞票，罗永成拍膝叹息，大呼完了。秦丽云心里塌陷下去，一夜不眠，第二日穿了雨靴，挖泥清沙，将铺面收拾齐整。晚上剪开旧袄，抠出一叠钱来，那是十多年前彭年华离开时给她的。她握住这一叠钱，不能理解曾经丰厚的一笔数目，如今竟变得如此菲薄，她不能接受这世界变化如此之快，心中大恸，流下泪来。

几年后，熬出头来，秦丽云盘下镇上两间铺面，加盟小型生活超市，货品由人供货上门。她耳不聪，但目明，算账飞快。后来学习用电脑收银盘底，脑袋里水一样清透，逐渐显现出她的过人之处来。

婆婆过世，丈夫兄弟因丧葬费分配不匀吵架，罗永成默默忍让，秦丽云不平，与兄弟们吵一架。妯娌怕她听不见，附她耳边大声喊，到底戏子出身哪，无情无义！秦丽云气得浑身颤抖，双颊赤红，如熊熊火焰。她痛吼一声，声音尖利而怪异，奔过去将全桌的东西打在地上，一屋子人目瞪口呆。

罗永成恼恨自己妻子狭隘，将她拖回去。他的眼神横扫过来，像挟了一把尖刀，扎在她身上。

罗永成是在白眼里长大的，自己把自己先看轻三分，从来只有逆来顺受，处处要当好人，习惯了卑微讨好。他不能体会她的忍耐、无奈，也不能宽容她的悲哀、爆发。她这样不顾一切的，像能把他变成一个笑柄。他身有残疾也罢了，还没用，连老婆也管不住，这样的话，耳朵里还没听到，心里熬煮了几百回。

为了证明自己不是没用的，他便在秦丽云那里变得厉害，他在万人眼里不算个什么，总还得有一个人知道他是个人。夫妻自此生隙，情感日渐疏淡。鸡零狗碎，种种小事，都能触发战争，冷脸冷色，言词尖利，渐同陌路。

四十多岁时，秦丽云跟随镇上妇女去跳广场舞，她唱过戏，功底扎实，后来当领舞，成立舞蹈队，穿上专业服装，烫了头发的秦丽云像一支鲜明的月季红。罗永成冷眼旁观，见有几个男的也在其中，跟着她学跳舞。她招招摇摇的，像有一点人来疯，从来没有这样快活似的。他更是愤怒，觉得她爱出风头，近乎丢人现眼。

第二日早晨，秦丽云发现自己的舞蹈服被剪得七零八落，数个窟窿，朝她瞪着仓皇的巨眼，悲从中来，她跌坐于椅，将头埋入衣服，低低哭起来。

罗永成坐于隔壁喝闷酒，他听到她哭，那声音又悲又凉，不觉心里也难过。他呆坐半日，站起来想去店里，竟一跤跌倒，额头撞到桌角，金星狂舞，半天不能起来。他叫她，秦丽云，秦丽云。

才想起她听不到，心里酸酸的，堵出一眼窝浊泪。她听不见，他走不远，却也因着对方赖活到了今天，如今怎么倒结成了仇人。他不知道日子越来越好过，怎么又被过成了这样，活得长了的这一截，竟像是多余的。

女儿带男朋友小宋回来，秦丽云见她们好得跟缝在一起似的，心里感触，想起一条红色八裥裙，被她揉搓至褶皱乱生。一百个裙褶，像一百个关卡，将她与芳华隔离。她对小宋说，我是聋子，她爸是瘸子，你要想好了，不兴将来变卦的。

小宋摆着手，大声说，我早知道的，我不变卦。又道，听说阿姨会唱花鼓戏？

她没听见，罗永成附她耳边告诉她。秦丽云呆住，旧景前尘，挡也没挡住，又推至眼前。她摇摇头，我听不见，唱不了。

罗永成笑道，她要是听得见，铁定还能登台唱个穆桂英挂帅。

小宋说，有个东西叫助听器，阿姨是后天性的听力障碍，可以试试。

当夜，秦丽云看那镜子里，一个眼角皱纹深重的自己，双颊如削，两团阴影。时光的足迹都留在脸上。眼前浮起一个舞台，舞台上的自己，珠环翠绕，彩绣罗裙，楚楚可怜却有一股子傲气，还不知前程如何，凭着一腔热切，跟命运掰了一回手。从前是娇弱的小姑娘，倒有一番我命由我不由天的狠劲，如今年岁一大把，却泄下劲来。那镜中的自己，眼光暗淡，几分冷，几分仓皇。

她不自觉地，将兰花指打出去，唱了几句戏，都跑起调来，像这一生，难在调上。她唱着，心灰意冷，声音慢慢顿下去，顿下去，脸上浮一层斑驳水光。

过两日，秦丽云于枕边发现新的舞蹈服，他既买来，她便穿上。罗永成夜间踱步至广场，远远看见秦丽云在队伍前面，红红的衫子像一团火苗，一下一下腾腾跳跃，那样明媚鲜妍。想想这许多年，没像这火苗似的活过一天，却还要去吹熄别人的火，他突然一笑，觉得自己像个小孩。

当夜他静等她们散了，过去接她回家。两人行至路边，一辆货车呼啸而来，秦丽云未听见，兀自横穿马路。罗永成折回来，将她奋力一推，自己被撞飞十多米。断掉腿骨，病床上躺三个月。

他那腿，因着这一横祸，愈发瘸得明显。秦丽云见他走路，吃力得很，一起一落，像爬了一道坡，又过一道岭。想起他当年来提亲的样子，心里酸酸楚楚，她亦不明白为何自己越老，倒越容易流泪了。罗永成笑笑，我又没死，你哭什么。想着她听不见，握住她的手，用力捏捏。

罗永成康复后，带秦丽云进城，配了助听器。

秦丽云听见耳里轰轰鸣鸣半日，慢慢分明起来，车是车声，人是人语，听见丈夫一遍遍问，秦丽云，你听见了吗？秦丽云，你又可以唱戏了呢。

佳人她

她呢，她是一个漂亮的女孩子。

漂亮的女孩子往往比别人更知道自己漂亮。

她似乎对这所三流大学极不满意，所以她看老师，看同学，都流露出一股鄙夷与桀骜，总是在别人说完话后，加一声毫不掩饰的冷笑。她如玫瑰娇艳，走路叮叮当当一路响，拎着名牌小坤包，穿超短裙和高跟鞋，一个人独来独往。她很少去教室，谁也不知道她每天去了哪里。

如此冷艳，吸引了一批男孩给她写情诗。她毫不留情地撕碎，并建议其中一个男孩去追孟香香。孟香香是学校最胖的一个女孩子，孟香香被气哭了，男孩没哭，但情书上那句"有一位佳人，在水一方"也成了他今生都不敢回首的绝句。

后来大家才知道，她早就有男朋友了，是校外一个富少，据说他送她的一只包，够别人吃一年。

她夏天穿白裙子，屁股上洇出一大块血迹来，如摇着一面鲜艳红旗。没人告诉她，都忍俊不禁地看她一步三摇。男孩子不好意思说，女孩子故意不说，她们用这样的方式宣泄对她的不满和敌意.

正式开火。

她在宿舍里的每条被子上浇了一桶水，提了皮箱扬长而去。

她住到校外去了，从此更少来上课。可是第二年她又回来了，提一只更大的皮箱。

传言是，她与校外的男友分手了。可是别人更愿意这么说，她被甩了。

漂亮的女孩不愁嫁，她又交到新男友，故意穿令人毛骨悚然的皮草，铺天盖地一场貂毛狐狸毛。她开始接近同学，拎回一袋袋昂贵的水果零食请宿舍的女生吃，说，张哥请客，大家想吃什么说，下次再让他买。

　　她并不需要朋友，她需要一批观众。

　　张哥把她养在家里，他并不突出地有钱，可是很愿意为她花钱。她乐在其中，买回一堆衣服首饰装扮年轻的身体，思想寄托在一屋的录像碟片和社交网络里。还是无聊，于是请同学吃饭，点一桌子菜，在杯盏后面给张哥喂菜，坐到他腿上去。张哥都脸红，她才不会。同学们很快吃完就散了，她呢，她望着她们的背影，心里生出一种寒意来，有一种令她内心隐隐作痛的什么掺杂在里面。可是张哥拿出钱包来买单，她的心又圆满了。

　　没关系，我美，我有钱，我又有爱，你们什么也没有。

　　转眼毕业了，同学们四处奔波，辗转找工作。她呢，她好像去哪里也不如意，哪里都亏待了自己。于是去张哥所在的公司供职，结果一塌糊涂，被投诉被排挤，张哥干脆让她回家。她从此也完全不再提上班的事，她身无一技，唯擅长谈恋爱，她打定主意跟着张哥，然后结婚生子，爱情功成身退，婚姻寿终正寝，完美。

　　两人把日子过得像老夫老妻，在外面吃完晚饭走回家去，十指交缠，在影影绰绰的街道上投下游鱼戏石般的影子。有时影子很短，有时影子很长，她挣脱他的手，快乐地蹦上去踩他的影子，他躲，她追，热热闹闹一路笑回去。夜里同榻而眠，醒来四眼相看，日子肤浅。肤浅才快乐。

　　不知什么时候，张哥工作开始不顺利，回来得越来越晚，笑容越来越少。他说，我要是失业了怎么办。

　　她睁着无辜的大眼睛重复他的话，那怎么办。

　　张哥从那双眼睛里看到了惊恐与退缩。

　　可是，真的失业了。张哥在家里赋闲几个月，她渐渐嚷钱不够用，平时开销大，她用钱不懂节制，日子开始捉襟见肘。她问，你妈妈那个匣子里是什么？张哥吃了一惊，半天才说，妈妈的遗物，还是留着好，你不要去动它。

不动就不动，反正最后都是我的。她想。

张哥决定转去另一个城市打拼，才去不一定很好，但他有信心将来会好的，他希望她和他一起去。她的决定是，他先去，等一切安顿好了，再来接她。

瞬间留下她一人，时间多得简直吓人，她慢慢在家待不住，开始出去玩。在舞厅里认识一个男孩子，男孩送她礼物，她收了；约她去喝酒，她去了；约她去看电影，她也去了。在黑暗的电影院，他们相拥相吻，难舍难分。第二天张哥打电话来，问她是否昨天去看电影了。她吃了一惊，马上镇定地否定，她吃定他爱她。

张哥沉默了片刻，说，乖乖在家里，别出去玩，下个月来接你。

张哥回来那一天，她感觉那个突如其来的黄昏是她生命中最大的一个坑，她从此一身瘀伤，未从里面走出来。

那天黄昏，家里来了一个不速之客，一个长发女子，熟门熟路地打开她家的衣柜，从里面抱出那个带锁的木匣子——张哥不许她动的"妈妈的遗物"，对张哥说，你要走了，我来拿走自己的东西。

张哥挡住她的路，一个要走，一个要拦，无声电影持续了好几分钟。女孩终于放弃，垂下手臂站着，眼圈红红，流下泪来。张哥走上去紧紧抱住她，央求她别走。他好像也要哭了。

她不可置信地看着他们两个相拥而泣，情节突兀，离奇。意外！她根本没反应过来。过了很久，她才醒来奔过去抢来匣子砸在地上，匣子散了，铃铃朗朗泻出一匣子发夹来。发夹！各式各样的，大的小的，长的短的，方的圆的，红的绿的。一地都是。

她的震惊不亚于面对一地从坟墓里爬出来的亡灵。

张哥走过去，一个一个捡起来，整整齐齐摆在匣子里。他的动作很慢，可是很坚定。摆在匣子里的发夹像群蚁排衙，字帖般工整明了。字帖拼完了，她也看懂了，可是她不依。她奔过去，如骤风般踢翻那个匣子，撕碎那张告示。然后倒到床上哭，去占据那张宽大的床，去贴一张更大的告示。可是戏到这里就唱完了，他们走了。走了，再也没回来。

完了，猝不及防的，永远的。

戛然而止。

她抱着一颗破败的心，离开这座伤心的城市，去开始新的人生。

她不停地找工作，换工作。她去一家叫"午夜知心人"的电台当接线员，无非是午夜陪聊，话题猥琐肮脏，慰藉世上一群苍茫饥渴的灵魂。她坚持了一阵子，最后泄气地发现，打这种电话的男人没有一个好货色，重点是，都没有钱。她转去一家日化公司当推销员，在街上搭棚做宣传时，只有她一个人戴着墨镜躲在荫蔽处，同去的很多女孩都能拿到单，她一无所获。

晚上，与她同宿舍的女孩看书准备自考，她教育女孩嫁人要趁早，老了只能清仓甩货。

不对呀，女孩说，自己足够好才能碰到好的。

傻瓜！她冷冷一笑，宁做胸大无脑的小妖精，也不要做学富五车的黄脸婆。

她迅速地找男朋友，可是总也不成功。她完全不明白这世上怎么突然多了这么多的女孩，都美，都年轻，像天上落了一场雨，哪里哪里都有，哪里哪里都不缺。男人那么多，可是根本不够抢。

有一次认识了一个网友，看来似乎不错，她千里迢迢奔过去，希望奔出柳暗花明一个新天地。他承诺送她一只不菲的玉镯子。她一追问，他却说好玉的镯子在家里锁着，他随后给她补寄过去。她回来等了一个月，也寄来了，打开一看，玉倒是玉，颜色深浅不一，还有断痕，不知在哪个旅游景点买来的不值钱的次品。骗局！她恼了，一丢丢到垃圾里，想想又捡回来丢到抽屉里，也许还能用来应付一回人情礼节。

她又走近另一个男人，头颅像个大鸭蛋，紧身裤子兜出一座富士山，她马上就能接受他，他有钱。可是钱在他的口袋里。他太谙熟女人，他给她吃，给她穿，可是他不把钱放在她的口袋。

没有一个真心的。可是真心是什么，她似乎也不知道。没关系啊，反正这世上的人，都游戏人生，都胃疼，都失眠，都不结婚。反正人间事到头来，都摇落，都摇落……

下面的女孩一茬一茬像蘑菇一样长上来，她们从她手里拿走繁华之钥，暗示她退席。她不服气，跟她们一样，抹发光的眼影，烫五彩的头发，像一面猎猎招展的彩旗。可是越用力，越失败。一次在饭局上，带她同去的男人席间说笑，找结婚的女人，漂亮有什么用，十个漂亮九个骚，还有一个是草包。

她僵在那里，被上十双眼睛灼成旺旺的煤球。可是很好，她当年的脾气——她自己也不知道丢到哪儿去了。她心里闷了一肚子暗箭，却不敢明发一支。

夜里散了场，回到自己的住处，穿过一地凌乱的衣服，在镜子前卸妆，像撕去画皮。画皮下的眼袋和法令纹凌厉地审视她。美吗？美是美的，可是也快完了。

又在人堆了辗转了几年，终于碰到一个可以结婚的人，一个年纪不小的男人，抬头纹像深刻冷酷的年久失修的石梯，在偏街上有一家不大不小的文印社，暑假时期还办文印培训班。档次是低了点，可是他有自己的房子，自己的店铺。男人好色，女人贪钱，这世界才能平衡合理。所以，她一放秋波，他就收了。

你知道，如果错过了飞机，咬牙切齿搭火车也要搭的。

她给他的房子买了新的窗帘与被褥，将她的皮箱拉过来，将她的后半辈子拉进来。她在外面混荡了这几年，钱包是空的，衣箱是满的，欲望是满的，脑子是空的。

事情发生在一年后。男人迫不及待地想要一个孩子，可是没有。去医院检查，她因多次堕胎子宫受损，也许永远无法受孕。她看到男人的眼神，如一记又准又快的耳光呼啸而至。医生说还等等吧，也不是没可能的。

不是没有可能。可是倘若开始厌弃一个人，绝没有更喜爱的可能。即便她已开始伏低姿势，也拉不回渐行渐远的心。三十多岁，她又孤身一人了。她去商场当导购。还好，导购员要求不超过三十五岁，她还可以做两年。

没有爱，没有钱，没有婚姻，没有孩子。也不再年轻。

她把生活都过成了假设，可假设里都是真的她。

如果故事到这里结束，也许还有另一种可能。

可是真实的故事是这样的，她又回到了前夫家，因为两个月后，她意外地发现自己怀孕了。男人不一定需要妻子，可是都想要一个孩子。她住回去了，自己照顾自己，怀胎九月，生下一个女儿。

女儿完全不像她，像极了前夫——但他们并没有去复婚。

被占有而不被爱的滋味，她尝过很多。她无需在春雨冷夜里烫一壶酒暖暖心窝，也无需在夜半天明时点一盏烛火探探前程，她对别人没有更深层次的了解，她对自己也没有真正的关切，她曾耽搁于虚假的年华，现在只能典当尊严。往事那么多，她可以拿厚茧给自己铺条生命大道，在生命拥挤的转角处，深一脚浅一脚闭眼迎接未卜。

她把女儿养到两岁多，交给幼儿园，自己出去努力赚钱，有时做导购员，有时做收银员。她偶尔也发发朋友圈，女儿三岁了，女儿四岁了。她剪短了头发，剪短了指甲，服饰虽然不太坏，可是比从前坏很多。不过，她自己已经不觉得了。

后　记

　　我羡慕很多人。比如戴墨镜的算命先生。不管遇着什么人，他们抬抬眉头掐掐指头，生老病死，兴衰荣辱，故事流水似的就来了，兼以惊心动魄的铺垫，眼眨眉动的暗示，那种鬼马的创造力和卓越的感染力令我瞠目结舌。还有坐在墙根晒太阳的缺牙齿老人。他们一开口就是想当年闹饥荒、围土匪、打鬼子、捉老虎……他们丰富的见闻和生猛的经历把我魂都骇掉，我编不出那样的故事来。

　　父亲不希望我写小说。他说我是"竹本"生物，脑壳是木笻鼓，一尺十寸，掏不出鬼点子来。他怕我只能写点风花雪月、儿女情长，只是漂亮，没意思。又怕我不经熬，把脑壳想烂了。

　　好在故事是故事，小说是小说，文学不是吃苦大赛。

　　我的第一篇小说发表在二十年前的《宁乡日报》，当时没收到样报，后来谈及此事，报社朋友帮我查到了期号，答应补我一份报纸，我谢绝了好意。存样刊、存稿费单、存证书这样的习惯我没有，确实是心性如此。甚至有很多稿件被我弄丢了，一方面我是电脑白痴，另一方面也不那么在意作品的下落。但我在意我正在写的文字。我在意我有没有、能不能写得更好一点。

　　我的意思是，我喜欢写作本身。

　　反省一下。我懒，写作时断时续，有时一摸鱼，竟长达几月。某日懒觉醒来，看样子或可以断定，这辈子终生已定，一无成算。惊出一身汗，便又跳起来去敲键盘。可是当夜敲下的字，隔夜又可能被一键全删，整改有如砌多米诺骨牌，环环相扣，一损俱损，改结局能改到开头。这种蝴蝶效应既让人上头，也让人上火。写小说是个苦差事，虽然是这样。

我倒并不沮丧，只觉得它诱惑更大。小说让人有贪婪之心，有游乐之兴，你不倦地去创设，它便给你一万种可能、不竭的可能，关乎语言、叙述、抒情、逻辑、秩序、气质、思想、辐射……它们又各有一万种的形态与技巧，又广袤又深邃，又无度又神奇，谁也难将它透视，难摸到它的命门。它没有命门。

很好玩。但我的"竹本"脑壳无法弄懂它的轨道与原理，只能凭直觉。我凭直觉来阅读和写作，并借用我的感性，就像摸着自己的心，摸着它的温度、沉默、思考和痛痒。这种不可言说的感知力，使我学会通过审视自己而去洞悉别人。我离喧嚣越远，离自己便越近。我越安静，我便越敏感，越能客观公正地观察和包容人性，越能触摸到生活的气息与质地。文学的想象再无边，它的脚也长在生活里，长在烟火气、人气和地气里。这增加了一点我写作的勇气，我觉得还有更好的东西可讲。

《喊魂》收录了我一部分的中短篇，我把它们分成了三个系列。"谁的瑶池"系列有我故乡的影子。我并非致力于开发深远的记忆遗迹，引出一个具体的潜意识空间，但是如果要选择一个最佳人文背景来观照生活，原型肯定是故乡。把人物放在一片有感情的土地上，我更能贴近他们的呼吸，聆听他们的内心。他们对命运抵御的姿态，对现实孤绝的叩问，才更容易让我热泪盈眶，爱恨交织。

"恍如昨日"和"闲人半壶"系列是我较早时所写，回头看看，还有点意思。小镇与山村，戏台与锅灶，穷愁病苦，鳏寡孤独，如此种种，不是我要去找它们，是它们自己来到我笔下。比如被父亲扇聋双耳的女孩在大风里一边流泪一边咬着烧饼，比如离乡日久的老渔民在暮色苍茫的海湾里唱着湖南花鼓调，比如理想凋敝的建筑工人站在高高的脚手架上意欲往下跳——他们突然从我脑海里跳出来，仰面望着我，我不得不写写他们。我不能像算命先生，帮他们预告风起云涌、诡谲离奇的命运，也不能像白发老人，替他们总结山河莽荡、沧海桑田的人生。我便默默地，伸出我的手，探探他们的内心，暖暖他们的心肠。我便做一回信使，让他们与生活互通音信，向命运卜问因果，在幽暗摇曳的旅程里，与他们并肩站一站。

我祝愿他们晚安。

《喊魂》定稿于2018年，种种原因延宕至今出版。感谢宁乡市文联和宁乡市作协的督促与指导，使它终于面世。感谢汤素兰主席为我作序，给我莫大的鼓励。我的运气实在太好，活在美好之中。

镌 子

2021年12月于宁乡晴窗